愛情詩

金仁順

人間出版社
中國作家協會

目錄

水邊的阿狄麗雅*

每次我去相親，和陌生的男人對坐著，談完了天氣，談完了工作，談完了愛好，連喜不喜歡吃辣椒這樣的話題也談了幾句以後，我多半會把朗朗扯出來談上兩句。

我有個朋友叫蘇朗，平時我叫她朗朗。她抽菸（如果對方正在抽菸的話，我就這樣說道）。但她不抽雲菸，她抽女士菸，從免稅店裡買的。裡面有薄荷，朗朗說（我猶豫一下，如果對方長得還算討人喜歡的話，我就把下半句說完，要不，就微笑一下了事），抽這樣的菸接吻也不會讓人討厭。朗朗就留著這樣的髮型（如果我們身邊恰巧有女人走過，而坐在我對面的傢伙把目光盯在她身上的話，我就用這個話頭兒把他的目光勾回到我臉上來）。這樣的髮型一般人打理不起，洗一次壓一次，既費時間花錢又多。朗朗那樣的女人當然沒問題，她的男朋友個個是大款。朗朗說，男人不能太窮，太窮就酸氣，窮酸窮酸，最難相處了。朗朗也會彈鋼琴（我和男人見面的地點，最近差不多都定在咖啡館裡，這樣的地方簡直像強盜，不把人的話語打劫得乾乾淨淨就不甘休似的。好在這樣的地方差不多都擺著一架鋼琴），她小時候學了五六年，會彈一些簡單的曲子，她以前在貴都酒店彈了幾年。彈琴掙的錢不少，還有小費，但也就夠朗朗買幾件衣服的。她花錢花得很嚇人。朗朗總是和我開玩笑，她說我的優點是保守，我的缺點是太保守（當男人打聽女人以往戀愛時，和男朋友交往的一些細節，是不是意味著挑逗？）。我和朗朗是好朋友，但我們之間思想觀念的差別卻非常大。她的男朋友變得比天氣還快呢。

朗朗是我與人閒聊時的金礦，男人們聽到我講朗朗的故事時，四處飛動的目光會收緊翅膀，老老實實地停留在我的身上。他們聽我講上一會兒以後，表情就變了。他們的微妙的笑容成為我在日後回想他們時的主要內容。只有一個冒失鬼開口問我，妳現在打電話叫妳的朋友過來吧。我沒說話。這個叫陳明亮的男人剛才進來時，身後跟著的介紹人用手扶著他的腰，好像用槍指著他的後腰似的。他是我見的第七個男人，身分是師大的體育老師，表情卻彷彿是博士導。介紹人為我們彼此做了介紹，他的兩手插在褲兜裡，衝我點了點頭。

介紹人給我們介紹完就走了，留下我們兩個。他放鬆身體坐進椅子裡，兩條很長的腿分別伸到我坐的椅子兩邊，讓我想起一把大剪子。他的話全是短句，也像被剪過似的。我們坐在一個靠窗的位置上，陽光的爪子穿透玻璃朝他身上撲過去，抓撓著，似乎這是當時唯一讓他感到愜意的事兒。他喝咖啡的樣子也和別人不一樣，不捏著杯子把，也不翹著蘭花指撥動小匙，而是用手握著杯子喝。我們沉默了大約五分鐘，為了打發掉喝完一杯咖啡的時間，我和他說起了朗朗。我說我有個朋友，會用茶葉算命。她能說出很多初次見面的人的性格特徵，還有大致命運。陳明亮身子沒動，但眼睛抬起來對著我，一臉懷疑地對我說，「我不相信。」我說我也不相信，但有很多人相信。她給一些人算命時我在旁邊看著，我覺得她根本就是在故弄玄虛。可是被她算過命的很多人後來帶著自己的家人和朋友又回來找她，他們說她算得很準。

陳明亮的表情經過一陣微妙變化後，最後定格為一個譏諷的冷笑，「我不相信，除非妳把她現在就找來，當場表演給我看。」

「你以為朗朗是服務生？招之即來？」

「不敢來了吧？」陳明亮冷笑一聲。「女人就怕動真格兒的。」

「不是不敢來。」我心平氣和地糾正他，「也沒什麼好怕的。」

「那妳讓她來。」陳明亮好像得了理，嘲弄地盯著我，「我很了解女人。」

我笑了。

「不敢了吧？」陳明亮把頭湊近到我身前來，他的表情和剛才判若兩人，彷彿是在陽光裡睡足了午覺的貓，剛剛清醒了過來。他掏出手機拍到我面前，「妳現在就打電話叫妳的朋友過來吧。」

「她不會來的。想來也來不了，她在外地。」

陳明亮瞇著眼睛瞧著我，好像我這個人與我嘴裡的謊言已經融為一體了似的。

「女人都很會撒謊。」陳明亮恨恨地說。

「你願意這麼想，是你的自由。」我喝完了杯中的咖啡，招手叫來侍應，「買單。」

我從背包裡往外拿錢包時，陳明亮伸手在我手上拍了一下，把我的錢包打落到背包裡。

「我來買。」他說。「我是男人。」

我沒和他爭，出於禮貌，我等了一會兒，和他一起走出門去。

「再見。」我站在咖啡館門口，和脾氣暴躁的體育老師道別。

他掏出菸來點上，吸了一口，朝一家酒店的方向吐了口煙，問我，「開個房怎麼樣？」

我沒想到他還有這一手，「你……什麼意思？」

他笑嘻嘻地瞧著我，「還能有什麼意思？」

我並沒真的生他氣，但我打了他一耳光。然後我轉身走了。

過了一會兒，喊聲從我身後傳來，「這樣妳就純潔了？妳就處女了？」

我站住了，慢慢轉身看著他，「你怎麼知道我不純潔？我不處女？」

陳明亮站在咖啡館門口，他最後留給我的表情讓我很愉快。

三天後，我接到介紹人的電話，她問我對陳明亮的印象怎麼樣。

我說就那樣兒。

她說陳明亮對妳印象很好。

是嗎？這我倒沒想到。我讓司機在一家書店門口停下來，一邊付車錢，一邊對介紹人說，我得進書店了，書店裡打電話不方便，改天再聊吧。

介紹人好像意猶未盡似的，問我在哪家書店。

我說了名字，跟她飛快地道了再見，就把手機關了。

我拎著一兜書出來時，陳明亮手裡拿著幾張報紙在門口等著，見到我，咧著嘴笑笑。「買完書了？」

我沒說話。

陳明亮很自來熟兒地拎過我裝書的袋子，「這麼沉？妳買這麼多書什麼時候能看完？」

「關你什麼事兒？」

「妳看妳，怎麼這麼不友好？」陳明亮笑嘻嘻地說。

「你找我幹嘛？還想開房？」

「妳看妳，怎麼這麼說話？」

「那怎麼說?」

「妳看妳……」陳明亮的笑容在臉上皺了起來,他清了清嗓子,接著沉默了。

「話說完了?」我從他手中把袋子拿回來,往前走。

「哎……」陳明亮在後面追我,「我們找個地方喝咖啡好不好,隨便聊聊。」

我沒理他,徑直往前走。

「妳不是有個朋友會用茶葉算命嗎?她怎麼樣了?」陳明亮很從容地邁著步子,他一步頂我三步。

我停下來,「你還想讓我給你介紹我的朋友?」

「不是……當然認識一下也無所謂……哎,妳別誤會我,妳看妳用這種眼神兒看著我就好像我怎麼著妳了似的。」陳明亮口齒有些不清楚了,「那天……我情緒不好,胡說八道,再說妳不也打了我一耳光嗎?我還以為咱們扯平了呢。」

「誰跟你扯平了?」我一時沒繃住,笑了。

「笑了好笑了好,妳一笑,陽光都跟著燦爛了。」陳明亮也笑了。

我們在街上站了一會兒。

「我請妳喝咖啡。」陳明亮指了指馬路對面的一家咖啡館。

我猶豫了一下，「上次你請我喝過了，這次我請你。」

「妳請也行，但錢由我付。」陳明亮從我手裡又把書拎過去。

咖啡館新開張不久，裝修後油漆氣味沒散盡。我和陳明亮待了一分鐘就出來了。「怎麼辦？」他問我。

我四下看了看，指了指前面的一幢高樓，「去貴都吧。二樓有咖啡座。」

我們往貴都酒店走，人行道旁邊的鐵柵欄上面纏繞著的藤蔓植物葉子開始變紅，那種顏色細究起來很像一種鐵鏽。

「妳相過幾次親？」陳明亮問。

「記不清了，你呢？」

「就跟妳這一次還是我們家人硬替我安排的。」陳明亮說，「我以前有女朋友，處了好幾年，前一段時間剛分手。」

「為什麼？」

陳明亮遲疑了一下。

「不想說就別勉強。」

「也沒什麼大不了的，她把我蹬了。」陳明亮笑笑，「除了我她還有個男朋友。我罵她一隻腳踩兩隻船。她說她自己才是船，而我們不過是槳，她用兩支槳划了一陣子，擇優錄取了其中之一。」

我笑了。

「好笑嗎？」陳明亮看了我一眼，「當時氣得我渾身都哆嗦了，我們交往了五年我不過就是一支槳？但我又說不過她，她是教語文的。我打了她一耳光，我說妳拿我當槳涮了那麼長時間，我掄妳一巴掌也不算什麼。她捂著臉哭了。我說妳還委屈了？妳偷著樂去吧。幸虧我是個槳，我要是把匕首妳現在命都沒了。」

我看了陳明亮一眼，「惡向膽邊生？」

「嚇唬嚇唬還不行啊？要不然，我怎麼出胸間的這口悶氣？」

我們走到貴都酒店門口，在旋轉門前，我後退了一步，看著陳明亮被幾扇門頁攪進去。他發覺我沒進去，又出來了。

「怎麼了？」

「我突然不想喝咖啡了。」

陳明亮的表情變得謹慎起來，「怎麼了？我哪句話又說錯了？」

我笑笑。

「妳別這麼笑，妳這麼笑我心裡沒底。」

「……你為什麼又來找我？」

「……因為妳打了我。」

我望著陳明亮，笑了，「你欠揍？」

「沒錯兒。」他也笑，「妳是不是覺得我特犯賤？」

有一段時間，我和陳明亮經常把見面的地點定在「貴都」，那裡的咖啡味道純正。但陳明亮好像是衝著落地窗去的，每次都挑靠窗的位置坐。「我最受不了咖啡館的燈光，像臥室一樣。」陳明亮沐浴在陽光中，褐色的臉孔宛若葵花仰了一會兒，朝我彎過來。「妳說呢？」

我只管攪動著咖啡。

陳明亮突然把我的眼鏡摘下來，「妳不戴眼鏡像換了個人似的。」

我伸出手，陳明亮的胳膊立刻伸到了我夠不到的位置。

「還給我。」

「妳挺漂亮的。」陳明亮笑嘻嘻地說。

「你再不給我我生氣了。」

「妳生氣的時候很性感……」陳明亮慢慢把眼鏡還給我。

「你總是這麼和女孩子開玩笑嗎？」我把眼鏡戴上。

「那妳呢？妳跟男人在一起總是這麼嚴肅嗎？」

「差不多吧。」

「因為妳是處女？」陳明亮的眼睛熠熠生輝，他湊近到我身前來，「妳知道妳身上缺少什麼？」

我盯著他。

「女人味兒。」陳明亮興奮起來，「所以妳給男人的感覺總是硬梆梆的。」

「什麼硬梆梆的？」我瞪了陳明亮一眼，「你當我是死人？」

「沒說妳是死人。妳讀書太多，該敏感的不敏感，不該敏感的特別敏感。」陳明亮換到我身邊的沙發裡來，「我的意思是說，妳應該換一種活法兒。」

「你要是想老話重提，趁早免開尊口。」我笑了。

「妳看妳……」陳明亮笑了，「該一點就透的時候妳非不一點就透，不該一點就透的時候妳不點也透……」

我衝他擺擺手，示意他閉嘴。

一個頭髮披到腰上的女孩子走過來，她的皮膚好像透明似的，眼皮上面塗了藍色的帶亮片的眼影，眨眼時眼波橫流，別有一股嫵媚勁兒。她誰也不瞧，冷冷地走到鋼琴前面，坐了下來。每次彈琴，她都從〈水邊的阿狄麗雅〉開始。

「朗朗以前也在酒店裡彈過鋼琴的。」

陳明亮貼近我的耳邊兒說，「我也會彈……」

我盯著在我大腿上放著的手。這隻體型碩大，顏色怪異的蜘蛛拿我的大腿當獨木橋，來來回回地遊走著。後來，它像迷失了方向似的，停了下來。

沉默了一會兒，陳明亮又坐回到我對面去了，一條腿壓著另一條，手好像兩隻正在擁抱的蜘蛛爬在最上面的膝蓋上。他獨自生了會兒氣，點上了一支菸。

「朗朗在酒店裡彈琴，」我覺得嘴裡的話就像陳明亮嘴裡的煙霧，不知怎麼就竄出去了，「經常有男人來找她，談好了價錢，她就和男人開房。」

陳明亮張大了嘴巴。

「為了掙錢。」我說。

「……多少錢？」

「一次一千。」

「她要那麼多錢幹麼？買衣服？」

「為了她媽媽。她媽媽在監獄裡。」

陳明亮又坐到我身邊的沙發上。「發生了什麼事兒？」

「朗朗的媽媽是化妝師。」我衝陳明亮笑笑，「不過不是給活人，是給死人化妝的。她跟朗朗的爸爸結婚時說自己是護士。過了好幾年，這事兒才暴露了。朗朗的爸爸他是個寫話劇的，一點兒名氣也沒有，這下可神氣了，在家不是打就是罵的，天天在外面喝酒，逮誰跟誰傾訴。朗朗的媽媽要跟他離婚，他又不離。反正越鬧越厲害，朗朗的媽媽夏天在家也得整天戴著手套，這也不能讓朗朗她爸爸滿意，他跟人說，早晚有一天要把老婆的死人手剁下來不可。誰也沒拿他的醉話當真，但他有一次喝多了以後真動手了，兩人打起來了，結果是朗朗的媽媽一時失手，剁到朗朗的爸爸的手腕子上，可能是碰巧割斷了靜脈什麼的吧，血流得太多，後來也沒搶救過來。朗朗的媽媽過失殺人，判了二十年，朗朗想早點兒把她媽媽從監獄裡弄出來。」

「後來呢？」過了一會兒，陳明亮問。

「嗯？」

「朗朗把她媽媽弄出來了嗎？」

「出來了。但過了一陣子她又回去了。她在外面已經不適應了，覺得監獄好。監獄裡有工廠，織手套的。她媽媽回去當技術員去了。」

天氣一天天地冷了。第一場寒流到來的那天，陳明亮來學校找我，要帶我去吃火鍋。我們在火鍋店裡遇見了他的三個朋友。他們都是漂亮小夥子，帶著各自漂亮的女朋友。桌子中間放著一個很大的火鍋。周圍行星似的擺著裝滿食物的盤子。陳明亮一本正經地告訴他的朋友，我會用茶葉算命。我們的銀河系立刻響起一片瓷器的聲音，接著就有一杯茶伸到了我的眼皮子下面。

「我不會算命。」我看了陳明亮一眼，「最多能看看愛情。」

「就是讓妳看愛情。」陳明亮笑著說。「我們最在乎的就是愛情了。」

「就是就是就是。」他們一迭聲地附和。

我看了一眼杯裡的茶葉，又抬頭看了一眼端著茶杯的女孩子，她的頭髮長長的，臉上一直掛著笑容。

「妳是個很聰明的女人，」我把目光重又投向茶葉，「也很有手段，擅長把握男人的心理，妳做事不一定非要顯山露水，但妳更容易占上風。妳能讓男人圍著妳團團轉，但轉到一定時候，就會出現問題。他也許會突然清醒過來，慢慢擺脱妳的控制。」

她的笑容像一層油，凝在了臉上。她把茶杯放回到自己的眼前，「看來，我得早點兒嫁人了。」

「那也沒用。形式改變不了命運。」

她的笑容徹底沒了，臉色蒼白，像一塊凍硬的豬板油，「什麼是命運？幾片兒破茶葉？」

「有時候就是幾片兒破茶葉。」陳明亮在桌子底下踢了我一腳，我扭著看著他，「你踢我幹麼？」

「妳看妳……」陳明亮的臉紅了。

「不是你讓我看的嗎？」我衝那個沉著臉的女孩子笑笑，「剛才我是跟妳鬧著玩兒呢，妳千萬別當真啊。」

「沒事兒。」她笑笑。

我們把茶水放到一邊，喝起酒來。幾杯酒下肚，微笑又回到我身邊的長髮女孩子的臉上。她和陳明亮拼酒，他們在我眼前碰一下杯，然後把酒喝下去。她男朋友勸了幾次，她不聽。

「來，陳明亮，再來一杯。」

「我不行了，我認輸了，行不行？」

「不行，你他媽的今天不喝你就沒種。」她揮手時把茶杯碰掉了，白瓷杯子摔成幾片兒，同茶葉和水淋了一地。

「妳別鬧了行不行？」她男朋友生氣了。

「我又不是故意的……你瞪什麼眼睛？」

「買單。」她男朋友招手叫服務員。

「我還沒喝夠呢……陳明亮，咱們去酒吧接著喝。」

「我喝不動了，真不行了。」

「你他媽沒種。」

「對，我沒種。」陳明亮笑嘻嘻地說，「我沒種行了吧？」

我和陳明亮坐上出租車，他讓司機去「貴都」。我扭頭看了他一眼，「你不回家睡覺嗎？喝了這麼多酒……」

「我們得談談。」陳明亮說。「要不然我睡覺也不踏實。」

我們去了「貴都」，他徑直走向服務台開了一間房。

「你什麼意思？」

「談談，只是談談。就我們兩個，想說什麼就說什麼地談一談。」陳明亮一眨不眨地盯著我，舉起兩隻手在我眼前晃了晃。「我保證不會碰妳一根手指頭。」

房間挺不錯。陳明亮進門後先去洗澡。我把房間裡所有的燈都打著了，還沖了兩杯即溶咖啡。

陳明亮從浴室裡出來後，我們對坐在椅子上，一人端著一杯咖啡。

「朗朗現在在哪兒？」陳明亮問我。

「我不知道。」我說。「怎麼又想起她來了？」

「她的故事好像沒完似的。後來她怎麼樣了？」陳明亮問我。他的身體在剛套上身的毛衣裡散發出濕潤溫暖的氣息。他連牙也刷了。

「朗朗彈琴的時候，遇到過一個男人。他是聽朋友們說起朗朗的特殊身分的。起初他不相信，他說看上去比早晨的露珠兒還純潔剔透的女孩子，怎麼會幹這個？別人說你不相信幹嗎不去試試。他就去試了。結果證明在社會的某一方面他是個天真幼稚的男人。他們過了一夜。天亮時他們分手了。朗朗接著去做自己的事兒，男人也接著過自己的生活。半年以後他離婚了，兩年以後他和另一個女孩子談起了戀愛。一年以後他們決定結婚。這期間他去一所大學開學術會議。在那裡，他遇見了一個女研究生。她身上的很多東西都和以前不一樣了，連名字都改了，但他還是一眼就認出了她。」

我把咖啡喝掉，脫掉外面的大衣，對陳明亮說，「我去洗個澡。」

我沖淋浴的時候，陳明亮開門走了進來。我吃了一驚。我還是第一次從年輕男人臉上看到如此溫柔憂傷的表情。

「我全都明白了。」陳明亮說。

我嘆了口氣。「你這個傻瓜。」

＊〈水邊的阿狄麗雅〉後改編為電影《綠茶》（二〇〇三）。該電影由張元導演，金仁順、張元共同編劇，姜文、趙薇主演。

桃花

夏蕙有一副冷灶腸。

季蓮心跟夏蕙外婆說。夏蕙十二歲以前，季蓮心偶爾帶著她回外婆家過年。那會兒外婆家做飯還用燒柴，大鐵鍋鍋蓋一掀開來，一廚房的霧氣，她們背對著夏蕙，季蓮心往灶裡添柴，外婆則往覆蓋了白紗布的竹簾子上面貼饅頭。

外婆說了句什麼，夏蕙沒聽見。

夏蕙一直記得這句話。倒不是記恨什麼的，季蓮心十二歲開始唱戲，是跟著戲曲故事長大的，春恨秋愁，對什麼都有點兒怨怨的。從小到大，季蓮心說夏蕙的地方多了，嫌她什麼什麼都隨了老夏，個子雖然高，但骨頭架子太大，身體老是硬梆梆的，一副抻不開揉不爛的呆板相兒；性情又格澀，不愛說不愛笑，門簾子偶爾還摘下來換洗呢，她的臉一年到頭掛足三百六十五天；有一次季蓮心以為夏蕙不在家，跟老夏發脾氣，一下子把話扯遠了，說也難怪女兒跟自己這麼隔閡，她根本就是個陰謀的產物，是老夏用強力種下的一粒種子，雖說也在季蓮心的身子裡發芽長大了，但夏蕙每個細胞都體會了當母親的悔意恨意，所以她完全是逆著季蓮心的心思長大的，一樣是懷胎十月生出的女兒，人家得了個貼身小棉襖兒，她卻生出塊石頭來。

「石頭好啊，」季蓮心一數落夏蕙，老夏就打哈哈摻沙子，「《紅樓夢》就是由一塊石頭寫出來的，所以叫《石頭記》。」

夏蕙長相隨了父親，性情也隨父親，季蓮心天天發牢騷，她和老夏全當她在家悶出了毛病，閒發了戲癲，罵也由她罵，鬧也任她鬧，全當身邊在上演一齣戲，熱鬧激烈都是季蓮心自己的事兒。

夏蕙上了高中以後，季蓮心把對她的不高興從嘴皮子上一併收進眼睛裡去了。一是女兒大了，本來跟她就不親，如今更是一句話聽不順耳，就跟她裝聾作啞，十天半個月別指望她開口；二來，社會上各種生意各種老闆各種機會越來越多，季蓮心在家的時間越來越少了。夏蕙早晨去學校，下了晚自習回來，有一半時候，見不到季蓮心的人影兒。老夏倒是天天在家，抽菸看球賽，守著廚房裡的兩個砂鍋，一個是給季蓮心的，一個是給夏蕙的。

「高考可不得了，千軍萬馬過獨木橋，」老夏一見夏蕙進門就起身整理飯桌，把砂鍋像寶貝似的端到她面前，「多吃多喝，有體力才能把別人擠下去。」

喝著老夏煲的湯，吃著老夏做的飯菜，夏蕙經常在心裡琢磨季蓮心說她的那句「冷灶腸」，這是個病詞，季蓮心可以說她是冷灶，或者冷心腸，但她把這兩個比方捏到一起了，弄得半生不熟的。

夏蕙在大學裡讀最後一年時，老夏出了車禍，她畢業留校後，住進了教師單身宿舍，條件一般，廁所和水房是公共的。對季蓮心，她解釋說要一邊教課一邊讀碩士，回家住的話時間太緊張了。還有一層夏蕙沒說出來，老夏一死，家裡原來的熱烈氣氛也跟著走了。這回可真是冷鍋冷灶了，要是再加上母女兩人無言時對視的冷眼，更應了「寒天飲凍水」那句話了。

對夏蕙住校的事兒，季蓮心哪怕連一句「我老了，遭人嫌棄了」的調侃都沒有，好像夏蕙不自己識相提出來的話，她沒準兒還要勸她繼續在學校裡待著呢。老夏死了不到三個月，季蓮心就把原來的三室一廳賣了，在黃金地段最好的小區裡買了個一室一廳，裝修得像五星級酒店套房，同時兼有五星級酒店套房沒有的女人味兒和文化氣息。老房子裡的東西季蓮心一件也沒帶過來，就連她的衣服，也好像從裡到外都是新買的。季蓮心還換了髮型，後面燙成波浪，額前留著瀏海，像《羅馬假日》裡的赫本。這種俏皮要是擱在一般中年女人的身上，肯定無法卒睹，但季蓮心就沒問題，優雅文靜，婉轉古典。

夏蕙每個週五回家看季蓮心。季蓮心這半輩子都是由老夏侍候著過來的，不愛做飯，她們就出去吃。到後來，兩個人乾脆約在飯店見面，一起吃飯，聊聊天氣、健康等話題。

吃過飯，她們還有其他的娛樂節目。季蓮心喜歡舞台表演，每天在報紙上搜羅演出的消息，話劇歌劇舞劇京劇以及其他劇種，都是她喜歡的，她們還看過馬戲表演和魔術比賽，從夏蕙那方面說，跟季蓮心在一起度過一些時間就像遵守某項法律，是必要而且也是重要的，至於具體以什麼方式來遵守，倒無關緊要。和季蓮心在劇院裡消磨的那些時光，她懷著「既來之，則安之」的心理，時間長了，倒也慢慢體會出演出的各種妙處，加上季蓮心時不時地對她品評、感慨幾句，這些感受和評論，變成了她跟朋友、同事，以及學生們相處時的談資，夏蕙一向話少，偶爾來上幾句「似這般姹紫嫣紅開遍，都付與斷瓦殘垣」之類的唱詞也好，斯坦尼斯拉夫斯基的舞台美學也好，宛若綠錦緞的被子翻出一截猩紅裡子，讓人驚豔。在夏蕙任教的外語學院，她的修養和品味是令人推崇的，她對母親的孝心也被人傳頌。

沒有演出看的日子，季蓮心帶夏蕙去喝咖啡。她總是能找到新開的咖啡館。有五星級咖啡館，有會員俱樂部，也有幾次是在小巷裡頭，開車右彎右繞的折騰了半天，最後在黑暗中看到一串閃爍的霓虹燈，廉價的彩色珠子似的，在夜色裡歡快地跳躍著。

咖啡館裡面也不怎麼樣，鑽進鼻子裡的不是濃郁醇厚的咖啡香氣，而是空氣清新劑的味道。燈光昏暗，每張桌子上都點著水漂燭，要有特別好的眼力，才能看清其他顧客的臉。

夏蕙想不出季蓮心是怎麼找到這些地方的，是誰帶她到這樣的地方喝咖啡的？疑問是疑問，她卻是一貫隨遇而安的樣子，跟著季蓮心在一個座位上坐下來。

「這裡有個歌手，很會唱蔡琴的歌。」

要麼就是，「這裡的沙發坐著蠻舒服的。」

沙發確實很舒服，像一個懷抱，讓人留戀的理由是你隨時可以離開，而且肯定會離開。

那個唱歌的女孩子也真唱得好，並沒有一味模仿蔡琴，而是另闢蹊徑，有一些地方她隨機做了改變，低的地方挑高，高的地方她卻唱得模糊，中年的滄桑味道因此而改變，變成了青春的寂寞。

一瞬間，夏蕙想起老夏煲的湯，淚盈於睫，那些湯水之於腸胃，也是浪花的手，也是某種溫柔。

喝咖啡的時候，季蓮心會問一些和男人有關的問題。

「最近有沒有人給妳介紹男朋友？」

「沒有。」

「有沒有人對妳感興趣？」

「好像沒有。」

「那有沒有認識有可能性的人？」

夏蕙笑了。

「妳還笑？」季蓮心盯著夏蕙的臉，淡淡地說，「眼角都有細紋了。還有妳的皮膚，最近熬夜多了吧？臉色怎麼那麼黯淡？油脂分泌得太多，皮膚又缺少水分，眼袋都出來了。妳這個樣子怎麼會吸引男人注意呢？」她一邊說一邊從包裡摸出一面鏡子，讓夏蕙自己看。

夏蕙掃了一眼鏡子，嚇了一跳，鏡子有放大功能，皮膚毛孔像一個解析圖，確實有點兒問題。

「那就不吸引唄，我又不靠色相吃飯。」

季蓮心從鼻子裡笑了一聲，「妳靠什麼吃飯是妳自己的事兒，男人卻是從色相上給女人分門別類的，不同類別區別可大著呢。」

「那就守身如玉。」

「能守身成玉倒也罷了，」季蓮心慢條斯理地說，「怕只怕，守不成玉，倒變成一截枯木。」

「形狀好的枯木還能當藝術品呢。」夏蕙說，「比起跟一個不愛的人將就著過日子，鍋碗瓢盆烏煙瘴氣好得多。」

「鍋碗瓢盆有鍋碗瓢盆的好處，烏煙瘴氣有烏煙瘴氣的道理，生活離不開這些東西。」

夏蕙想起老夏，他大學畢業時，大學生還相當金貴呢，他是學生會主席，畢業時順利進了機關，前程似錦，又娶了個美若天仙的演員老婆，誰能想到，十分紅處便化灰。老夏的生活就此定格，在機關，是個唯唯諾諾的小公務員，在家裡，是混雜著汗味兒、油煙氣、酒氣、臭腳味兒、菸味兒的長工。從夏蕙記事開始，家裡的主臥室就由季蓮心獨霸著，老夏冬天睡客廳裡的沙發，夏天，在地板上鋪一個涼蓆，肚子上搭條毛巾被就對付了。

「妳對自己的婚姻生活滿意嗎？」夏蕙問。

「說不上滿意，也說不上不滿意。」季蓮心說，「妳爸是個好人。」

「妳爸」？聽季蓮心的語氣，彷彿老夏只是夏蕙的什麼人，跟她一點兒關係也沒有似的。從血緣上來講，確實如此。但是，夏蕙打量著季蓮心，她的青春是怎麼留住的？還不是老夏煲湯煲出來的？三十年啊，一萬一千多天，那些湯匯流一處也該成條河了吧？可這麼多的熱湯熱水也沒把她的胃腸暖過來。夏蕙又傷感又氣憤，還說我是冷灶腸？妳季蓮心才是冷灶腸，連心、連血、連骨頭渣子都摻著冰碴兒。

「戀愛一定要談。」季蓮心說，「人這一輩子也是分春夏秋冬的，戀愛是日暖風和的四月天，是人生最好的一段日子。虛度了好年華，妳會後悔的。」

夏蕙讀碩士的時候，帶她的導師同時帶著另外幾個碩士生和博士生，在博士生中間，有一個叫章懷恒的男生，寡言少語，很自戀的樣子。碩士生和博士生的課不同時上，只是偶爾有外來的教授開座談會時，他們才會遇見。章懷恒孤傲，夏蕙清高，認識半年了，他們還沒說過話。

第二個學期開始沒多久，有一個週末，從下午開始下雨，先是毛毛雨，然後是小雨，到夏蕙走到校門口打車時，雨點已經變成黃豆大了，校門口等活兒的出租車全都被人打走了，夏蕙站在一家鮮花店門外，衣服被雨打濕了一半，抻著脖子四下看的時候，章懷恒開車停在了她的身邊。

他替她打開車門，「去哪兒？我送妳。」

夏蕙早就聽說章懷恒的家庭頗有點兒背景，但沒想到他連私家車都有了，還是奧迪A6。

夏蕙上了章懷恒的車，車裡的空間其實不小，但章懷恒也是長臂長腿的高個子，兩個人並排坐著，有些侷促，尤其是剛剛在外面等車時，頭髮上身上淋了雨，在逼仄的空間裡，散發出淡淡的腥氣，更讓夏蕙覺得窘迫。車開出去好長一段，還是章懷恒先笑著開口，「我的話夠少了，妳倒比我還沉默。」

夏蕙笑了笑。

「她們都坐過我的車，」章懷恒接著說，「一坐進來就像麻雀似的，問東問西，嘰嘰喳喳地鬧人。」

她們？夏蕙想，她們是誰呢？

那天的雨是個急脾氣，到後來，真是像用盆潑過來似的，視線非常差，好容易把車開到夏蕙跟季蓮心約好的飯店，夏蕙跟章懷恒說，「你進來坐坐吧，這麼大的雨，開車太危險了。」

章懷恒猶豫了一下，說好吧。

季蓮心已經到了，坐在二樓最裡邊靠窗的位置上，頭髮攏在腦後挽成一個髮髻，穿一件彩色條紋的無袖旗袍，陰天雨地的，季蓮心臉容皎潔，托腮望著窗外，活生生是一幅油畫，飯店裡的廣東音樂像是專為了配合她才播放的。

章懷恒問了夏蕙兩遍，「她是妳媽媽？」

季蓮心真是年輕啊，皮膚瓷白瓷白的，說她不到三十歲，也不算過分。別說章懷恒吃驚不小，就連夏蕙，那一刻也覺得季蓮心相當陌生。

他們三個人一起吃的飯。出乎夏蕙的意料，飯吃得很熱烈。季蓮心說話並不多，但她總能引出章懷恆的話來。同樣讓夏蕙沒想到的是，章懷恆是個很幽默的人，他的話沒什麼特別，很認真，很一本正經，但就是讓人忍不住要笑。夏蕙想起老夏，他天天說笑話逗老婆女兒開心，但他的笑話沒一個好笑的，經常弄得季蓮心不耐煩。

季蓮心對章懷恆很耐煩，很買帳，每次笑，都像花苞似的，先抿著，然後含著，直到最後含不住了，噗哧一聲，笑得春光爛漫。她又不是無知少女那種傻笑，而是深諳其味，心領神會的那種笑容，有她坐在對面，不幽默也幽默了，不深刻也深刻了，都酒不醉人人自醉了。

那以後，週末時，章懷恆總是載夏蕙去市裡。有時候，他跟她們母女一起吃飯，他花錢很大方，又不張揚，藉口去衛生間就把單買了。有時候，他只把夏蕙放到要去的地方，說聲「再見」就離開。夏蕙細細地觀察，但終究看不出章懷恆的心思，他是因為她才跟她們母女一起的呢？還是因為季蓮心而走近自己的呢？或者什麼都不為，只是興之所至？又或者他自己也無法確定什麼？

在學校裡，關於他們的閒話早就傳出來了。女生們看夏蕙的目光頗有些微妙，好像她使了什麼手段，給章懷恆下了絆才讓他一頭栽進她的懷抱似的。季蓮心這邊雖然沒明確說什麼，但要是章懷恆不跟她們母女一起吃飯，她也會問夏蕙一句，章懷恆怎麼沒來？

有的時候夏蕙也迷惑了，她和章懷恆到底是什麼關係呢？

幾個月以後，章懷恆在電影廠的內部放映廳裡請季蓮心看了一部電影。事後他跟夏蕙解釋說，他覺得那部電影很古典，很適合季蓮心看。而季蓮心的解釋是，她以為章懷恆找她，是要跟她談夏蕙的事情。兩個解釋都很簡短扼要，兩個人都很光明磊落，但夏蕙卻無法釋懷。她滿腦子都是電影院裡放電影時曖昧的光線，在那樣的光線裡面，章懷恆會顯得老成深刻，而季蓮心則年輕優雅，曖昧的光線會淹沒掉他們之間的年齡差距。他們在電影院裡肩並肩坐著，胳膊偶爾會碰到，肌膚的短暫接觸會在兩個人的心裡造成怎樣的顫慄？他們交談的時候要湊近對方的耳朵才行吧？季蓮心的香水用得很高級很女人，幽香陣陣，不信章懷恆不意亂情迷。其實他們根本都不用交談，光是那種「盡在不言中」的意境，就把什麼都表達了。夏蕙還注意到他們都跟她說了看電影的事情，但誰也沒告訴她，他們看的是什麼電影，什麼時間看的電影。夏蕙同樣沒被告知的是，他們是什麼時候交換了電話號碼的，他們是第一次聯繫還是第N次聯繫，只不過，這次湊巧被夏蕙的大學同學撞見了。

連著幾個星期，夏蕙躲著章懷恆，她不搭他的車，也不接他的電話。實際上，電話章懷恆也只打了兩次。他並不是那種死乞白賴的人。或者說，夏蕙不值得他死乞白賴。寒假過後，再開學時，夏蕙聽說章懷恆去廣州了，在一個公司裡當副總。

夏蕙照常跟季蓮心見面，她不能不見，她們是母女，臍帶能剪掉，血管裡的血能抽光嗎？還別說DNA了。

她們誰也不提章懷恆。就像一首詩裡說的，章懷恆就像一片雲影，偶爾投映在她們週末生活的波心，很快又飄走了。

夏蕙二十八歲時，讀博士讀到第二年，季蓮心對她的戀愛生活是真的操心起來了，她開始挑剔她吃飯拿筷子、喝茶端杯子的動作，給咖啡加糖加奶的手勢，走路時要挺胸收腹，眼睛要直視前方，落腳點要大致沿著一條直線；站要站成一棵樹，不是松樹，而是想像自己是一棵開花的樹，坐下的時候腰板要挺直，臉孔要略略抬起來，高興時，笑聲不要太響亮，生氣時，不能皺眉頭，諸如此類，拉裡拉雜的一大堆。連續五六個週末，季蓮心不上劇院也不喝咖啡，拉著夏蕙逛商場。商場如今開得都晚，夜裡九、十點鐘才關門，她們吃完飯，還可以逛兩三個小時。

季蓮心挑衣服的眼光很準，在夏蕙看來眼花繚亂的一堆衣服裡面，季蓮心一眼就能挑出適合她的。而她常常是在試過衣服後，季連心跟服務員講價錢，或者拿著購物小票去付款時，她一件一件打量其他的衣服，才會比較出自己這一套的好來。

季蓮心給夏蕙挑了十幾套衣服，還有配套的鞋子，幾種顏色的內衣，一打一打的絲襪。夏蕙的卡刷得快要空了，衣櫥裡面卻前所未有地豐富起來，都滿園春色關不住了。

季蓮心還帶她去做頭髮，專找一個叫小丁的人。

小丁以前是最有名的「藍屋」髮廊裡的首席大工，後來自立門戶，當了老闆，他的店面雖然不是很大，但收拾得整潔舒服，見到季蓮心，服務員們都很熱情地打招呼，叫她蓮心姐姐。

小丁三十多歲，個子不高不矮，有點兒水蛇腰，腦袋後面梳著小馬扎，衝季蓮心很燦爛地一笑。

「這個弄完就給妳做。」

其他幾個坐在長沙發上等的女人怒形於色，「沒有先來後到啦？」

小丁扭頭衝她們一笑，「蓮心姐姐是昨天就預約好的。」他對這些女人的笑容和對季蓮心可截然不同，聽起來更像是威脅。

那幾個女人眼睛裡面還是憤怒的，但嘴巴閉上了。

「蓮心姐姐以前是評劇皇后。」小丁跟那幾個女人說，「八十年代那會兒，我媽是她的粉絲呢。」

長沙發上所有的眼光都朝季蓮心看了過來。

八十年代的評劇皇后？還姐姐？

夏蕙打量那些眼光，想笑。

「那些陳芝麻爛穀子的事兒，你說它幹嘛？」季蓮心嗔怪了一句。「今天想讓你給夏蕙設計個髮型。」

小丁掃了夏蕙一眼，叫來一個女孩子，「給她洗頭。」

夏蕙洗好頭髮回來，小丁已經虛席以待了。剛做完頭髮的女人覺得自己被匆匆打發了，對著鏡子左照右照，問小丁：「這樣行嗎？」

「怎麼不行？哪兒不行？」小丁懶洋洋的，話說得軟，聽著硬。他讓夏蕙在椅子上坐好，用兩條乾毛巾把她的肩上圍緊，然後往她身上披罩布，用夾子夾好，一隻手伸進她的頭髮裡面，撩著，挑著，揉搓著，他的手指像女人似的修長滑膩，夏蕙臉都快燒著了，小丁抄起吹風機，把一咕嚕冷風衝著她吹過去，一邊淡淡地解釋一句，「這樣的風不傷頭髮。」

那個女人照了半天，沒挑出哪兒不行。女人走時跟小丁打招呼，他過了半分鐘再答了一聲。

小丁把夏蕙的頭髮吹成七分乾，兩手托住夏蕙的臉，從鏡子裡面打量她，小丁是單眼皮，眼睛長得細長，盯著人看時，像兩個鉤子。夏蕙渾身的汗毛都被他盯得都豎起來了，她覺得再待一分鐘她就要發作了，讓這一切都滾蛋吧，她才不想受這分洋罪呢。

小丁鬆開了手，抄起剪刀，一邊跟季蓮心聊天，一邊給夏蕙剪頭髮。他們說起一個算命的女人，是個菸仙兒，請她算命時，要帶上菸，好壞不拘，給她點上後，把問題提出來，她可以通過煙霧的形狀看見過去及未來的事情。

小丁說他前幾天剛去算過，很準。

長沙發上面坐著的幾個女人原本看雜誌發短信，還有一個偷偷研究季蓮心的髮型，聽見他們的對話，注意力都被吸引過來，他們的談話剛停頓一下，一大串問題就插了進來，那個女人住在哪裡啊？什麼事情都能算嗎？真有那麼準？她怎麼個收費法兒？

「那可是個奇人，不給陌生人算，」小丁笑著說，「要不是蓮心姐姐先給引見了一下，我連門都進不去的。」

「亂講。」季蓮心說，「是她覺得跟你有緣，要不然，才不會讓你給她點菸。」

做完頭髮從髮廊出來，夏蕙問季蓮心，「那個算命的女人真有那麼神嗎？」

「誰知道呢？」季蓮心說，「我從來沒給自己算過。」

季蓮心對夏蕙的改造還是相當成功的，每天都有人對夏蕙說她最近變漂亮了，打聽她的衣服從哪兒買的頭髮在哪兒弄的，連教授也注意到她的變化，誇她越來越清新了。九月分教授去一個海邊城市開研討會時，本來是帶另外兩個博士生，其中一個人患了流感，他就讓夏蕙補了缺兒。

夏蕙在飛機上，認識了西蒙。

那天她穿了一件白色連衣裙，純棉的質地，一眼看過去，不過是一條很淑女的裙子，仔細打量才會發現，在棉布上面用白線繡著大朵的牡丹花和龍鳳圖案，古色古香，手工非常考究。當時打完五折還花了一千八，是季蓮心一再堅持，夏蕙才買下來的。

坐在夏蕙身邊的西蒙說，妳的衣服真漂亮。

夏蕙的臉一下就紅了，她說謝謝。

西蒙指著她胸前的玉墜說，「玉？」

夏蕙點點頭。跟外國人用英語閒聊，和平時在課堂上講課的感覺完全不同，尤其是西蒙的英語遠不及她，夏蕙變得自信起來，她對西蒙說，玉貼著皮膚掛在身上，可以因為每個人不同的血氣而變得不同，好的玉掛在適合它的人身上，會變得溫潤，剔透，晶瑩。玉有思想，有靈魂。這塊玉原本是她外婆的，她覺得外孫女比女兒更適合它，就留給了自己。

西蒙聽得連連點頭，管夏蕙叫「玉女郎」。

他介紹自己，是巴黎人，喜歡東方文化，現在是藝術學院的交換學者，一邊學中文，一邊學國畫。他這次去海邊，是和幾個朋友一起度假。

西蒙給夏蕙留了電話號碼，還要了她的手機號碼。

下飛機時，西蒙亦步亦趨，跟夏蕙說了好幾遍「我會給妳打電話的」，他在機場出口處打了輛出租車，坐上去後，衝夏蕙揮手再揮手。

「那個美國帥哥對妳一見鍾情了？」跟夏蕙同行的博士生逗她。

他是法國人。夏蕙不好意思地解釋說，他是對她衣服上的圖案感興趣。

教授仔細打量了一下龍鳳呈祥牡丹吐豔，目光落到玉墜上頭，感慨了一聲，「民族的就是世界的。」

有車來接他們。往市裡去的路上，夏蕙一直望著窗外，好像被城市的景色迷住了。實際上，她的眼睛裡面，晃蕩的全是西蒙的音容笑貌，她有點兒不敢相信在自己的身上會發生這種事情。法國人的審美觀點與中國人差距很大嗎？還是他們一貫的紳士風度導致他們對女人不管美醜都極盡恭維之能事？又或者他只是興之所至，跟她逢場作戲？西蒙真的會如他所言給她打電話嗎？如果他打了電話呢？她接招還是躲開？夏蕙的身體裡面有一團熱辣辣的氣，像武俠小説裡面形容的真氣，四處亂竄，不受她的控制。

西蒙的搭訕只是一個開始。在會議上，夏蕙除了待在房間和去洗手間，她再也找不到形單影隻的機會。

與會的教授們調侃夏蕙的教授，說他帶來個祕密武器。開會的時候，電視台的記者用攝像機對準夏蕙的時間比某些教授時間還長。學報上刊登關於這次會議的消息時，有夏蕙一張很大的照片，她被稱為「美女學者」。會議結束後，大家去一個風景區玩，夏蕙幾乎成了景點，不時有人過來要求合影。

有一天夜裡，夏蕙洗完澡對著鏡子打量自己，她看到了一具陌生的身體，光滑、修長、紅潤、飽滿，如此青春，如此健康，充滿了生機和活力，適合所有美妙事情的光臨，夏蕙忘了上一次認真照鏡子是什麼時候的事兒了，顯然，她的相貌在最近一段時間內有了變化，眉眼依舊，鼻子嘴巴也都是二十多年來看慣的，但在熟悉中間，如今多了一點兒通常貯留在季蓮心身上的東西——風情。小荷才露尖尖角，還沒多到可以賣弄的程度，也還保持著陌生感，新鮮感，不過，跟夏蕙現在的年紀、狀態非常吻合，因此就像一盞燈籠一樣，讓她從裡往外地煥發出光彩來。夏蕙從來不知道自己身上竟然還暗藏著這樣的寶藏，就彷彿在他鄉異地見到最親的人那樣，眼睛裡面充滿了淚水。

開會回來的飛機上，同行的博士生先是拐彎抹角地打聽她現在跟章懷恆還有沒有聯繫，得到否定的答案後，他約她週末吃飯，「有很多話想跟妳說」。

「不行啊，」夏蕙發現，連自己的聲音也變得軟滑柔順了，「週末我得陪媽媽吃飯看戲，我爸過世以後，這是我們家雷打不動的規矩。」

雷打不動的規矩因為西蒙而改變。黃金週後的第一個週末，她接到了西蒙的電話，他剛度假回來。

「嗨，我是西蒙，」夏蕙一聽到這個歪七扭八的漢語，腦袋立刻變成個萬花筒，轉個不停，她的心跳得那麼厲害，舌頭簡直變成了風中的紙片兒，抖啊抖的。他約她吃飯，她深呼吸了一下，才說「好吧」。

接完電話夏蕙在圖書館裡就坐不住了，匆匆趕回到宿舍，挑衣服挑了一個小時，把衣櫥裡的衣服試了個遍，她很慶幸前一段時間不惜血本的大量購入，薑還是老的辣啊，看季蓮心多有遠見，栽好梧桐樹，引來金鳳凰。捨不得孩子套不來狼，夏蕙胡思亂想著，挑來挑去，最後夏蕙還是覺得季蓮心幫她搭配的一套衣服最合適——

通身上下的黑色，坎袖，棉加絲的質地，上衣短而窄，領口和袖口滾著明黃色的邊，扣子是手工盤製而成的，小巧的「S」型，下面配闊腳褲，底下一雙米黃色的高跟鞋。唯一被她棄置不用的是絲綢手袋，袋口不是拉鍊，而是用絲繩抽起來的。好看是好看，但她覺得刻意得過分了。

她給季蓮心打了個電話，說晚上要跟教授談事情，不能見面了。然後冒著跟她狹路相逢的危險，去找小丁做頭髮。

小丁看見她，愣了愣，她自己解釋說，是季蓮心的女兒。他想起來了，點點頭。

弄完頭髮趕到約定地點，時間有些緊，夏蕙在街上跑了幾步，她感覺自己的頭髮像洗髮水廣告女郎那樣飛舞起來，吸引了很多目光。西蒙已經到了，帶著一副驚豔的表情，看著夏蕙朝自己奔過來，伸開雙臂抱住了她，「玉女郎」。

夏蕙很不習慣這種親熱，瞬間，全身都僵硬了，也弄不清楚西蒙是真心的呢，還是出於禮貌。「不過，」她想，「管他呢。」整個人跟著放鬆下來。

在海邊待了半個月，西蒙晒黑了，皮膚變成了金棕色，似乎還在散發著熱烘烘的氣息。他指著她衣服上的盤扣，笑著說，「蕙，妳是草本植物，初夏開花，花朵是黃色的，有香氣。」

連字典都查過了。夏蕙被西蒙盯著，腦細胞就像煮沸的水，咕嘟咕嘟地冒泡兒。

「妳害羞的時候，」西蒙故作神祕地問，「妳的玉也會害羞嗎？」

「你猜呢？」夏蕙反問，「玉有沒有喜怒哀樂？」

在餐館裡，夏蕙主動提出，「我們AA制吧？」

「在中國，AA制意味著距離，是不是？」西蒙的眼珠是藍灰色的，像兩塊寶石，執意要嵌進夏蕙的眼睛裡面去，「如果妳允許我來付帳，我會覺得很榮幸。」

來得太快了，也來得太猛烈了，像一場暴風雨，夏蕙心裡嘀咕著，不知道說什麼才好，便躲開西蒙的目光低頭喝湯，手裡的湯勺叮一聲，不像敲在瓷碗邊，倒像敲在心坎上。

夏蕙跟西蒙交往了兩個多月，才帶他見季蓮心。

季蓮心在電話裡冷冷地甩出一句，「終於捨得讓我看了？」

因為和西蒙談戀愛，夏蕙推掉了好幾次季蓮心的週末之約，她們見面提起這個話題時，除了兩個人怎麼認識的，關於西蒙，夏蕙對季蓮心無話可說。她自己也說不清為什麼不能像別的女兒那樣，親昵自然地跟媽媽談論男朋友，數落他的缺點，感慨他的優點，甚至可以像同謀似地討論討論男人的隱私。她就是做不到。不過季蓮心也不是一般的母親，如果說女兒是花朵的話，別的母親是花旁邊的一叢草，息息相通，囉哩吧嗦，蓬頭垢面，季蓮心不是，根抓在地下，身子卻挑了起來，竄了出去，變成一棵樹，對夏蕙而言，她的母愛是一片樹蔭，有形有狀卻沒有熱度，觸摸不到，近在咫尺又遠隔千里萬里。

吃飯的地方是季蓮心定的，不知道是不是賭氣，餐館名叫「老媽菜館」。店新開張，披紅掛彩的沒度完蜜月呢，優惠多多，人氣很旺，有股「所有的人都來吧，讓我餵飽你們」的氣息。

季蓮心已經把位置訂好了，是大廳裡最好的座位，靠著窗邊，兩邊是盆栽，鬧中取靜。服務員說，季小姐打過電話，說晚一會兒到。她給他們沏了茶，茶也是「季小姐」存在吧台的，上好的龍井。

夏蕙說那我們先點菜吧。

服務員說菜也不用點，「季小姐」早都安排好了，只等她一到，就起菜。

夏蕙衝西蒙笑笑，心裡疑惑，不知道季蓮心要什麼花槍，人不在，但處處鋒芒。

「妳媽媽是什麼樣的人？」服務員離開後，西蒙問。

「美人。」夏蕙想了想，說。

西蒙輕輕地吹了一聲口哨。

從來守時的季蓮心那天遲到了二十分鐘，還是穿著牛仔褲來的，褲腳塞進一雙棕色矮筒皮靴裡，上身是米色羊絨衫，V字領，鑲同色透明花邊，頭髮先梳成一根辮子，然後在腦後挽成一個髮髻，背了一個棕色雙肩包。季蓮心弄得跟女學生似的，更讓人跌鏡的是，連妝都沒怎麼化，眼角處有一些皺紋，說來也怪了，倒讓她變得更好看了，一張有閱歷、有經歷的臉，給她的從容大方提供了明確的注腳。

夏蕙下意識地看了一眼自己身上剛買的「木真了」，雖然主體還是黑色，但袖口領口，綠肥紅豔，非常熱鬧。單獨看還頗有點兒陳逸飛「潯陽遺韻」的味道，但眼下坐在「老媽菜館」裡面，到處掛著紅氣球紅燈籠，身前是綠油油的盆栽，加上滿屋子走動著穿紅色錦緞、領口袖口滾金邊旗袍的女服務員，她的衣服顯得既隆重又傖俗，還有些老氣。

季蓮心跟西蒙為自己的遲到道歉，然後跟夏蕙解釋說，評劇團最近要把《花為媒》重新搬上舞台，這陣子正忙著排練呢，劇團租的排練廳就在菜館隔壁，所以她就近約了這個地方。

「蕙說妳是美人，」西蒙說著大舌頭漢語，拍季蓮心馬屁，「果然名不虛傳。」

「是美人，也遲暮了，」季蓮心笑了，斜睨了夏蕙一眼，「連自己的女兒都不待見了。」

西蒙沒聽懂「遲暮」，扭頭問夏蕙「慈母」是什麼意思？

夏蕙說是好媽媽的意思。

西蒙連連點頭。

季蓮心「噗」地笑出來，「妳倒會解釋。」

「妳們不像母女，」西蒙看看季蓮心又看看夏蕙，「像姐妹。」

夏蕙假裝沒聽見西蒙的話，問季蓮心，「怎麼又排戲了？」

「有錢了就排唄。」季蓮心說，「團長一天打八十個電話，並不是非我不可，主要是讓我帶帶新人。」

西蒙示意她們，他也和她們是一夥兒的，談話時不要把他排除在外。

夏蕙解釋了幾句。

「你們在排練中國古代歌劇？」西蒙眼睛發亮，看著季蓮心，「我們可不可以參觀？」

小時候，夏蕙看過季蓮心演戲。滿頭珠簪，顫顫悠悠地，在燈光下面閃著奪目的光彩，繡花裙子外面垂著幾十條繡花裙帶，走動起來，釵環叮噹，風擺楊柳。她跟書生在後花園裡談戀愛，亦嬌亦嗔，賣弄風情，夏蕙聽不大懂唱詞，但季蓮心嗲聲嗲氣的唱腔卻聽得真切，她非常難為情，唯恐別人知道自己是季蓮心的女兒，偏偏全世界的人好像都知道她就是季蓮心的女兒，在她背後指手畫腳，說她們的壞話呢。

不過，在半個足球場大的排練廳裡看不見正式演出時的盛況，這裡冷冷清清的，木頭地板踩上去會發出回音，他們在排練廳中間鋪了紅色的地毯，髒兮兮的，有舞台大小，地毯上面擺著幾把椅子，開始時，他們以為那是給演員們休息時用的，後來發現，椅子的用處遠不止如此，房間是它，假山是它，花叢是它，大樹是它，鏡子是它，花轎、喜床、紅燭，都是它。

季蓮心在腰上繫了一條紅綢帶，有時當水袖，有時當裙襬，有時當羅帕。她穿得那麼休閒現代，跟那個男女相悅的古代故事毫不沾邊，可這根綢帶往她的腰間一繫，她跟這個紅地毯象徵的舞台關係一下子變得協調了，人也跟著搖身一變，變得亦古亦今、一腳戲裡一腳戲外了。

季蓮心婀婀娜娜，擰著腰肢邁著碎步在前面走，一個二十剛出頭的小姑娘一招一式地跟在後面學。

「愛花的人，惜花護花把花養，恨花的人，壓花罵花把花傷——」季蓮心的嗓子仍然清亮，姿態也漂亮。比夏蕙小時候在舞台上看到的季蓮心，更加漂亮。那時候她小，覺得戲曲五彩繽紛，光芒萬丈，又咿咿呀呀，無病呻吟。戲文內容全是男女相悅，很讓人羞恥的。這幾年夏蕙跟著季蓮心看了幾十場戲，對舞台藝術的欣賞能力大為提升，就像吃菜一樣，不僅吃出了味道，還吃出了奧妙。在新的眼光下，夏蕙發現季蓮心是個好演員，一招一式，一顰一笑，非常生動。

「太棒了！」西蒙不見得懂戲，但彷佛小孩子進入了糖果世界，歡呼雀躍，好不開心。他亦步亦趨地跟著季蓮心，舉著數碼相機不停地拍照。

夏蕙覺得西蒙的好奇無禮而粗暴，打擾了劇團的排練。但季蓮心卻沒有任何表示，就彷佛她是個大明星，早就習慣了狗仔隊無孔不入的追逐，非但不生氣，還很享受這種干擾。其他人開始時有些不大習慣，用各種眼光打量著這個侵入者，但過了一會兒他們好像就都適應了。這個外國小夥子是衝著季蓮心來的，季蓮心不覺得彆扭，別人又何必多事？導演是個年輕人，一口一個「季老師」，謙遜得不得了。跟季蓮心學戲的年輕女孩，眼睛更是只盯著「季老師」，仔細看她做分解動作，或者聽她分析某一句唱腔，女孩子穿了一件棒針毛衣，鬆鬆垮垮的，腰上沒有綢帶，做動作時，有點兒笨笨磕磕的，不像古代小姐，十足一個當代小保姆。

「妳媽媽像蛇一樣美。」西蒙汗津津地走到夏蕙旁邊，從她身後的窗台上拿起自己的飲料喝了一大口。

夏蕙倚在窗台上，望著外面，夕陽就在眼前，一小團，很鮮豔，在淡青轉灰的天空上，就像古典愛情故事中，痴情的女子失戀後吐在羅帕上的一口血。聽見西蒙的話，她回頭看了一眼季蓮心，她先是走了一個連環步，然後定住，擺了個姿勢，然後全身放鬆下來，示意著那個跟她學戲的年輕女孩子跟著她做。女孩子重複了一遍，季蓮心才接著剛才的動作，且唱且動，她扭動腰肢，整個身體慢慢翻轉，手臂的動作像生長中的藤蔓，確實蛇裡蛇氣的。

「很多男人都愛她，對不對？」西蒙的眼睛沒離開季蓮心。

夏蕙覺得那不是個問句，而是個陳述句。

這時輪到年輕的女演員唱，想不到那麼美妙的聲音竟是活在那樣一個身體裡面的，字正腔圓，婉轉真切，清亮如山中流泉。雖不如季蓮心那麼韻味濃郁，但夏蕙覺得她天真爛漫，更適合劇情裡的懷春的女主角。季蓮心年紀太大，和男主角調情調得黏黏乎乎的，風塵味太重。

西蒙喝了半瓶水，待女演員唱完，他又回到季蓮心的身邊。跟夏蕙，連句話都沒有。

夏蕙想，如果這會兒她走開，沒有人會注意到的。

可是去哪兒呢？

在冷清的排練廳裡，外面街道上人聲車聲仍然能隱約傳進來，季蓮心、西蒙，導演、演員、以及幾位琴師，對這些聲音都充耳不聞，於是這些聲音一股腦兒地湧進了夏蕙的耳朵裡面，積少成多，越來越響，先是變成一輛醉鬼駕駛的車，橫衝直撞，再接下來，十個一百個一千個無數個醉鬼，都駕車在夏蕙的腦袋裡面轉，還不停地按喇叭，她的腦血管快被這些聲音弄炸了。

他們離開排練廳時，天早就黑透了。「老媽菜館」仍然燈火輝煌，從窗子望進去，還有幾桌客人推杯換盞，言笑晏晏。

西蒙要送季蓮心回家，她說不麻煩他了，評劇團有個小麵包車接送排練的演員，他只要把夏蕙送回學校就行了。

「要不要喝咖啡？」西蒙依依不捨的勁頭就像當初在機場上跟夏蕙分開時一樣。

「改天吧。」季蓮心衝西蒙擺了擺手，用手指碰了碰夏蕙的臉頰，道了聲再見，上車走了。

他們看著車子開走，車尾燈從紅燈籠變成兩個火柴頭大小的紅點兒，消失在夜晚的車河裡。夏蕙覺得，西蒙就像一塊燃燒充分的木炭，隨著季蓮心的離去，他的熱情一點點地冷卻下來，她身邊站著的，不再是那個熱愛中國文化的巴黎青年，而是一柱炭灰。

「我送妳回學校？」西蒙問。

「不用了，你先回去吧。」夏蕙走上人行道，道路兩邊是一家接一家的店鋪，餐館占了一半，另外還有特色經營的服飾店，小咖啡館，音像商店，席殊書屋等等，從店鋪裡鋪灑出來不同顏色和形狀的燈光，照在路上，一塊一塊，補丁似的，夏蕙在光影中間打量自己身上的衣服，既華麗又陰沉，怎麼看怎麼像喪服。

西蒙跟著她走了一會兒，快到十字街口了，終於忍不住問，「怎麼了？蕙？」

「沒怎麼。」夏蕙沒看西蒙，盯著十字路口，車如流水馬如龍。

「我不知道哪兒出了問題，」西蒙看出她不高興了，猶猶豫豫地說，「這不是一個美好的夜晚嗎？」

這是一個美好的夜晚嗎？夏蕙鼻子發酸。去吃飯之前一切還好好兒的，西蒙摟著她，一刻不願放鬆，惹來好多好奇的眼光，弄得她相當尷尬，現在她希望他對她親熱了，他卻把手抄進了褲兜裡。

夏蕙看見不遠處有一家咖啡館時，「我想自己待一會兒。」

西蒙沉默了一會兒，說，「好吧。」他伸手打了一輛出租車，坐了上去。

「再見。」他衝夏蕙招了招手。

門是木頭的，很沉，像棺材板。咖啡館裡面暖烘烘的，在晦暗不明的光線中，煮咖啡和烤麵包的香味兒、菸草的氣息、客人身上的香水味糅雜在一起，在糾纏不清中間各自比拼。

「或許是自己太敏感了，」加了足量砂糖和牛奶的熱咖啡，在口腔和胃腸裡面給夏蕙做了一次按摩，她的情緒像個攥緊的拳頭，慢慢地鬆開來。對於西蒙所迷戀的東方文化，季蓮心是一個活化石。他並不是對她本人感興趣，而是對她身上所負載的文化感興趣。

「太沉不住氣了，」夏蕙有些後悔，如果西蒙發現她跟自己的媽媽爭風吃醋，會怎麼想？她看見服務員送了一瓶紅酒到旁邊桌上，那裡是一對情侶。

「我要不要也來一瓶紅酒呢？」夏蕙看了一眼自己的衣服，這套衣服真是太不對勁兒了，午夜時分拎著紅酒去找男朋友的女郎應該穿吊帶裙，或者，像季蓮心穿的那身衣服，隨意而親切。

夏蕙望著那對淺酌低語、眉目傳情的情侶，思緒無法從那瓶紅酒上面離開，就這麼去又怎麼了？西蒙喜歡的不就是她身上的東方氣質嗎？如果剛才她的頭腦夠冷靜的話，她就該邀請西蒙一起進來，喝杯咖啡，再喝瓶紅酒，聊聊季蓮心的戲曲和那塊破紅地毯象徵的舞台，聊聊在後花園裡眉目傳情的書生小姐，再聊聊他們自己，這不是一個美好的夜晚嗎？西蒙問她。她說，當然，這是一個美好的夜晚。

西蒙住在外國專家公寓。這個公寓還是文革前政府部門為援華的蘇聯專家蓋的，建築上面動了些心思，東西兩棟四層樓是俄羅斯風格，庭院卻是中國古典樣式，有月亮門，有樹有花有涼亭，一棵銀杏樹下面有一個特別大的缸，裡面養著金魚。冷眼一看不倫不類的，但看熟了，又覺得舒服。

公寓裡住的人員早就雜了，現在大部分是教師住在這裡。各種國籍，不同膚色，像小聯合國。西蒙的左邊房間住著一個日本男人，頭髮白了一半，總是彬彬有禮，右邊房間是個和他年齡相仿的巴西小夥子，走路也像在跳舞。西蒙說他是派對動物，他在家的時候，派對也跟著他在家，他不在家的話，一定在某個派對裡。

夏蕙聽見巴西小夥子房間裡的音樂聲，熱情，歡快，她的心情也變得愉快起來，敲門時用了很大的力量。西蒙好像剛洗過澡，打開門時，一股暖濕的氣息夾雜著洗浴用品的香味兒撲面而來，他的眼珠，像北方秋季傍晚時分的天色，這時也彷彿雨後似地，濕漉漉地，一陣柔情湧上了夏蕙的心頭，她湊過去在他嘴唇上親了一下，還把手裡的紅酒舉起來。

「週末的夜晚才剛剛開始呢。」夏蕙說。

西蒙的臉上現出燦爛的笑容，將她拉進了房間裡。看見她又變得開心起來，他好像也很開心。

「看我在幹嗎？」他拉著她的手，把她帶到電腦前面。

西蒙說了句什麼，但夏蕙沒聽清楚，她坐在電腦椅上，眼睛盯著屏幕。那上面有季蓮心的一個面部特寫，身體向前，頭朝後扭過來，媚眼如絲；夏蕙抓住鼠標，轉到下一頁，季蓮心的正面，直視著夏蕙；再往後，是季蓮心的全身，兩手拎著綢帶，一手擰在腰上，另一隻手斜伸了出去；這個動作是連續拍下來的，七八張照片，體現出她走一個碎步的過程；再往下，是季蓮心手部的特寫，手指纖細修長，像伸出去要求什麼，又彷彿要拒絕什麼。

夏蕙覺得自己被帶到了南極，剛剛瀰漫在眼底的溫暖、鹹濕，轉眼變成冰霜，變成了冰塊。

原來季蓮心並沒有上車離開，她躲藏在照相機裡，跟著西蒙回到了公寓，比夏蕙更早一步，也以更親密無間的方式在跟他交流。

西蒙見她久久不動，替她翻到下一頁，是季蓮心在糾正學戲的女孩子的手勢，夏蕙把鼠標拿過來，又翻回到那個手部的特寫，細嫩的手，比她的手還要年輕，像花朵一樣嬌美，食指上戴了個鑽戒，不小的一塊鑽石呢，鑲在一個托兒上，沒有一點點花哨，更突出了那顆鑽石的價值。

她哪兒來這麼多錢？男人送的，還是老夏的撫恤金？

「很美是嗎？」西蒙一邊說，一邊又往下面翻去。

「很美，但是——」

「什麼？」

夏蕙盯著屏幕上面不斷變換的季蓮心，各種各樣的季蓮心，沉默了一會兒，「她是個不幸的女人。」

「不幸？」西蒙看著夏蕙，「為什麼？」

「因為所有和她有關的男人，都會變得不幸。」夏蕙說，「沒有人說得清那是為什麼，就像一個咒語。我父親幾年前死於一場車禍，在我父親死亡以前，一個男人因為無望的愛情為她自殺過，在我父親死後，還有一個男人，原本好好兒的，跟她交往了不到半年，得了肺癌，死的時候就剩下一把骨頭。中國有一句話，叫紅顏禍水。意思是說，美貌是和災難聯繫在一起的。不是所有的女人都如此，但有一部分女人，總難免會給愛上她們的男人們帶來不幸。」

「上帝啊——」西蒙怔怔地看著夏蕙，藍灰色的眼珠在電腦屏幕的光影中閃閃發亮。

連著三天，西蒙一個電話也沒有。夏蕙怕錯過他的電話，時時注意保持自己的手機處於開機狀態。第四天，夏蕙給西蒙打了個電話。

電話接起來的速度非常快，西蒙用中文說，「你好！」

夏蕙沉默了一下，用英語問他，「怎麼一下子改說漢語了？」

「這是在中國啊，」西蒙說，「講中文不是更合適嗎？」

「可你以前跟我一直說英語的。」夏蕙強調。

「那是因為，」西蒙笑著說。「妳不肯教我漢語啊。」

「你的意思是，現在有人教你漢語嗎？」

「蕙，」西蒙笑了，「妳說話像玉一樣硬。」

「玉並不硬。」夏蕙想說，「玉是有血肉的石頭，玉很容易被傷害。」

「你有時間嗎？」夏蕙問。「我們一起吃晚餐？」

「有個派對，」西蒙猶豫了一下，說，「妳想參加嗎？」

「好啊。」夏蕙說。

西蒙說了時間、地點，放下電話，夏蕙才發現自己忘了問他派對的主題，但也許這是個沒有主題的派對呢，只是聚聚，聊聊，天南海北的人，天南海北的話題。夏蕙翻櫃子把牛仔褲翻了出來，黑色的，褲腳有點兒小喇叭，上面配黑毛衣，黑底有銀色條紋的運動鞋是內增高的，把她的腿襯得格外長，她背的是一個大大的銀色的包，既提亮了那一身黑色，又顯得很瀟灑。為了讓眉眼醒目些，夏蕙還照著《時尚》雜誌上面的美容模特兒給自己化了個淡妝。

夏蕙故意去得稍晚了些，時間不長，也就遲到了十來分鐘。還是季蓮心以前閒聊時說過的，派對這東西，就像某件奢侈品，太當回事兒，人會顯得傻兮兮的，也不能太不當回事兒，態度輕慢的結果會被看成是暴發戶。

她進門後先看到牆上的投影電影，有小劇場銀幕那麼大，影像相當清晰，放的是王家衛的《花樣年華》。

一隻手從後面摟過來，擋在了夏蕙的眼前，西蒙的口腔裡散發著葡萄酒醇厚甜美的氣息，

「給妳個驚喜！」

夏蕙笑了，她的身體在西蒙的懷抱裡像出殼的蝸牛，柔軟、嬌嗲、慵懶，她任由他領著，在人群中穿過去，來到一個角落，她猜想他會把她當成一瓶紅酒，把自己變成一個瓶塞堵住她的嘴，就像以前曾經發生過的那樣。雖然夏蕙的情感閱歷乏善可陳，但仍然能體會出西蒙是個接吻高手。

「準備好了嗎？」西蒙低聲問。

夏蕙從嗓子眼兒裡咕噥了一聲。

西蒙拿掉了擋在夏蕙面前的手，季蓮心穿了一件露臂的黑絲絨旗袍，身上披著一條黑色中夾金線的披巾，頭髮挽在腦後面，插了一根古色古香的金簪，似笑非笑地看著他們。

夏蕙有一陣恍惚，她覺得那不是季蓮心，而是一幅油畫，或者那不是油畫，是《花樣年華》裡的張曼玉，再或者，這是一個夢，她只要掐自己一把，季蓮心就會消失。

「西蒙一定要我來，」季蓮心微笑著說，「一次次地去找我，弄得我們都無法排練了。」

西蒙笑咪咪地看著她們，夏蕙不知道他是聽懂了，還是聽不懂。後來他去為她們取飲料，

「你們相處得怎麼樣？」季蓮心問。

「你們呢？」夏蕙反問。

「我壓根兒聽不懂他嘰哩呱啦地說些什麼。」季蓮心說。「他非常煩人。」她稱西蒙為「他」，還說他「非常煩人」，那麼自然而然，那麼理直氣壯。從她嘴裡吐出來的字兒就像病菌，被夏蕙吸進了肺裡，迅速地蔓延起來，全身發起高燒來，身體熱得要命，頭卻是冷的，嘴巴裡面泛出苦味兒，吐不出又嚥不下。她們站在窗戶旁邊，天一黑，窗戶就變成了鏡子，夏蕙在家裡左照右照怎麼看怎麼順眼的打扮，到了季蓮心身邊就變了，又土氣又便宜，扭捏做作，粗枝大葉，連帶著她這個人，也變得笨拙粗糙起來。

一個男人過來，做了個邀舞的動作。季蓮心笑笑，跟著他走了。

西蒙手裡握著兩杯橘子汁，往她們這邊走時被一個金髮女人攔住說話，季蓮心和那個男人一進入舞池，他的眼光立刻跟了過去。那個金髮女人順著他的目光，也轉頭看著季蓮心，夏蕙往周圍看看，發現很多人都注視著季蓮心，在《花樣年華》的背景下面，她比張曼玉還張曼玉。

夏蕙離開派對時，西蒙正擁著季蓮心跳慢舞，燈光被調暗了，即使燈光明亮，她想也沒有人注意到、或者關心到她是走是留。從樓裡出來，有一段路被高大的圍牆完全遮蔽了，墨黑墨黑，夏蕙走在路上，覺得自己渾身上下，裡裡外外都被這墨黑浸透了，只有心是紅的，像個戴紅色拳擊手套的拳頭，一下一下，把她往死裡地打。

鑰匙是幾年前季蓮心剛搬家時給她的，當時還挺鄭重其事的，好像這個新家跟夏蕙有什麼關係似的。

把鑰匙插進鎖孔的瞬間，夏蕙最後一次試圖勸服自己，「為了一個男人，值得嗎？」不是為了一個男人。夏蕙聽見身體裡有個小聲音說，這也是妳的家啊，誰也沒有權力阻止妳回家。

她扭動鑰匙，鎖「咔」地一聲打開了。

屋裡很靜，窗子是西朝陽，窗子從陽光射進來，照在客廳的茶几上面，一只細頸玻璃瓶裡面，插著三枝鳶尾花。這是從形狀上看起來，像在咿咿呀呀唱戲的花。絲絨面料的長沙發顏色和鳶尾花的紫色有些相近，後面的白牆上面，掛著十幾個大小不一的相框，都是季蓮心的演出劇照。

沙發對面是一個矮櫃，上面有電視，音響，幾十本書，以及幾件工藝品。

廚房和客廳是連著的，料理台上面擺著很大的果盤，裡面裝滿了水果，蘋果、奇異果、梨、山楂、臍橙，色彩繽紛，不像買來吃的，倒像專門為了裝飾房間的擺設。果盤後面擺著十幾瓶酒，高矮胖瘦，各種瓶子各種酒。一打高腳杯洋派地吊在一個架子上面。

廚房連著一個不小的陽台，被設計成了小會客室，和客廳長沙發配套的兩個單人沙發被擺在這裡，中間隔著個小茶几。陽台左邊角落裡面擺著一個瓷缸，裡面種著一株很大的滴水觀音，右邊正對著窗口的地方，吊著一個風鈴，十幾個木片，上面畫著京劇臉譜。夏蕙在沙發上坐下，伸了伸腰，不難想像天黑後這裡發生的事情，喝酒，賞月，聽風鈴，談談「今宵酒醒何處」。

季蓮心的床很大，窗簾和床罩也是絲絨的，和沙發一樣的紫色，床頭櫃上面擺著一束香水百合，香氣濃得讓人打噴嚏，和夕陽融為曖昧的一團。轉過一個畫著水描金黑框，圖案是龍鳳呈祥的大屏風，裡面黑乎乎的，地軟得差點兒讓夏蕙跌了一跤。她在牆上摸了半天，摸到電燈開關，打開燈，嚇了一跳，除了屏風以外，四面都是架子，裡面掛滿了衣服：套裝、襯衣、裙子、長褲、針織衫、風衣、大衣、旗袍、牛仔褲最少，也有十幾條，鞋子差不多有五六十雙，皮包足有一百多個，把一個三層架子塞得滿滿的，絲巾帽子之類的也有上百件，內衣全是成套的，密密麻麻地掛在一起。這些東西已經不是「衣櫥」能裝得下的，而是「倉庫」。幾面架子中間，除了兩個立式的穿衣鏡，還有個大梳妝台，上面擺著梳妝鏡和各種護膚品、化妝品。

原來老夏的撫恤金沒放在銀行，放在這裡了。

夏蕙跟老夏的最後一面是在屍體中心見的，老夏躺在一個抽屜裡面，穿著他結婚時買的一套灰色中山裝，衣服瘦了，緊緊地繃在他身上，看起來有點兒滑稽。他的臉被整理過，但頭部的傷口仍然能看出來，要是活著，老夏會試圖把自己的傷口講成一個笑話，但現在他無能為力了，只能拉著臉任人擺布，看上去既悲哀又沮喪，還很無助。

夏蕙從屍體中心出來，看見季蓮心在跟老夏單位的領導説話，她穿了一身黑套裝，戴了一頂黑帽子，很合體，很漂亮，很有氣質，她的憂傷就這麼簡潔高效地被這套裝扮概括、歸納了。那位領導似乎是個很心疼女人的男人，一個勁兒地勸季蓮心節哀順變，在夏蕙看來，就好像他在勸她把衣服脱掉一樣。

夏蕙是讓鑰匙在鎖孔裡轉動時發出的咔嚓嚓咔嚓嚓的聲音驚醒的，她不知道自己怎麼竟會坐在梳妝台前面的椅子上睡著了。她跳起來，到屏風後面關掉燈。地毯非常厚，人走在上面，一點兒聲音也沒有。

進來的是兩個人。在門後面纏綿了一會兒，才挪到臥室裡來。

西蒙説了幾句法語，開了床頭燈，燈光很暗，是淡淡的粉色，季蓮心的臉孔在這種光線裡面顯得分外嬌嫩，宛若香水百合的花瓣。

燈光也把屏風後面變得更黑暗，夏蕙站在那裡，腳開始長出根鬚，穿透地毯和地板，在下面的水泥地裡縱橫蔓延，她的眼睛沒瞎，但她看不清那兩個人的面目，她的耳朵也沒聾，但聽不清他們嘴裡喃喃低語些什麼，她的鼻腔被香水百合的香氣毒死了，再也聞不到其他的氣息。

夏蕙變成了一個植物人，慢慢地，又變成了一個死人。渾身冰涼，像躺在抽屜裡面的老夏。對啊，老夏，他肯定也有過這種經歷吧，怪不得這麼多年來，他從來沒有任何朋友。誰會和他做朋友呢？他的男朋友誰能抵擋住季蓮心的魅力，他的女朋友裡誰能比得上季蓮心哪怕一個手指頭？

紅顏禍水，真是一點兒不錯。

老夏不是被車撞死的，是被季蓮心這潭禍水淹死的。

夏蕙坐在陽台的沙發上，從廚房裡拿了一瓶葡萄酒，一只高腳杯。

夜色如鐵，冰冷，堅硬，像一副盔甲套在身上。從一扇打開的窗子吹進來的風，拳打腳踢地往夏蕙身上招呼，弄得風鈴驚叫著抖成一團。不過，夏蕙才不在乎，酒像一柱溫熱的血從口腔流進她的胃裡，又隨著胃的蠕動，滲透進血液，酒和血融為一體，酒像火，讓血溫暖起來，進而，燃燒起來。

她曾經帶西蒙去一家餐館吃過一道菜，說白了，就是拔絲雪糕，但餐館裡起了個特別的名字——世態。她覺得自己現在也像一道菜，只不過，跟「世態」剛好相反。

夏蕙喝完了一瓶，又拿了一瓶。酒啟子不像啟上一瓶時那麼好用，有些滑手，她費了好大的勁兒才把塞子「嘭」地一聲拔出來。

「西蒙？」從臥室裡傳出季蓮心絲帶一般的聲音。

夏蕙把酒倒進杯裡，灑了一些，淋淋漓漓地灑在茶几上。

「西蒙？」季蓮心穿了一件睡衣，走了過來，見到夏蕙，一下子停住腳步。

夏蕙笑，「他走了半天了。」

季蓮心沉默了一會兒，說，「妳對風那麼坐著，會感冒的。」

夏蕙咯咯咯地笑起來，笑得渾身發抖，像抽筋兒似的。

季蓮心走過去要關窗子，她抓住了她的手，「別關。」

季蓮心看了她一眼，停下手，把自己睡衣帶子繫緊了。

「喝一杯嗎？」夏蕙問，「很暖和。」

季蓮心自己拿了個杯子，倒了半杯酒。

「不好意思，」夏蕙舉起自己的杯子喝了一口，笑嘻嘻地說，「我看見你們上床了。」

季蓮心沒說話。

「妳身材真好，技術就更不用說了。看你們倆，」夏蕙比畫了一下，「比看那種片子還過癮呢。」

「西蒙不是結婚的對象。」季蓮心不動聲色，就像在說別人的事情，「他看上去真誠熱情，骨子裡卻是個花花公子。」

「跟妳很配是不是？」夏蕙說，「妳看上去像大家閨秀，骨子裡其實是個妓女。」

季蓮心轉身要走，被夏蕙攔住了。妳看，夏蕙想。從老夏身上繼承的粗大骨架並非沒有用處。

「怎麼了？做都做了，怕人說？」夏蕙發覺她控制不住自己，就是想笑，「妳跟章懷恆也有一腿吧？他和西蒙比誰更出色？東邪還是西毒？」

「夏蕙，」季蓮心溫和地說，「妳喝太多了，有話我們明天講，好不好？」

「不好。」夏蕙說，「妳跟多少男人睡過？我爸有多少次像我今天這樣，大飽眼福？」

季蓮心給了夏蕙一耳光。

夏蕙愣怔了一會兒，轉了個方向湊過去，「還有這邊臉呢。」

「給妳一點兒教訓也是應該的，」季蓮心老實不客氣地揚手又打了一巴掌，「不是我搶了妳的男人，而是妳的男人拋棄了妳。妳要找原因，不是到別人家裡當小偷，而是應該回家照鏡子。」

夏蕙把另一邊臉又轉向季蓮心。眼淚從她的眼睛裡面流出來，她卻一直笑著，朝季蓮心挨擠過去，她的腦子被兩個人的思想占據著，一個是她自己，另一個是老夏。

「妳鬧夠了沒——」季蓮心的聲音還努力保持平靜，但臉色突然變了。

多有意思。夏蕙想，季蓮心終於發現她跟老夏在一起了。從夏蕙的五官、身材、表情裡面，老夏活回來了。一反往常的窩囊相兒，變得鋒利，尖銳了，就像二十八年前的某個夜晚，這天夜裡，老夏再一次變成侵略者，不過，這次不是身體，而是一把刀。

季蓮心嘴唇、指尖、全身，都在哆嗦著，她過了差不多一分鐘才低頭朝自己的腰部看去，那把漂亮的水果刀原本擺在操作台上，血像一朵花苞，沿著刀口緩慢地開放。

夏蕙搖搖晃晃地往門口走，手握著門把手，她覺得自己應該再說點兒什麼，想了半天，她問季蓮心：

「妳不，換件衣服嗎？」

雲雀

靠窗邊第三張桌子，每天傍晚六點鐘到八點鐘之間，是專為姜俊赫預留的。他偶爾帶朋友——也許是員工——一起來，但大部分時間他自己來，手裡帶著本雜誌，在上菜之前讀幾頁。他和春風每天都對話，但不外乎是她請他點菜，然後他報出菜名，以及「謝謝」「不客氣」之類的客套話。

有一天春風忘記把「已預定」的牌子放到那張桌子上了，等她發現自己的錯誤時，兩個中年婦女已經占了那張桌子，她們從進門到坐下說個不停，對春風的抱歉和請求不予理睬。

「我們就坐在這裡，」她們說，「哪裡也不會去。」

另一個服務員去給她們點菜，春風出門去等姜俊赫，「真對不起，」她給他鞠躬，眼淚跌出眼眶，「都是我不好。」

「讓妳受委屈了吧？」他說，「這種小事情讓妳在風裡站了這麼久，應該是我跟妳道歉才對啊。」

進了餐館之後，他跟老闆娘說，「你們的服務真讓人感動啊。」

「顧客是上帝嘛，」老闆娘笑著說，她親自把姜俊赫引到另外一個相對清靜的地方，看春風拿著菜單過來，她跟姜俊赫說，「春風是大學生，只是課餘時間打打工。」

春風給姜俊赫上菜時，他問她讀什麼學校，什麼專業，喜歡自己的學校和專業嗎？他問話時，得把頭半仰起來，而她每次回答他的問話，都得把腰彎下去。他意識到這樣有點兒可笑，衝她笑笑，低頭專心吃飯。

幾天以後，寒流帶來一場大雪，春風等最後一班公交車時，一輛銀灰色「奧迪」開到了她面前，姜俊赫打開前車門叫她，「我送妳吧。」

「不用了，」春風連連擺手，「謝謝您。」

「這麼大的雪，公交車不會像平時那樣準時的，」姜俊赫說，「快上來吧。」

車裡像一個暖融融的房間，春風坐進去才發現自己的手腳都凍麻木了，冷氣像電流閃進關節的骨縫裡面，引起一陣陣酥麻，她連打了兩個寒噤，扭頭衝姜俊赫說，「麻煩您了。」

「舉手之勞，」姜俊赫問，「打工很辛苦吧？」

「還好啊。」春風說。

「我有個親戚，在首爾就是開這種餐館的，」姜俊赫說，「也有大學生在餐館裡打工，還有兩個中國的留學生呢，他們都叫嚷辛苦。」

春風說，她是去年暑假開始到這家餐館打工的，那時候，餐館正對著的噴泉廣場傍晚六點鐘伴隨著燈光和音樂開始噴水，他們在餐館外面擺放桌椅，布置露天咖啡座，那些樹脂桌椅顏色鮮豔，每張桌上都有鮮花和小缸金魚，作為城市一景，咖啡座好幾次被記者拍下來發表在當地報紙上，她第一次看見自己的照片在報紙上出現，嚇了一跳呢。

「跟妳聊天很有意思。」春風在學校門口下車時，姜俊赫說，「對了，請等一下——」

他拉開一個抽屜，拿出一個小袋子遞給春風，「這是朋友送的小禮物，是女人用的東西，我——」他攤了攤手。

「那怎麼可以呢？」春風往回推。

「就當是幫我忙，好不好？」姜俊赫塞回到春風的手裡。

春風回到宿舍，發現袋子上面印著 Dior 的字樣兒，袋子裡面是一瓶名為「粉紅魅惑」璀璨限量版香水，香水盒子上面是法文，上面貼著銀色的中文說明，文字排列得像詩一樣。

春風把香水瓶子舉在燈光下面打量它的粉紅色，香水瓶子上面有銀色的亮片一閃一閃，彷彿瓶子裡面的小世界裡正在下一場無盡無休的細雪，她噴了一下，難以計數的芬芳粒子在她的身體四周飛揚開來，它們借著她呼吸的氣流湧進她的身體內部，一直鑽進肺腑裡面，把她完全浸潤在香氣中間。

作為對那瓶香水的回報，第二天姜俊赫去餐館吃晚餐時，春風送了他一個蘋果，她在他面前把蘋果像杯子那樣打開，挖空內瓤的蘋果裡面，是用蜂蜜調拌好的梨丁橘瓣山楂丁獼猴桃丁蘋果丁。

姜俊赫看著那個蘋果，好半天沒說話。

一週以後姜俊赫帶春風出去吃烤牛排。為他們服務的服務員是位表情嚴肅的中年男人，黑西裝白襯衫，臉刮得乾乾淨淨，腰桿挺得筆直筆直，他兩手抬著，像練習華爾滋舞似的伸向春風，在姜俊赫的低聲提醒下，春風把脫下來的外衣交給他。

他像鬥牛士那樣舉著春風的棉襖，先退了兩步才轉身走開，春風扭頭看著他，她的棉襖真是醜陋啊，洗過幾次的紅色像被陽光曝晒很久的紅油漆，黑灰色相間的圍巾是春風自己織的，搭在衣服上面，就像一個人因為慚愧把頭深深地埋了下去，只剩下一縷頭髮掛在衣服上面。

「我從未來過這麼牛氣的餐館。」春風跟姜俊赫說。

她還在想那個服務員，她知道服務員們在私下裡是怎麼議論顧客的。

服務員很快就轉回來了，低聲請他們點菜，他把菜單放到他們面前的表情，就好像那是什麼重要文件似的。

春風點菜的時候偷偷抬眼，想知道他是不是在打量她的牛仔褲和假耐克運動鞋。

「也許他注意到了我的香水，」春風暗自猜想，她希望他能注意到她的香水，那是她確定能在任何高檔場合拿得出手的東西。

姜俊赫點了幾道菜，禮貌性地徵求了一下春風的意見，「這樣可以嗎？」

「當然了。」她笑笑。

牛排很棒，臨近烤熟時，香氣簡直能把人熏得暈過去。

「怪不得大家敬菩薩時，都燒香呢，」春風說，「原來嗅覺享受直抵肺腑，遠遠高於胃口的滿足。」

「妳真可愛。」姜俊赫被她逗笑了，他猶豫了一下，問她，「妳的男朋友很迷戀妳吧。」

「——我沒有男朋友。」

「怎麼會呢？」姜俊赫說，「妳的身後即使跟著一百個男人也不奇怪啊。」

「瞧您說的，」春風紅了臉，「我只是一個很普通的女生。」

「妳是一塊金子，」姜俊赫看著春風的眼睛，好像在強調某個真理，「我不相信妳身邊的男人沒發現這個。」

春風笑了，她倒是被人追求過，到肯德基吃漢堡喝可樂，聊了聊港片和日本漫畫，回來的時候，他很理直氣壯地牽住了她的手，他的手出汗，濕漉漉、黏答答的，她讓他握了一小會兒就把手抽出來了。

「那妳有喜歡的男人嗎？」姜俊赫又問。

春風喜歡裘自誠，喜歡得整個胸腔裡面萬紫千紅草長鶯飛，蝴蝶亂舞，蜜蜂叫個不停，可那又怎麼樣呢？全校有一半女生都喜歡他，她從來不幻想裘自誠的目光會從幾千個女生中間把她挑出來。

「我們的體育課上，曾經請過一個印度瑜珈教練來教我們練瑜珈，」春風邊說邊比畫，「他的皮膚黑黑的，眼睛大大的，睫毛翹翹的，身體像麵筋一樣柔軟，把我們大家都迷住了。」

「一個男人被形容成了洋娃娃，」姜俊赫笑了，「真不知道他聽見妳的話，應該高興呢還是難過？」

離開餐館時，姜俊赫跟春風說，「下次妳帶我去妳經常吃飯的地方好不好？」

「窮學生去的地方你不會有興趣的。」春風說。

「別這麼瞧不起人，」姜俊赫說。「我也年輕過。」

春風帶姜俊赫去她學校門口的一家燒烤店，「白宮」的名字把姜俊赫逗笑了，「來頭兒不小啊！」

桌子椅子都是木頭的，早就用舊了，座墊兒髒兮兮，皺皺巴巴的像抹布，顧客大部分是學生，還有幾個民工模樣兒的人，都在喝啤酒，還都不用杯子，對著瓶嘴兒直接喝。

「這樣啤酒瓶對著啤酒瓶碰杯時，要瓶頸對著瓶頸，叫『刎頸之交』。」春風介紹說，又費了不少口舌，給姜俊赫講什麼是「刎頸之交」。

「很好聽的故事。」他感慨地說。「我們也喝一瓶吧？」

春風叫服務員開了酒，用自己帶的餐巾紙把瓶口擦乾淨，然後遞給姜俊赫。

開始的時候，姜俊赫不怎麼吃東西，但慢慢適應了環境以後，他連著吃了好幾串烤帶皮小土豆，他問春風的父母是幹什麼工作的，她還有兄弟姐妹嗎？後來還問她，「妳的夢想是什麼呢？」

「我想當奧運會冠軍，我會打乒乓球，會游泳，還會下象棋。如果我不是出生在這個小城市，如果我有機會在七、八歲的時候加入少年體校，再碰上個把著名教練，我是很可能當奧運會冠軍的。」

他沒把她的調侃當成玩笑，他很認真地聽她說，還點點頭說，「那確實是有可能的。」

春風倒有點兒不好意思了，「我真正的夢想啊，」她沉吟了一會兒，說，「是希望某個神祕機構裡的某些神祕人物，他們在芸芸眾生中不知怎麼注意到我並最終選定了我，他們在某一天突然走到我面前說，跟我們走吧。於是我就跟他們走了，從此開始過一種跟以往完全不同的、帶有傳奇色彩的生活。」

「什麼樣的傳奇色彩呢？」

「那個時刻到來時我才會知道。」

他們回到車裡，發動汽車前，姜俊赫吻了春風，春風的後背貼著座椅，一動也不動，他的吻溫暖纏綿，舌尖殘留著酒味兒以及口香糖的薄荷氣息。

姜俊赫請春風去他家裡喝茶，他的家是一個複式公寓，從窗口望出去，可以看見江水。江面上覆蓋著冰層，冰面上面殘雪處處，像一幅水墨畫。

姜俊赫帶著春風四處參觀了一下，房子很大，非常整潔，姜俊赫說有一位鐘點工每天來打掃三個小時。

「空蕩蕩的像個山洞，」姜俊赫領著春風上樓，「剛住進來時，夜裡要開著燈我才能睡得著。」

臥室的床頭櫃上，擺著一張全家福照片，他的老婆淡眉細眼，儼然一個雪團揉出來的女人，他們的兒子跟春風差不多大，個子比姜俊赫高出半個頭，一副很不耐煩的樣子，女兒跟媽媽像是一個模子印出來的，對著鏡頭笑得眼睛瞇成了一條縫，還不知害臊地露出了牙箍。

「她叫蓮熙，」姜俊赫說，「我問她妳長得這麼醜，哪會有男人願意跟妳談戀愛呢？她滿不在乎地說，我可以整容嘛。」

參觀結束後他們下樓喝茶，公寓靠地熱取暖，加上落地窗照射進來的陽光，房間裡足有二十八九度。別說棉襖了，連毛衣都穿不住，「家裡只有我的襯衫，妳想換上嗎？」姜俊赫問。

「不用了。」春風脫掉了外衣。

她裡面的薄衫是姜俊赫前幾天送她的禮物——和香水一樣，他把價籤摘掉了——這件衣服在宿舍裡引起了轟動，每個女孩子都試穿了一下。

姜俊赫在一張矮腿茶桌上擺放好一套青瓷茶具，然後把燒開水的水壺拎過來，沏茶之前，他先裡裡外外地清洗茶具，手法非常嫻熟，「沏人參烏龍茶，水的溫度很重要，高溫才能讓茶葉裡的菁華靈魂出竅。」

春風被他的用詞逗笑了。

姜俊赫把茶倒進茶碗裡，喝之前，提醒春風注意茶水在陽光下顯示出來的金色色澤，「很漂亮吧？」

春風說是的。

姜俊赫喝了一碗茶，很舒服地哼了兩聲，在陽光下面，他的真實年齡完全呈現了出來，髮根處新長出來的頭髮有一半都白了，不光是臉上，他手上的皮膚也有些鬆弛，但指甲剪得整整齊齊，指甲縫裡也是乾乾淨淨的。

「你是工作需要，不得不到這裡來工作的嗎？」春風問。

「跟老婆確實是這麼說的，而且還得裝出一副非常無奈非常痛苦的樣子，」姜俊赫笑著說，「但實際上，我很高興在這裡生活，不用每隔一天吃全素營養餐，看電視轉播球賽時沒人覺得你吵，看恐怖電影也沒人說你無聊，星期天不用打扮得像個新郎似的去教堂唱讚美詩，不用每半個月參加一次家庭大聚會，也不用每個月去學校跟老師討論孩子的學習問題，喝醉酒回家不僅可以不洗澡不睡沙發，還可以穿著衣服往床上隨便一倒。」

春風等著他提到自己，但他沒提，於是她說，「我下個星期放寒假，回家以後，可以天天睡到媽媽過來打屁股再起床，可以去姐姐的花圃玩玩兒，我和朋友們在網吧打通宵遊戲，熬得像熊貓，回家邊聽媽媽罵邊睡大覺，高中初中的同學還經常約在一起喝酒，喝完酒再去K歌，每次都有人把嗓子唱啞，對了，我們還經常夜裡去江邊放煙花呢。」

「這邊也有人放煙花，」姜俊赫指了指窗外，「深夜裡，突如其來的一聲響，我以為出什麼事兒了呢，跑到窗前一看，煙花像噴泉一樣從雪地上湧出來——」

春風下意識地朝窗外看，發現在他們喝茶聊天的過程中，陽光慢慢地變成了金紅色，並且像一塊巨大而柔軟的地毯，被看不見的手，從他們的身下拽出去了一大截。

她轉回頭時，目光跟姜俊赫的對接在一起。

「——妳走了，我會想妳的。」姜俊赫說。

春風的心噗噗跳，她儘量自然地衝他笑笑，「我也會想你的。」

「不一樣，」他慢慢地說，彷彿他說出的話自己在搖頭似的，「想和想，是不一樣的。」

第二天姜俊赫又請春風去他家裡，他們吃晚飯時就喝了兩瓶紅酒，回到家裡他又開了一瓶。

姜俊赫家裡的暖氣實在是太足了，剛才從小區院裡走過來，凍麻的頭皮還沒緩過勁兒來，轉眼已經掛了一層水珠似的細汗了。姜俊赫去樓上的臥室換家居服，上樓前他指著沙發上的紙袋對春風說，他給她也買了一套。

「房間裡實在太熱了。」他說。

過了一會兒，他又加了一句，「我沒別的意思。」

春風咯咯笑。

他也笑了。

春風拿著衣服去了樓下的衛生間。她的臉蛋兒紅撲撲的，嘴角彎著，身上只穿著內衣，她從鏡子裡面看見了花樣年華，就像姜俊赫感慨的，「妳才二十二歲，全世界都是妳的！」

他給她買的運動服是印度風格，下身是肥大的燈籠褲，上衣像個抹胸，露著一截肚臍，還有件外衣，不過她沒穿。

她出去時，他已經從樓上下來了，目光落到她身上的瞬間，他的表情就好像聞到了什麼特別好聞的味道。

「謝謝你。」春風攤開手，轉了一個圈兒。

姜俊赫笑笑，去冰箱拿冰塊兒，春風在客廳角落裡發現了另外一張全家福，是他們郊遊時拍的，姜俊赫一家四口對著鏡頭笑得很燦爛，連他的兒子也不例外。姜俊赫的老婆戴了一頂草帽，草帽上面插著一小把野花，她的笑容不像春風在臥室裡第一眼看上去時那麼溫柔、全無心機了，她的笑容現在看上去更像一位將軍，從容篤定，還含著股隱隱的殺氣。

「在深夜裡喝紅酒，總給我一種錯覺，」姜俊赫把紅酒倒進高腳杯裡，「好像在喝血似的。」

他拉著她坐下來，直視著她的眼睛，「我現在很清醒，我所說的話都是經過深思熟慮的，希望妳好好聽著——」

春風全身發軟，腳底下踩著雲團，但她的頭腦裡很清醒，就像有個攝像機，她把眼前的一切，每個場景，每個動作，每一句話，都攝錄了下來，她知道這個時刻會永遠銘刻在她的記憶裡面。

寒假過後，再開學時，春風變化之大就彷彿她是一個剛來的插班生，跟隨著她外貌服飾變化的，還有一個傳言，她媽媽家裡的房子以及四周不小的一塊地被修建中的機場徵用了，她們家拿到好幾百萬的補償款，簡直就是天上掉餡餅。

上學期春風還勤工儉學呢，這學期學校的宿舍就變成雞窩了，人家飛出去，住到自己的房子裡了，不光房子，連汽車也有了，一輛紅色的 Polo，車燈還做了裝飾，就好像女人抹了眼影。

雖然開著車上學，但春風待人接物還是低調的，對老師也很有禮貌，也許她知道自己現在是校園明星了，對誰都是笑微微的。學校五十周年大慶時，她作為自願者參加了好幾項活動。

裴自誠也參加了活動，有一天他坐在春風的身邊，跟她一起把各種紀念品裝進印有校慶標誌的紙拎袋裡，這期間姜俊赫打了電話過來。

「我什麼事兒也沒有，就是想妳了。」他說，「妳想我嗎？」

「好想哦！」春風說，「都想不起你長什麼樣兒了。」

「小狐狸精，」姜俊赫笑了，說，「我們走著瞧！」

春風放下電話時，發現裴自誠盯著她，他衝她一笑，「我們的手機是一樣的。」

春風一看，可不是嘛，都是 Anycall 的巧克力系列，春風的手機是奶白色的，裴自誠的則是黑色。

春風的心怦怦地跳，剛才她伸手拿筆記本，跟裴自誠的手不小心碰到一起時，她的心就怦怦跳了，從他坐到她身邊，不，早在他出現在門口，漫不經心地朝房間裡面打量時，她就已經亂了方寸了。

中午他們吃盒飯，裴自誠被一圈兒女生圍著，春風獨自坐在窗邊吃自己帶來的蘋果，姜俊赫又打了電話過來，跟她討論晚上吃什麼。隨著他們相處時間的加長，他越來越纏人了。而以前，他最恨他老婆有事兒沒事兒給他打電話。

姜俊赫說，他跟老婆曾經深深相愛過，為了結婚她跟父母彆扭了好幾年，他們之間的愛情像烈火乾柴，他的先燒完，他老婆因為動不動就淌眼抹淚兒的，燒得比他慢一些，多用了幾年才徹底燒成灰，那幾年他們過得挺痛苦的，有時候，他半夜驚醒，發現他老婆坐在他身邊，直勾勾地盯著他，質問他，「你到底是誰?!你憑什麼讓我這麼痛苦?!」

他也沒想到會這樣，結婚宣誓時，他許諾一生一世像愛護自己眼珠一樣愛護她的，但兩個孩子相繼生下來，她身上曾經讓他心醉神迷的東西也全掏空了，她變成了侍候老公照顧孩子操持家務的大嬸。

剛跟姜俊赫同居的幾個月裡，每次有人按門鈴，春風總是提心吊膽，擔心他老婆搞突然襲擊，如果她抓到他們，她會像潑婦罵街那樣，把髒話扔得她滿頭滿身嗎？她會打她嗎？姜俊赫到時候會站在哪一邊呢？

但她沒有來過，電話也是偶爾打打。

放春假的時候，姜俊赫回國了一次，回來後悶悶不樂的，春風以為東窗事發了呢，後來才知道姜俊赫這次回去，發現他老婆跟人合夥開了一家小型蒸氣瑜珈館，那個合夥人是個單身男人，以前在健身房當教練，他比姜俊赫老婆年輕十歲，對她的那股黏乎勁兒像兒子跟媽似的，一個肌肉男，天天嗲著聲音說話，真讓姜俊赫隔夜飯都要嘔出來，可他老婆笑咪咪的，很享受這種低級趣味。他跟她指出這一點，回敬他的是她的白眼，「我們真要有什麼見不得人的事情，我還會介紹你們認識嗎？」

拋除這個男人，瑜珈館也讓姜俊赫添堵，這麼大的投資她自己就做了主，還振振有詞地提醒他，錢是她父母留下的遺產，她想怎麼花都行，何況，她還拿出了一半留給孩子當教育資金呢。

「這樣也好，」姜俊赫說，「她有她的未來，我們有我們的。」

校慶前一天，自願者們忙到晚上九點鐘才散。學校食堂準備了小灶，春風說不吃了，要回家。裴自誠也說有事兒，「可以坐妳的順風車嗎？」他問她。

好幾個女生的目光射向春風，「可以啊，」她說。

「小灶，」裴自誠在車上哼了一聲，「一盤菜能擰出半盤油。」

「男生還挑食？」春風問。

「男人更需要吃得好一點。前面路口左轉，」裴自誠雙手握在一起抻了個腰，他個子高，彷彿能把手腳伸到車外去，「我知道一個很棒的地方，烤牛舌頭別提多帶勁兒了。」

那個地方離姜俊赫的公司不遠，在後街上，門口掛著兩個白色的鼓形燈籠，上面畫著紅藍太極圖案，他們挑開門口的布簾，裡面傳來甜美的招呼聲：「歡迎光臨。」

地方不大，但很乾淨，牛舌頭切成薄片，放到火爐上「哧啦」一聲，怕冷似地收縮起身子。

「我帶我媽來過一次，」裴自誠說，「她說牛舌頭被人這樣烤，一定是活著時說了些不該說的話。」

後來他又問春風，「妳的話總是這麼少嗎？」

「我怕說錯話，」春風朝烤盤上面指了指。「以後也變成這樣兒。」

「我所知道的最浪漫的事，就是陪著妳一起說謊，」自誠笑著說，「我們一起變成這樣兒，在被吃下肚之前，還可以在烤盤上面聊天，道別，下輩子見。」

春風抬眼看著裴自誠，他的眉毛又濃又黑，單眼皮裡面扣著雙眼皮，他的眼睛那麼亮，像磁鐵一樣把她的靈魂給吸了出去。

「除了你媽媽，你還帶誰來過這裡？」春風夾起一片烤好的牛舌放進嘴裡。

「妳啊。」

「除了我呢？」

「——妳問這個幹嘛？」裴自誠盯著她，身子也朝她傾過來。

「我只是，隨便問問。」春風有些尷尬，她朝後躲了躲，「你的身邊總是圍著很多女生——」

「那些雜草女生，」裴自誠哼了一聲，「我拿她們沒辦法，野火燒不盡，春風吹又——」

他們一起笑了。

春風快半夜了才回家，她用鑰匙輕輕打開門，嚇了一跳，廚房裡面燈火通明，姜俊赫紮著圍裙，把一鍋剛煮好的東西端到餐桌上，滿屋子的熱氣，混雜著食物的香氣。

「回來了?!」姜俊赫笑咪咪地問。

「我還以為——」春風有些不知所措，「不是跟你說了今天會忙到很晚讓你先睡的嗎？」

「我想給妳個驚喜嘛。」姜俊赫過來抱春風。

「我髒死了。」她跳開了，衝他擺擺手，「我先洗一下。」

春風進衛生間，洗了臉，洗了手，拉起自己的頭髮聞了好幾次，確定沒問題才走出去。

吃飯的時候，春風覺得姜俊赫的目光像吸塵器，把她身上所發生的蛛絲馬跡吸了出來。

「——你幹嘛這麼看我？」春風問。

「別咬著筷子說話，」姜俊赫手伸到一半又放下，說，「當心戳穿喉嚨。」

他的緊張勁兒把春風逗笑了。

一直到洗澡的時候，春風才放鬆下來，她在浴缸裡放滿了水，閉著眼睛沉下去時，水溫的灼燙讓她全身顫慄，她的思緒又回到一兩個小時前，裴自誠差點兒扯斷了她文胸的吊帶，他還打開燈欣賞了一下她的內衣，手指拂著蕾絲花邊笑著說，「我早就猜出來，妳是外冷內熱的悶騷女生。」

她又羞又惱，在他的肩頭狠狠地咬下去，像一個鋼戳印進他古銅色的皮膚。

春風洗完澡進房間，姜俊赫放下手裡正在讀的小說，目光追隨著她，「看看妳——」

春風看了看自己，「怎麼了？」

「這麼年輕，這麼漂亮，」姜俊赫感慨地說，「我願意用我所擁有的一切去換妳所擁有的。」

他把春風往懷裡拉，她往後躲了躲，「今天累死了——」

「我知道怎麼能讓妳放鬆。」姜俊赫脫掉了她的浴衣，坐起來替她按摩肩膀，「做義工還那麼拼命。」

「妳的皮膚好像能滲出水來，」按了一會，他的手放平，在她的肌膚上面遊走，嘴唇也跟著貼了過來，「我一整天都在想妳。」

春風把臉轉到一邊。

「——怎麼了？」姜俊赫用手把她的臉輕輕扳過來，「怎麼哭了？」

「——你愛上我了，」春風哽咽著說。「傻瓜！」
「妳真放肆！」姜俊赫笑著說，「竟敢這麼說我。」
「你本來就是傻瓜嘛，」春風提高了聲音，說，「愛上別人是件很危險的事情。」
「說的也是啊，」姜俊赫說，「尤其是妳這樣的小妖精。」
「你使勁兒欺負我吧，」春風翻過身，把姜俊赫拉向自己，「就像對待你最恨的仇人那樣。」

姜俊赫回首爾總公司開會的時候，春風跟裴自誠到郊外玩了一次。
在路上的時候，姜俊赫打了電話過來，「妳沒在家裡？」
「我去書店轉轉，」春風說。「買完書，還想去淘碟。」
「一個人去嗎？」
「當然不是，是跟我們學校最帥的男生一起。」
那邊有人在跟姜俊赫打招呼，「改時間再跟妳聯絡。」他匆忙放下了電話。
「是我媽媽。」春風對裴自誠說，「我住在外面她有點兒不放心，一天打好幾個電話。」
「我也不放心，」裴自誠說，「不如我搬過去跟妳一起住吧？」

「——我媽會殺了你的。」

他們到達一個叫「吊水壺」的地方，買了門票，這個地區是長白山山脈的一支，從地圖上看，像一隻胳膊伸了出來。昨夜下了一場小雨，樹木蔥綠，樹林間遊蕩著絲絲縷縷的白霧，空氣沁涼沁涼，肌膚摸上去像塗了一層冰蠟。他們順著水流方向走，一會兒在溪流這邊一會兒在溪流那邊，幾十座棧橋沒有重樣兒的，溪流遇見陡立的岩石形成小瀑布，飛躍而下，濺起白花花的水沫，像有無數的貓在往下跳，水裡面游動著很多虹鱒魚，橙色的鱗片和水波的光影混在一起，讓人目眩神迷。

「妳不想拍照嗎？」裴自誠問。

「一拍下來就死了。」春風說，「不拍下來的話，牠們就總是游動著的。」

「妳給我的就是這種感覺，」裴自誠牽住了春風的手，她抬頭看他，「是游動的，抓不住的，總處於要逃走的姿態。」

她讓他說得怔住了，好半天說不出話來，她低頭打量他們緊握的手，像扣子的兩半吻咬在一起。

在路邊涼亭，春風從背包裡面掏出旅行暖水瓶和兩個玻璃杯子，還有用塑料袋包好的墊子，他們坐了下來，春風又拿出茶葉和幾包茶食，「我的天啊——」裴自誠做了個驚恐的表情。

上次春風和姜俊赫一起來玩的時候，姜俊赫最遺憾就是不能在這裡喝杯茶，看著虹鱒魚游動的溪流，聞著樹木的清香，「如果有杯好茶，這一刻就是完美的。」他感慨說。

春風帶的茶葉是姜俊赫從韓國帶回來的，他的老家就是茶鄉，「這茶叫雀舌茶，」春風對裴自誠說，「有一個很會品茶的朋友說，春天的時候第一次喝雀舌茶，當口腔裡回味起植物鮮嫩的氣味兒，總彷彿能聽見雲雀在林中歌唱。」

裴自誠喝了一口茶，仰臉望著樹梢，樹梢上面掛著水珠，連成串，一墜一墜的，像隨時會散開的水晶珠鍊。「我們這樣喝茶，」他「噗哧」一聲笑了，「多像一對老伴兒啊。」

「很可笑嗎？」春風有些惱怒。

「老氣橫秋的。」裴自誠說，「妳不覺得嗎？」

春風冷笑了一聲，「早晨起來繞著操場跑三千米就朝氣蓬勃了？」

「我告訴妳什麼是年輕人該幹的事兒，」裴自誠不管旁邊是不是正有遊人經過，也不管春風比魚撲騰得還厲害，硬把她拉到了自己的腿上，用胳膊把她銬得動彈不得，他的眼睛湊到了她的眼睛上面，鼻子尖兒頂著她的鼻子尖兒，她幾次想開口說話，都被他用嘴唇封住了。

春風掙扎了幾次掙不脫，閉上了眼睛，任憑裴自誠把她當成飲料，一口接一口把她吸空。

姜俊赫從首爾回來後，變得沉默寡言。

他很長時間坐在沙發裡面，不看書，不看電視，不看窗外的風景，也不看春風，彷彿又回到他獨自生活的狀態中。這讓春風很不自在，他這麼靜，她弄出的任何聲音都顯得粗魯，「怎麼了？」她問他。

「沒怎麼。」他說。

「有什麼煩惱的事情嗎？」

「——人生總是煩惱的。」

夜裡她主動抱住他，他也用手臂摟住她，但沒有再進一步的動作。春風驚恐不安，她依偎的這具身體現在更像一件被脱掉的衣服，她不知道真正的他到哪裡去了。

春風越來越確信，姜俊赫知道她跟裴自誠的事情了。有一天她跟裴自誠去「打邊爐」吃火鍋，隔著幾張桌子，一個中年男人不停地打量她。她沒戴隱形眼鏡，而且當時她以為問題出在自己的吊帶背心上，沒認出他是姜俊赫的朋友。

他什麼都知道，但他什麼也不說。「也許，」春風想，「他在等我開口，或者等我搬走。」

可春風不知道她應該去哪裡，回學校宿舍？只剩半個月就放暑假了，再說，跟裴自誠怎麼解釋呢？

裴自誠現在當著人，「老婆」、「老婆」地叫她，半夜給她打電話——姜俊赫有應酬不在家——讓她去「白宮」，她過去之後才發現，他所謂的「十萬火急」，是讓她把他，以及另外三個男生送回家。

四個大男生，差點兒把她的車擠爆了。沒喝完的半瓶「真露」被帶上了車，接力棒似地在幾個男生中間傳來傳去，他們在車裡說起學校另外一個開私家車的女生，「白天開車，夜裡被人當車開。」

他們的笑聲像因颱風湧起的巨浪，張牙舞爪地撲向春風，她開得再快，也無法把它們甩掉。

最後送裴自誠，到他家小區樓下，「妳在這裡等著，」他對她說，「如果我爸媽睡了，我給妳發短信，妳再悄悄地上來。」

「好啊。」春風說。

裴自誠剛走進樓門，她就把車開走了，深夜的大街上，因為流淚，她把車開得像彈子球。回到小區，她擦乾了眼淚看了看停車場，沒有姜俊赫的車，春風鬆了口氣，上樓打開門，家裡也黑著燈，她鞋也懶得脫，一屁股坐到玄關處的地板上。

電話響起來，是裘自誠。

「妳現在上來吧。」他壓低的聲音聽上去很可笑。「九〇二，我已經把門打開了。」

「我已經回家了。」春風說。

「妳為什麼回家，我們不是說好了嗎？」裘自誠說，「那妳再回來吧，反正開車也用不了幾分鐘。」

「你把我當成什麼了？司機，還是三陪小姐？」春風聽見自己的話音在房間裡面迴響，散發著霜氣，「我不會去你家，也不會去任何別的地方，我只想在我自己的家裡待著。」

「誰把妳當三陪小姐了?!」裘自誠口氣也變了，「妳是三陪小姐我會讓妳來我家?!」

春風把電話放到地板上，裘自誠的聲音像球似地從地面上彈起來，「妳發什麼神經啊?!我最討厭女生跟我耍脾氣——」

「我不想跟你說話了。」春風的淚水流了滿臉，低頭對著手機喊，「我要關機了——」

「關機就分手。」裘自誠冷冷地，一字一字地說，「別怪我沒提醒妳，開弓沒有回頭箭。」

「沒有就沒有，」春風說，「分手就分手。」

春風不只關了手機，還把電池卸下來扔到一邊，啪地扔了出去，她用手抹了兩手淚水，往落地窗那邊看，月色皎潔，窗前滴水觀音葉片闊大，反射著月光，像一面鏡子。姜俊赫與其說是從長沙發上坐起來，還不如說，他是從鏡子裡面走出來的，他的臉孔隱在黑暗中，慢慢地從灰黑色中間浮現出來，把春風嚇呆了。

他們在黑暗中對峙著，春風等著他質問，謾罵，甚至挨上幾下子，但姜俊赫一言不發地上樓去了。

春風翻出自己搬來時帶的背包，樓上樓下走了幾趟，她找不到也想不出什麼東西是自己的。她以前的那些衣服早都當成垃圾扔掉了，護膚品都是後來新買的，她忽然意識到，自己像嬰兒一樣生活在姜俊赫這裡。

她找到姜俊赫最早送她的那瓶香水，每隔幾分鐘就噴一下。房間裡面香氣襲人，濃稠得彷彿能結成露水。

「半夜三更不好好睡覺，」姜俊赫出現在樓梯上，「香水瓶子摔了？」

他的語氣很溫和，春風一時不知如何是好，舉起香水瓶衝他噴了一下，「好聞嗎？」

他深吸了口氣，連著打了兩個噴嚏。

「——睡覺吧。」他轉身往臥室走。

她沒動，他走了幾步在門口停住，回頭看了一眼，「怎麼不來？」他過來牽住她的手，把她帶進臥室。

起初他們背靠著背躺著，各蓋各的被子，後來他轉過身來問她，「妳嘟嘟囔囔地說些什麼呢？」

「我在背那瓶香水的說明書。」她說，「清新活躍的柑橘前調，浸透陽光的葡萄柚，馬鞭草的精緻格調，還有香檸檬和柳丁熱情的氣息。水果糖漿的甜蜜，令優雅蒼蘭和蓮花更加生動。之後是珍貴柔和的檀香木的溫暖感性。」

「真是的——」他笑了。

「那瓶香水，」她問，「真的是別人送你的嗎？不是你想送我特意買來的嗎？」

「——有什麼區別嗎？」

「你說呢？」

「——睡覺吧。」他又翻過身去。

「從來沒有人像你對我這樣好過，」春風對著姜俊赫的後背，說，「我們分手都是因為我不好，你罵我，打我，都是應該的。真的，」她從後面推他，搖他的胳膊，「你罵我一頓，或者打我幾下吧，這樣明天我離開的時候，心裡就不會那麼難過了。」

「別胡鬧了。」姜俊赫轉過身，抓住她的手。

春風哭了起來，一開始沒有聲音，後來不管不顧地放大了扯開了嗓門兒，鼻涕眼淚蹭髒了姜俊赫的睡衣。

「好了，好了，我們講和吧。」姜俊赫把她摟進了懷裡，長長地嘆息，「妳年紀小，我不欺負妳，妳也別因為我年紀老，就欺負我。」

在敦煌

天亮前，家祥醒過來。他覺得自己的頭像瓦罐，裂成了好幾塊，從床上下來時，他能聽見腦漿流動的聲音。

「二十歲！」凌晨的時候他和強哥在酒吧露台上喝酒，黑黢黢的鳴沙山變成座糖山，融化在夜色裡面。

「二十歲的時候我換過好幾個女朋友啦。」強哥說。

室友們的呼吸聲清晰可聞，汙濁、沉悶的空氣像一床浮蕩的棉絮，與青灰色的光線編織、糾結在一起，八張床排得很近，每人一個蚊帳，隨著每天時間不同，蚊帳有時候像倒置的漏斗，有時候變成舞台追光，做惡夢的時候，它又像無影鬼手的袖子——從房頂直抓下來。

家祥半閉著眼睛去廁所，在洗漱間門口撞上了一個無臉鬼，整個人冰在原地，人一下子清醒了。

那鬼把黑瀑似的頭髮攏起來，一撩，他才發現是王葵。

「嚇了我一跳——」王葵驚魂初定，嗔怪他。

王葵穿著小吊帶衫，一手把頭髮攏在腦頂，一手拎著盆，在模糊的晨光中露出白水水的腰身。

家祥的手摸到她腰上，她肌膚冰涼，玉一樣柔滑，他整個人欺身過去，想把王葵壓在牆邊。

「幹什麼你——」王葵腰一扭，躲開了他，髮梢處甩出一串水珠，落到家祥臉上身上。

「——今天是我生日。」家祥看著她朝女生宿舍方向逃走，無奈地嘆了口氣。

「關我什麼事?!」王葵伸手推門，轉過臉來，衝家祥一笑，「生日快樂。」

家祥上完了廁所，沒回房間，順著走廊走到院子裡面，夜幕像件淡灰色的絲綢紗巾緩緩地、緩緩地被扯脫下來，古堡似的酒店、酒店的庭院、庭院裡的樹、樹下面的長椅、長椅下面的鵝卵石地面，以及院子外面的公路、遠處綿延起伏的鳴沙山，涼沁沁、新嶄嶄地裸露在家祥的眼前。

家祥再醒過來的時候，房間裡只剩下他一個人了。他把蚊帳繫好，掖到床欄後面，被子疊方正，床單四角拉直抻平。新牛仔褲是他送自己的禮物，緊巴巴的，家祥覺得屁股像被兩隻手牢牢地握住了。他希望能早點兒把這條褲子穿鬆，強哥的那條牛仔褲就既合身又鬆鬆垮垮的，顏色曖昧，強哥說那條褲子從他兩年前穿上身那天起從來沒洗過。

早餐正在被撤掉，家祥往餐廳裡進的時候，王葵和另外一個女服務員在收拾剩下的飲料、西點還有果盤。他剛想過去跟王葵說話，聽見有人在身後叫，「哎哎——」

昨天在酒吧裡面泡到半夜的新婚夫婦坐在靠窗的位置上，面前擺著喝空的酸奶瓶子，新郎衝著家祥招手，「你過來一下。」

家祥走過去。在上午的陽光中，新郎新娘雖然仍舊穿著色彩鮮豔的情侶裝，但不像昨天夜裡那麼漂亮搶眼了，新娘的皮膚有些黑，還有些小紅痘痘，妝化得太濃，人看上去假假的。

「我們起來晚了，沒趕上觀光的大巴。」新郎說。

「我非投訴旅遊公司不可，」新娘恨恨地說，「飛機還得等拿了登機牌的乘客呢。」

昨天夜裡他們說起今天要去雅丹魔鬼城，途經玉門關，新郎搖頭晃腦地吟詠，「羌笛何須怨楊柳，春風不度玉門關。」

兩人還夢想著，能在玉門關撿到塊玉什麼的。

「在地下埋了一兩千年，」新郎說，「剛好在我們經過的時候，被一股風吹出了地面。」

「沒錯兒沒錯兒，」新娘咯咯笑，「千年等一回，有緣千里來相會。」

「找玉?!」強哥用鼻子哼一聲，「找屎差不多。」

「除了雅丹魔鬼城，」新郎安撫了一下新娘，問家祥，「現在這個時間，我們還能上哪兒去玩兒？」

家祥想了下，「可以去鳴沙山看月牙泉。」

「那是我們明天的旅遊項目。」新娘說。

「別的地方呢？」新郎問，「沒寫到旅遊手冊上，又好看又好玩兒的地方，有嗎？」

「我不是本地人，」家祥說，「我不知道。」

「都是你，」新娘打了新郎一巴掌，「我說去麗江你非來敦煌——」

「說喜歡飛天喜歡佛的不也是妳嘛——」

「有個韓國藝術家，」家祥說，「她也住在咱們酒店，她今天在鳴沙山月牙泉那兒搞行為藝術。」

鄭真永來了一個星期了，每天晚上都來酒吧喝酒，跟家祥和強哥混得像老朋友。她菸抽得很凶，數碼相機很高級，鏡頭一圈套一圈，能拉出老長，像個新型武器或者玩具什麼的，她要麼抽菸，要麼「咔嚓」「咔嚓」按著快門，有時候，她同時做這兩件事。

她去雅丹魔鬼城那天，清早出發，傍晚才回來。走的時候皮膚還像牛奶一樣白，回來就變成了咖啡色了。她的身體裡吸飽了陽光，從裡往外散發著熱量。她給家祥看相機裡的照片，一張接一張，像放小電影。

那些石頭很動人，各種各樣的形狀。像金字塔的，像獅身人面像的，像布達拉宮的，像教堂的，像茅屋的，還有幾十個連成一片，組成一個石化的「小鎮」，有一隻「孔雀」，更是形神兼備。

「在那裡還是一片大水的時候，這隻『孔雀』在水下，水草在牠身上像綢帶一樣飄舞，各種各樣的貝殼類生物寄生在牠的翅膀上面，五顏六色的游魚從牠身邊來來去去——」這位韓國女郎讀大學時在中國待了五年，漢語說得比中國人還好，「你能想像嗎？」

鄭真永眼睛細長，單眼皮，長得像孔雀，她的身體從吧台上面朝他傾斜著，家祥可以從她體恤衫的領口處瞥見她的乳溝。

「確實是——」家祥口乾舌燥地說，「很美！」

強哥在吧台那邊喝啤酒打量著他們，聽見家祥的話，他笑出了聲。

「你們在敦煌多幸福，莫高窟啊，魔鬼城啊，」鄭真永感慨，舉起相機對著家祥「劈啪」「劈啪」拍了一陣子，「——我們走了就不容易再來了。」

她低頭看了看相機裡面，示意家祥過去看。

家祥不敢相信那是他自己。

「靚仔哦！」連強哥看了都誇。

「她看上你嘍。」鄭真永離開酒吧的時候，強哥打量著她的背影，對家祥說，「小白臉就是討女人喜歡。」

「哪有。」家祥笑笑。

「不過這種女人瘦巴巴的，沒什麼啃頭兒，」強哥從冰箱裡拎兩瓶啤酒出來，把兩瓶啤酒對到一起，一擰一扳，瓶蓋就啟開了，「玩藝術？早晚讓藝術玩死。」

「還是王葵好，」強哥把一瓶酒遞給家祥，「這裡那裡鼓鼓的，像裝得滿滿的荷包，隨便你掏！」

強哥這樣說王葵，讓家祥有點惱火，不過跟老闆他也是想怎麼說話就怎麼說話。

強哥是老闆從香港帶來的調酒師，他來敦煌這個「悶死人」的地方，是講義氣，給老闆「撐場面」的。再說了，難得強哥看家祥順眼，把他從廚房調到酒吧裡來，還教他調酒。

家祥跟新婚夫婦說完話，回頭再找王葵，她已經走了。家祥看了眼牆上的鐘，他不想像往常一樣去員工食堂吃飯，幾十個人圍著幾張長桌子密密麻麻地坐著，強哥説活像監獄裡的囚犯。

吃的東西也單調，無外乎米飯饅頭，土豆白菜。

家祥正猶豫著要不要打電話給王葵，王葵上樓找他來了，「經理叫你。」

「幹嘛？」

「我哪兒知道？」

他們順著樓梯下樓，家祥緊走兩步，蹭到王葵身邊，試圖牽她的手，「早晨見到妳之後，我睡回籠覺時夢見妳了——」

從樓梯上上來幾個人，扛著行李，嘻嘻哈哈説話，腳步轟隆隆響，他們像一股上流的河水，把家祥和王葵分開，一直到走到大堂，家祥再也沒找到給王葵講夢的機會。

大堂裡面擠著更多的人，天南海北的口音，有人在説笑打鬧，有人手裡拿著一大把房卡，邊叫名字邊往下分。

「哪兒來這麼多人？」家祥問。

「都是大學生，」王葵停下腳步，説，「好像有個重走『絲綢之路』的活動。」

「什麼『絲綢之路』，不就是戈壁灘從中間豁條路嘛，」家祥順口説道。

強哥整天發牢騷，他都背下來了。

「吃飽了撐的。」

王葵斜睨了他一眼，「你跟老闆說去啊。」

「哎，說正事兒，」家祥在廚房門口拉住王葵，說，「過十分鐘，我在門口等妳，我們出去吃飯。」

王葵猶豫了一下。

「就這麼定了。」家祥說著，推開門，經理迎面過來。

「家祥——」

「你開到門口，我馬上就來。」家祥把藤編的箱子「嘭」地放到車上，跟司機大明打了聲招呼，朝大門跑去。

敦煌山莊大門旁邊，有個銅鑄的飛天雕像，王葵站在飛天前面，飛天身上衣帶飄飄，彷彿王葵生了翅膀。

「沒法兒出去吃飯了，」家祥嘆口氣，「經理讓我去給那幾個韓國人送飯。」

「是那個女人點名要你去的吧？」

「妳説什麼呢?」家祥笑了,「人家幹嗎點我的名?」

「你自己心裡清楚。」王葵笑了。

「我們晚上出去吃飯吧?」

「恐怕不行啊,」王葵扭頭朝酒店大堂那邊看了一眼,「一下子來了這麼多學生,經理説,中午自助餐的菜要做平時的三倍——」

家祥罵了句髒話。

王葵往家祥手裡塞了個東西,轉身回去了。

家祥跑到麵包車前面,坐到副駕駛的位置上,打開盒子,裡面有一個鑰匙鍊一個手機鍊,黃銅的,鑄出駱駝圖案。

大明看到裡面的卡片,「你生日?」

「哦。」

家祥把東西塞到牛仔褲裡,硌得屁股不舒服,他又掏了出來。

「過生日還這麼蔫不啦嘰的?」大明搡了他一把。

大明車開得飛快,繞過旅遊品市場,直接進入鳴沙山月牙泉景區。一對騎著駱駝的遊客從麵包車邊上經過,駝鈴叮噹,女人們把臉捂得像巴基斯坦人。家祥沒見過巴基斯坦人,但他見過一些印度人。有兩個印度女孩子讓人印象深刻，她們披著紗麗，皮膚黝黑，在角落裡悄言細語，研究敦煌英文版的地圖。家祥送啤酒過去時，她們收斂笑容，頭一抬，黑白分明的大眼睛，眼波如霧如煙。

在一個沙坡上面，九十九朵蓮花擺成了一個蓮花形狀。鄭真永在酒店後院做這個模具的時候，家祥被派去給她幫忙，起初，她沒找到趁手的工具，讓家祥從餐廳找來幾個大小不一的湯勺。那些湯勺一落到她手裡，就有了十八般武藝，讓家祥大開眼界。

泥塑做完之後，鄭真永指揮家祥調石膏漿往泥塑上面一層層潑灑，過了一天，石膏模具從泥塑上取下來，她又修理調整了大半天，家祥看著她直接用手在模具上磨來磨去，也不怕皮膚會變粗糙。這些沙子蓮花就是用石膏模具翻製出來的。

「從早晨到現在，拉了幾十桶水上去，」大明在山下跟家祥說，「我懶得再上去了，在這裡等你。」

家祥提著藤箱往上走。他白天在餐廳裡工作，往窗外一抬眼就是鳴沙山。每天晚上回宿舍睡覺前，他跟強哥在露台上喝瓶啤酒，閒聊幾句，面對的，也是鳴沙山。他早就聽熟了風吹流沙的聲音，但跟鳴沙山親密接觸，這還是第一次。

登山的木梯嵌在沙裡，遠看像一排鋸齒。家祥在半山腰處往敦煌山莊的方向看，只看見連綿的沙山，以及沙山形成的光影。在峽谷底部，月牙泉如一塊弧形碧玉，溫潤地鑲在金色沙漠中間。

鄭真永坐在遮陽傘下面抽菸，身上的衣服被汗水洇得濕答答的，她臉漲得通紅，頭髮攏到腦後面胡亂挽成個髮髻。

「全是妳一個人翻製的？」家祥問。

「當然了，」鄭真永說，夾著菸的手朝前一指，「一舉一動都要拍下來的啊。」兩個攝影師舉著攝像機對著那朵大「蓮花」拍攝，從中心處往邊緣，小「蓮花」的顏色逐漸加深。

鄭真永用韓語叫他們過來吃飯，他們的臉也都晒得紅通通的，衝家祥笑著點頭，說了幾句話。家祥聽不懂，但知道他們在跟他客氣。

鄭真永跟攝影師一樣，狼吞虎嚥地吃盒飯，咕咚咕咚地喝礦泉水，她對家祥說，她和他們會一直待在山上，共同記錄這些蓮花產生，在陽光下面曝晒變乾，最後被流沙吹散、直至掩埋的全過程。

「我們這麼可憐，」她調皮地說，「請廚師們多給做點兒美食吧！」

回去的時候，大明拉著家祥去了莫高窟，他要順便把幾個遊客接回敦煌山莊。莫高窟前面遊人密密匝匝，各種膚色，各色髮色，各種口音。

大明沒想到家祥居然沒來過莫高窟，他找了個認識的導遊把家祥帶進去參觀。

「我接到那幾個遊客後給你打手機，」大明在門口囑咐家祥，「你看見我的號碼，直接出來就行了。」

家祥混在一群遊客中間，導遊向遊客們強調，為了保護壁畫和雕塑，洞窟內禁止拍照。進入洞窟以後，他們發現，洞窟裡面連燈都沒有，導遊邊講解邊用小手電筒照著某幅壁畫或者某個塑像，示意大家注意觀看。

「這麼鬼鬼祟祟的，像看黃照。」有人感慨。

大家笑起來，跟著導遊往下一個洞窟走。

家祥獨自留下，在一尊佛苦修像前站了一會兒，這尊佛比其他的佛像清瘦一些，鎖骨突出，四肢修長。洞窟裡面光線很暗，佛低眉垂眼，沉吟著，彷彿一直看到了家祥的內心深處。

家祥覺得自己的靈魂變成一縷煙，佛手指一動，會像挑起一縷細絲那樣把他的靈魂從身體裡面挑出去。

他跟佛對視著，他們的目光是活的，糾結在一起，無聲勝有聲，可這時另外一隊遊客在導遊的引領下走進來，佛還是佛，又變成了泥塑木雕。

其他的洞窟也大同小異。無非是塑像、壁畫。壁畫上面的內容也無非是佛，觀世音菩薩啦，飛天、伎樂天，胡旋舞，反彈琵琶什麼的，有一些像鑲著金邊，被偷走的金絲引起大家的感慨，依舊留在壁畫上面的金絲也讓人唏噓。幾撥兒遊客經常混成一片，擠在同一個洞窟裡面，導遊們的講解此起彼伏。隨著講解結束，遊客們像游魚習慣了固定口味的魚餌，跟著各自的導遊繼續前行。

家祥覺得索然無味。敦煌山莊裡面有好幾尊青銅塑像，壁畫掛得哪兒都是，內容跟這些洞窟裡面的一樣，圖畫倒比這裡更加鮮豔、清晰。酒吧的牆上就掛著好幾幅佛像，海報大小，裝裱在玻璃鏡框裡面。

有個南方女人瞇著眼睛看家祥身後的鏡框，好半天一動不動，「佛好美哦——」她對老公說。

那個男人抬眼看了一眼牆上，沒說話。

「那些一兩千年前的人從五湖四海跑到敦煌來，挖了那些洞窟，住在裡面，就是因為佛太美了，他們天天看也看不夠，日思夜想也想不夠。他們全都愛上了佛。」

那個男人笑笑，仍舊沒什麼話。

南方女人先離開酒吧回了房間。她一走，她老公變了個人似的，神氣活現起來，他跟三個剛走進酒吧的女孩子很快就打成了一片，他請她們喝酒，幾個人又說又笑，鬧到半夜，他還親了其中的一個。

廚房裡面亂成一團，下午三點鐘了，幾個廚師還在灶上煎炒烹炸。王葵和另外幾個服務員坐在廚房外面的走廊裡面，面前擺著案板和竹筐，她們把洗好的青菜切成段。

「有吃的東西嗎？」家祥問，「我餓癟了。」

「呶——」有個女孩子下巴朝旁邊點了點，那兩個筐裡分別是剝了皮的元蔥和一些切好的茄子條。

「我們也都是匆匆忙忙對付了一口，」王葵說，「午飯早就收了，你去買方便麵吃吧。」

「妳陪我去。」

「你沒見我忙著呢嗎？」

「什麼偉大事業啊，」當著那幾個女孩子被拒絕，家祥面子有些下不來，「沒有妳敦煌山莊還玩不轉了?!」

「哪有你偉大？」王葵抬起頭，臉也拉了下來，「你是藝術家嘛，還跟韓國人一起『行為』，你多了不起！」

幾個女孩子笑起來。

「妳吃醋啊？」

「吃醋？」王葵哼一聲，「我還喝醬油呢。」

女孩子們笑得更厲害了，有人拿剛切好的柿子椒丁朝王葵扔過來。

家祥把腳前的一個等著剝皮的土豆踢飛，動作很響地轉身，穿過廚房煙霧水霧和濃重的煎炸氣息，回到了前台大堂。

幾個大學生清清爽爽地迎面過來，他們穿著一樣的體恤，上面印著「絲綢之路」四個字。

「家祥——」大明站在門口抽菸，衝他招手，「去不去市裡喝酒？你今天不生日嗎？」

露天地攤兒一個接一個，緊挨著敦煌夜市場，一直延伸到T形路口，呈Y形再向兩邊街蔓延。每天從黃昏開始，這裡是敦煌最熱鬧的地方。

家祥找廁所的時候，被兜售旅遊紀念品的小販拉住了。

「葡萄美酒夜光杯，」小販說，「就是講這個杯的。」

他還了一半的價，買下了那個夜光杯。

家祥回到小攤前面，大明約的兩個女導遊過來了，她們不像大明吹得那麼漂亮，比王葵還差一截兒呢。不過她們態度友好，落落大方，什麼玩笑都敢開，還跟大明拼酒。

家祥跟著他們笑，他們把酒喝光，他就替他們再倒滿酒。

「你好乖啊，」一個女導遊說家祥。

「長得也很帥呢。」另外一個說。

他們喝了好多酒，喝到夜空變成黑藍色天鵝絨，星星像銀色胸針釘在上面。夜市已經散了，各種飛蟲迎著燈光飛。

家祥去買單，將近兩百塊錢，又不是跟王葵一起，他很心疼。

兩個女孩子提議去她們那兒打撲克，醒醒酒。

「好啊。」大明意味深長地看了家祥一眼。

「我不行，」家祥說，「我得回去上班了。」

「家祥在酒吧裡工作，是上夜班的，」大明跟兩個女孩子解釋，「改天我們去酒吧找家祥喝酒。」

她們笑著跟家祥擺手道別，跟大明走了。

家祥捨不得再花錢，步行回敦煌山莊。

街道上沒什麼人，家祥有點兒後悔。女孩子們的笑聲像一件花邊過多的外衣，剛才讓他覺得燥熱、俗氣，甚至有點兒危險；分開後，似乎又不乏溫暖和俏皮。

一輛出租車停在他身邊。

「外地來的吧？」司機探出身子問他：「想找旅館我給你介紹個好地方？」

在酒店大堂，家祥看見幾百件行李蒙著沙塵，擁堆在一起，被一個魚網似的東西罩著。白天他走了兩個來回，居然沒注意到。

他往樓上走的時候，幾個跟他差不多年紀的男生正下樓，這次家祥注意到，他們體恤衫上別了小牌子，寫著某某大學。

「歡迎光——」王葵衝酒吧門口招呼，發現是家祥，她咬斷了話頭兒。

家祥在酒吧的玻璃門上照了照自己，他的新牛仔褲髒了些，體恤衫汗濕後，揉皺了，他喝了酒，臉色發紅。

客人出奇地少，三個大學生都湊在吧台旁邊。

他們拿出相機，挨個跟王葵合影。她穿著白襯衫，黑色小馬夾，頭髮在腦袋後面吊了個馬尾辮。王葵在酒吧的工作算是加班，敦煌山莊的人都知道她為了供弟弟上大學，賺錢不要命。

「我今天就把照片放到博客裡。」其中一個人照完，對她說。

「敦煌美女。」另一個衝王葵擠眉弄眼的。

「敦煌美女，」他們離開後，家祥移到吧台前面坐下，「給我來瓶冰啤酒。」

王葵從冰櫃裡面拿出酒，啟開蓋子，放到他面前，「三十塊。」

家祥掏出一百塊錢放到吧台上。

王葵瞥了他一眼，把錢推還給他，「他們請我客，酒錢已經付過了。」

「妳去過莫高窟嗎？」家祥喝了口酒，問王葵。

「沒有。」王葵把幾個大學生剛用過的杯子洗了，說，「——好看嗎？」

「沒有妳好看。」家祥說。

「別的沒長進，」王葵笑了，「先學會油嘴滑舌了。」

「我們來了三個多月了吧？」家祥想了想，「強哥說，如果我學會調酒，他帶我們去香港混。」

王葵沒吭聲，把杯子放進消毒櫃裡。

「妳不想去香港？」家祥問。

「香港了不起啊？」王葵說，「古代的時候，敦煌不也是特區，不也是香港？」

「對啊，我怎麼沒想到?!」家祥笑了，「敦煌特區的時候，香港連個鬼影兒還沒有呢。」

王葵笑了。

「有沒有人跟妳説過，」家祥朝王葵身後的鏡框裡面瞥了一眼，「妳長得有點兒像佛啊？」

「你覺得我是佛？」王葵扭頭回去看了看，「那還不趕快跪拜我？」

「好啊。」家祥把酒瓶往吧台上一放，啤酒花咕嘟嘟竄上來，直漫溢到吧台上面，王葵埋怨了一聲，家祥徑直從側門繞進吧台裡面，在王葵腳前「撲通」跪下了。

她嚇得跳起了腳，「幹嘛?!」

「妳不是讓我拜妳嗎？」

「快起來，」王葵往外面看了一眼，咯咯笑，「神經病！」

家祥伸出手臂抱住了她的雙腿，臉依偎過去。

「別鬧了，快起來——」王葵想抬腿，但被家祥抱得死死的，他像個章魚吸附在王葵身上，她越掙扎，他越抱得緊。

「快鬆手啊你，讓人看見——」

他的手臂勒住她，一隻手板住她的身子，另一隻拉開了她裙子的拉鍊。

王葵彎腰過來按住家祥的手，被他用力一拽，整個人跌進他的懷裡。他的手撩起她的襯衫鑽了進去，在她身上游走，她拉住他的手腕，他們較勁時，她襯衫的扣子崩脫了。

「你發什麼瘋——」她揮拳打過來，力道很重。

家祥放開了王葵，捂著眼睛坐到了地上。他的頭暈暈的，同時又很清醒。

「你活該！」王葵嗔罵了一句。

家祥沒吭聲。

「——疼嗎？」過了一會兒，王葵問。

不太疼，但家祥不想起來，他坐的位置黑乎乎的，燈光很暗，跟他現在的心情很配。他這麼坐著，很舒服。

「哎——」王葵用腳尖踢了踢他。

他不動。

「強哥說，他的房間空著，他兩點鐘才回來——」王葵越說聲音越低。

家祥抬起頭看著王葵，黑裙白衫，吊燈燈光把她籠罩在一片光明中間，她輪廓美麗，光彩照人。

「我們現在就走。」家祥跳起來。

「哪能一起走？」王葵瞪了他一眼，她的鈕扣崩飛了，用手捏著襯衫，「我先去縫扣子，你過十五分鐘再來。」

「哎，」家祥看一眼王葵留下的房卡，「那妳怎麼開門——」

「我還有一個房卡。」

家祥飛快地把酒吧裡面打掃了一下。他看了眼牆上的掛鐘，再有幾分鐘，他的生日就過去了。他沒想到臨期末晚會收到這樣的大禮，簡直想高歌一曲。

他把杯子擦好掛上，剛要關燈，一群人湧進了酒吧。

「家祥——」老闆招了招手。

「老闆好。」家祥的心沉了下去。

「我正愁沒人打下手呢，」強哥走進吧台，抻頸向外，問，「老闆喝什麼？」

「你隨便搞點兒什麼給我們喝喝就好了。」

強哥拿酒時，看見吧台上的房卡，他衝家祥擠了下眼睛，「我的生日禮物不錯吧？」

「謝謝強哥。」家祥苦笑。他拿起房卡，房卡一面印著「敦煌山莊」幾個字，另一面，觀世音菩薩腳踩蓮花，身上披戴著眾多瓔珞佩飾，雙眉彎彎如月，衣帶飄飄臨風，兩眼微微下視——

「家祥，」強哥一邊開酒一邊吩咐，「去取兩桶冰塊，再拿個檸檬過來！」

沿著吧台，家祥把房卡推向強哥那邊，觀世音菩薩的嘆息聲就像一朵白雲，從九天之外，正緩緩地、緩緩地飄來。

三岔河

「虎哥來了！」司機說。

公路邊有個很大的牌子，上面寫著「三岔河市歡迎您！」「河」字掉了個「可」字邊，變成三滴水，「您」字下面的「心」也丢了右邊的一點。

牌子下面停著輛越野車，三個男人站在車旁邊吸菸、說笑。

呂悦乘坐的車放緩速度時，他們轉過身來。李虎虎背熊腰地站在兩個年輕人中間，黑色體恤黑色牛仔褲，臉也是黑紅色的。

「辛苦了，呂悦。」李虎迎上來。

「不是說不用接的嗎？」呂悦下了車，說。

「那哪能呢，」李虎說，「有朋自遠方來，不亦樂乎；有美女自遠方來，不亦接乎？」

他介紹兩個年輕人給呂悦認識，瘦高的叫小武，樂呵呵的那個叫二平。

「虎哥一直在說妳的事情。」小武說。

「果然名不虛傳啊。」二平笑。

「你說我什麼了？」呂悅問李虎。

「就以前我們上高中時的那些事兒。」李虎讓接呂悅的司機跟小武二平坐一輛車回去，他跟呂悅坐一輛車。

「累了吧？」

「還行。」

「謝謝妳啊，」李虎說，「這麼大老遠的把妳折騰回來。」

「別客氣，」呂悅說，「楊正明也是我的同學啊。」

「是啊，」李虎嘆了口氣。「前幾天，正明請我吃狗肉火鍋。他平時高傲得要命，跟誰都不聯繫，我當時想，這傢伙肯定是攤上什麼事兒了！那天市長有客人讓我陪我都沒去，騙市長說我媽生病了，跑去見正明。結果他啥事兒也沒有，就是找我喝酒說話兒，聊從小到大那些雞毛蒜皮的破事兒，同學、朋友，聊了四個多小時，他翻來覆去的念叨妳，說當年每次妳往教室裡一進，那真叫蓬蓽生輝啊！妳穿的衣服他現在還記得，一件一件給我數，就好像妳的衣櫥擺在我們眼前似的，妳有一條海軍衫似的連衣裙，穿上以後跟山口百惠一模一樣兒的，還有一件白色連衣裙，大荷葉領，風一吹就翻捲起來——」

「沒錯兒，」呂悅笑了，「確實有過那麼一條裙子。」

「妳還有件蝙蝠袖的短夾克衫，黑紅格子的，穿上顯得腿特別長。」李虎說，「妳的事情，正明全都記得，吃火鍋那天他跟我說啊說啊，說得我直想掉眼淚，他對妳真是——」

李虎哽住了，過了一會兒，咳了咳，才又開口，「那天正明喝多了，特別絮叨，說二十年沒見了，不知道呂悅變成什麼樣兒了。我說咱把呂悅找回來，同學們聚聚，到時候你就知道了。他說好啊好啊，我真想見見呂悅。」

車子開進了市區，三岔河市比呂悅記憶中的縣城大了好幾倍，街道邊兒上種著剪了樹冠的榆樹，像一堵堵綠色矮牆把街道隔開了，桃紅李白，花開得正當時，空氣中有一股香味兒。街區中間的小樹林消失無蹤了，二十年前，那裡是白天婦女們聊天、晚飯後老年人散步、夜幕降臨時年輕人談戀愛的地方，也是案件高發的犯罪現場。雄渾壯闊的松江在呂悅的作文本裡常被比喻成騰飛的巨龍，現在鋒芒盡收，水流平緩，像是進入了暮年；松江邊冬季他們滑冰，用雪磚冰石壘碉堡、砌戰壕的地方，幾十棟新樓盤拔地而起，這些樓刷著粉色的塗料，像水泥盾牌被整齊有序地擺放著。

李虎把車開到貴人酒店門口，小武二平已經在等著他們了。酒店相當豪華，呂悅入住的套房，站在窗前可以看到遠處的山脈，低頭則是蜿蜒的松江，遠遠回望，能看見兩條河入江時形成的「Y」字。房間有客廳，小酒吧，以及兩個衛生間，寬大的茶几上面擺放著功夫茶茶具和一些小包裝的麥斯威爾咖啡，臥室的床頭櫃上，花瓶裡插著香水百合，還有一大盤洗好的水果，造型漂亮的水果刀是雙立人牌的。

李虎說這套房他常年包租，專門招待朋友和客戶的，「妳多住幾天，正明的事兒辦完以後，我帶妳四處轉轉。」

呂悅簡單地洗漱了一下，化了點妝，換了衣服。李虎在小客廳裡抽菸，聽見呂悅走出來時轉過臉，他的目光在她身上停留了片刻，想說什麼，話到嘴邊打了個轉，又嚥下去了，「——我們去二樓吃飯。」

二十多個同學在包房裡等他們，呂悅乍一走進去，只覺得滿屋子都是人，到處都是笑臉，她的眼睛看不過來，對七嘴八舌的問候和問題，也只能先以微笑來回敬。

「這陣勢弄得，」李虎笑著說，「像大明星來了。」

「呂悅就是咱們班的明星偶像啊。」班長王美蓉笑著說，「妳還認識我不?」

「當然了。」呂悅笑著拍了拍她。

王美蓉老得很明顯，眼角嘴角，皺紋如菊。除了王美蓉，其他女生都發福了。有一半呂悅記不住名字了，但五官相貌還有些印象。男生們也大多挺著肚子，臉色油光光的，有兩個開始謝頂了。

飯桌是呂悅見過的最大的圓桌，二十四個同學圍坐，還鬆鬆快快的。男生女生們插開坐，李虎讓呂悅坐在主賓位上，他的另一側是王美蓉，呂悅身邊的位置，他特別地空了出來，「這是正明的位置。」

他們喝的是特級松江醇，「嘎嘎純，」李虎對呂悅介紹，「喝多少都不上頭。」

「七百多塊錢一瓶呢，」有人感慨，笑嘻嘻地問李虎，「管夠兒不李總？」

「廢話！」李虎給呂悅倒酒。

「我不喝酒的。」呂悅說。

「喝不喝是妳的事兒，」李虎說，「我只負責倒上。」

李虎給楊正明那個杯子也倒得滿滿的。

其他人有的互相倒酒，有的是服務員在給倒酒，李虎看大家的杯都倒滿了，端起酒杯站了起來，酒桌邊嘻哈說笑的聲音漸漸消隱，大家都看著李虎。

「這第一杯酒，咱們為正明喝一杯，正明是我高中時最好的哥們兒，跟親兄弟沒什麼兩樣兒。」李虎看著呂悅身側的空位置，彷彿那裡坐著人似的，他伸臂在那個酒杯上碰了一下，

「正明，西出陽關無故人，你一路走好啊。」

說到最後，李虎聲音有些哽咽了。

大家都站了起來，先是够得著的幾個同學跟楊正明的杯子碰了碰杯，其他够不著的也陸續走過來，表情凝重肅穆地跟正明的杯子碰了碰，幾個女生眼睛裡浮現出淚光，王美蓉的淚水把她的妝都弄花了。

呂悅最後一個跟那個空杯子碰了碰，楊正明高中時又瘦又高，整天在操場上打籃球，他爸是三岔河縣的副縣長，他逃課、或者不上自習，老師們都睜一隻眼閉一隻眼。偶爾他在教室裡上課，籃球也放在書桌下面，他用腳踩著。他們有限的幾次對視中，他的目光幽幽如夜晚的小巷，讓呂悅緊張不安。

大家把酒都喝光了，呂悅也把酒喝了。酒像一個小彗星，熱辣辣地從舌頭、經過食道，直竄進胃裡，留下一股濕潤的灼熱。

李虎把楊正明那杯酒灑到了地上，招呼服務員給大家把酒都滿上。

熱菜開始上了，都是生猛海鮮，還有三岔河的清燉鯉魚，是用過濾後的松江水燉的。服務員在他們每人面前放下個大盤子，一隻清燉蛤蟆伏在生菜葉上，四條腿伸展著，好像在冥想。

「我的天！」呂悅哭笑不得。

「有人把這道菜叫林參，」李虎說，「比海參還有營養呢。」

吃完蛤蟆，李虎提第二杯酒，給呂悅接風。

「呂悅二十年沒回三岔河了，昨天我打電話跟她說起正明的事兒，人家二話沒說就答應回來了，」李虎說，「這是啥？這是同學情義！」

這通電話她本來不想接的，陌生的號碼，尾數是六個8。電話接通後李虎自我介紹了半天，問她，「妳還記得三岔河嗎？記得三岔河一中嗎？妳記得一中三班的老同學楊正明和李虎嗎？妳記不記得因為我們形影不離，新年聯歡會上咱班同學還拿我們倆打一成語，名叫『羊入虎口』？」

呂悅從來沒想到自己會記得這些事情，但李虎一連串的問題就像一根線，往事像風箏似的被拉回到她眼前，她當然記得三岔河，記得三岔河一中，記得楊正明，包括那次新年聯歡會。那天楊正明彈了吉他，唱了一首外國民歌，叫〈多年以前〉。大家拼命地給他鼓掌，那是他在她記憶中最光彩照人的一次。

「妳這次能回來，」李虎跟呂悅碰了下杯子，「正明地下有靈，會非常非常高興的。我替他謝謝妳。」

「情義無價，情義無價！」大夥應和著，紛紛跟呂悅乾杯，呂悅只好把酒又喝掉了。

第三杯是為了老同學聚會，全體乾杯。

接連喝下去的幾杯酒，像熱呼呼的巴掌，從身體內部拍打著呂悦，把她拍得又鬆又軟又輕；這些酒又像波浪，一陣陣地翻捲衝擊，讓她頭暈目眩。眼前的老同學們都變成了皮影，飄來飄去，很多人在説話，高一聲低一聲的，有人説著説著哭了，有人卻笑個不停。

有人過來給呂悦敬酒，説她仍舊漂亮得讓人喘不過氣來。

「不是仍舊，」另外一個過來敬酒的同學糾正前一位的話，「呂悦比以前更加漂亮，更有風韻。」

「呂悦不能再喝了。」李虎伸手把他們的酒杯擋住，讓小武拿了瓶藍莓汁放到呂悦面前，「妳用這個跟他們乾杯。」

「就你會憐香惜玉?!」有人説李虎。

「那對唄，」王美蓉在旁邊接過話頭兒，「要不他能離三次婚?」

「為了呂悦我可以離第四次。」李虎説。

楊正明躺在黃白相間的菊花床上面，穿了一套挺括的黑色中山裝——王美蓉在呂悦耳邊説，那身衣服是李虎買的，「柒牌」男裝，一萬多呢——他比呂悦記憶中的樣子矮了些，車禍毀了楊正明的臉，現在的臉是用石膏重新固定好，又化了妝的。呂悅沒敢往那張假臉上看，她不認為遺照上面那個瘦寡寡，臉頰凹陷的中年男人是楊正明，她寧願保留記憶中他的樣子，頭髮亂亂的，細長的單眼皮，皮膚被太陽晒成了棕色，笑起來牙齒顯得特別白。

參加葬禮的人不多，除了同學，就是楊正明單位的一些人。他從三岔河一中畢業後被保送到師範學校，師範學校畢業後又回到三岔河一中。他們校長聲音洪亮地致悼詞，把楊正明形容的像張思德同志。楊正明父母都過世了，前妻沒露面——「他們結婚不到三年就離了，沒有孩子。」王美蓉低聲對呂悅說——站在親屬位置上還禮的，是楊正明的姐姐、姐夫。李虎穿著黑西服，白襯衫，打著黑領帶，挨著楊正明的姐夫站著。

楊正明單位的人跟遺體告別完畢，李虎走到呂悅身邊，牽著她的手，把她領到正對著遺體的地方，李虎和呂悅他們並肩站著，給楊正明鞠了三個躬。繞著棺木走了半圈兒，瞻仰完遺容，他把她帶到楊正明姐姐、姐夫面前，「這是呂悅，特意趕回來參加葬禮的。」

「謝謝妳啊。」楊正明的姐姐、姐夫分別跟呂悅握了握手。

李虎回到楊正明姐夫身邊站好，呂悅獨自走出追思廳，小武拿著酒瓶子讓呂悅沖洗一下手，二平拿著餅乾盒子，讓她拿一塊吃。

呂悅對二平擺了擺手。

殯儀館院裡停滿了車，從其他的追思廳裡面，傳來撕心裂肺的哭聲。昨天夜裡喝了酒，呂悅睡眠質量很差，睡著以後，她老覺得房間裡面有個人走來走去，穿著天藍色帶白槓槓的運動服，身上帶著股汗味兒，他在床頭站了好長時間，低頭笑微微地看著呂悅，當她費了九牛二虎之力撩開濕重的夢簾，驚醒過來時，房間裡面就只有橘色的夜燈在閃亮。

「正明跟別的同學不太聯繫，偶爾倒還去我店裡坐坐，」王美蓉走出追思廳，眼圈兒紅腫，用紙巾用力地擼著鼻涕，「我勸他多少回了，再找個老婆結婚，趁不太老，生個孩子，一個人這麼過日子有什麼意思啊?!他嫌我煩，說我跟他媽似的。」

又有幾個同學從追思廳出來，聽見王美蓉最後幾句話，笑了。

「妳看人家呂悅，」有個女生打量她陽光下的臉，「細皮嫩肉，跟小姑娘似的。妳看咱們這老臉糙皮的，一樣是同班同學，差距怎麼那麼大呢?!」

「可不是嘛，」王美蓉說，「我要跟呂悅上街，那才真像娘倆兒呢。」

「胡說什麼啊妳——」呂悅讓她們說得不好意思了。

「她這個狐狸精，」在稅務局工作的曲麗萍笑嘻嘻地說，「讓楊正明惦記了一輩子。」

「不止楊正明啊，」另外一個女生拍了下巴掌，「咱們有一次寫作文，談理想，李虎在班級裡說，他寫長大以後當科學家，那純粹是胡扯，他真正的理想是以後當大官，變有錢，娶呂悅當老婆。」

大家都笑起來，隨後出來的男生們朝她們這邊走過來，「在這種地方妳們笑那麼大聲，成何體統?!」

中午飯安排在一家魚館裡吃。店不大，剛好夠參加葬禮的這些人坐滿。呂悅頭疼得骨頭都裂開了似的，胃裡火辣辣的。

「我就不去了吧？」她悄悄對王美蓉說。

「那哪兒行呢？」王美蓉說，「這是白席，都得去幫著撐撐場面。」

出乎呂悅的意料，這頓白席居然吃得熱熱鬧鬧的，大家推杯換盞，跟楊正明單位的校長、工會主席還有幾位老師，敬過來敬過去。每次有人過來敬酒，呂悅都會被重點介紹一下，她不得不從座位上站起來，跟人握握手。

「陪一杯唄？」喝酒時總有人要求她。

「我身體不大舒服。」呂悅說，「不好意思。」

飯吃到一半，李虎趕了過來，他說正明的事兒都辦好了，挺順利的。離開殯儀館後他先回家洗了個澡，換了衣服。

「來，」坐在呂悦身邊的曲麗萍起身說，「我這個寶座賣給你。」
「真懂事兒。」李虎笑嘻嘻地說。
兩個人錯身時，他在她腰上拍了一下。
「我替正明謝謝大家。」李虎舉起酒杯。
「我們也替正明謝謝你。」大家紛紛響應。
「妳怎麼不喝？」他問呂悦。
「昨天的酒還沒醒呢。」呂悦說。
「喝了這杯酒就醒了，」李虎替呂悦端起酒杯，「相信我，沒錯的！」
大家都笑，其他桌的人都往他們這邊看。
呂悦看著李虎，她不知道李虎是做什麼的，但他顯然做大了，氣勢雄渾，連敬杯酒都弄得烏雲壓城。
「我不舒服，」呂悦說，「不想喝。」
「那我替妳喝，」李虎還舉著酒杯，「行不行？」
「那是你的事情，」呂悦說，「我可做不了你的主。」
李虎把她的那杯酒喝了，把老闆叫來，讓他給呂悦燉小魚湯，「把魚收拾乾淨，有一點兒腥味兒我跟你沒完。」

「這杯你替呂悅喝了，再敬呂悅你替不替啊？」有人問李虎。

「替！全替！」

大家都來跟李虎敬酒，也給呂悅敬酒，李虎喝完了自己的，再喝呂悅的。每替她喝完一杯，他把空酒杯碼在呂悅的桌前，從一個碼到了二十多個。

「差不多行了啊，」王美蓉說那些還要過來敬酒的人，「李虎這幾天忙乎正明的事兒，吃不好睡不好的，別再讓他喝了。」

「我們也沒敬他啊，我們敬呂悅，他非要英雄救美。」

「對，我願意。」李虎也笑，「我喝死了正好兒去跟正明做伴兒，到閻王爺那兒發展籃球運動，打打閻BA啥的。」

「呸呸呸，」王美蓉罵他，「你個烏鴉嘴！」

吃完飯李虎把同學們安排到茶館喝茶、打麻將，他要帶呂悅去看三岔河「天翻地覆」的變化。

「你喝了那麼多酒，」呂悅說，「快回家休息吧。」

「別啊，妳難得回來一趟，」李虎替她拉開了車門，一副請君入甕的架勢。

「你行嗎？」呂悅猶豫著。

「說誰不行啊？」李虎說，等著上車的同學聽見他的話，哈哈笑起來。

「沒事兒，我天天這麼喝，妳放心上來吧。」

呂悅上了車，車裡面瀰漫著濃重的酒味兒，好像有瓶他們沒看見的酒灑在車裡了。

他們在市區裡轉了轉，李虎問呂悅想去哪兒，她想了想，「以前我們住的房子還在嗎？」

「在。」李虎邊答邊掉轉了車頭。

二十年前，呂悅住過的這棟三層紅磚樓是三岔河縣的標誌性建築，住戶除了縣領導，就是呂悅媽媽這樣從省裡來的專家。「小紅樓」如今破敗不堪，住戶們在窗外拉起繩子，晾晒著衣物，樓前的水泥花壇殘缺不全，裡面被人種上了白菜和小蔥。

「佳人已乘黃鶴去，」李虎跟著她下了車，抻了一個懶腰，「此地空餘黃鶴樓。」

「你還挺酸的呢，」呂悅笑了，「像個文藝青年。」

「我是陪我兒子背古詩時，背下來幾首詩。」李虎說，「上學的時候哪正經上過課啊，天天跟正明打籃球了。」

「走吧。」呂悅說。

李虎帶呂悅去看市旅遊局剛開發出來的景點，景點在市郊，車子停在松江邊兒上一個新嶄嶄的涼亭旁邊，一個牌子上面寫著：「定情谷」。

呂悅四下看了看，問李虎：「定情谷在哪兒呢？」

「那兒！」李虎指了指前方的一處崖壁。

那處崖壁像一幅寬銀幕從山上垂掛而下，直至松江，青山隱隱，綠水悠悠，確實是處好景致。

「看那上面，像不像有兩個人依偎在一起？」李虎指著崖壁，「像不像小龍女和楊過？他們身後那兩條岩縫，像不像兩把劍？我們第一次來看的時候，正好是雨季，岩縫裡有流水，被陽光一晃，真是刀光劍影啊。」

「那也不能叫定情谷啊，定情崖更貼切點兒。」

「對，下次我讓他們改過來。」

回來的時候李虎帶呂悅順路去了他的煤礦。李虎的煤礦很大，是中等國營煤礦的規模，挖掘出來的煤堆得像山一樣。見李虎來了，兩個面色跟煤差不多的中年男人走過來，李虎給他們遞菸，三個人把菸抽完的時候，李虎的事情也交待得差不多了。他扔了菸頭，用鞋底碾碎，走過來指著礦井跟呂悅說，「別看只有這一個入口，裡面卻有五條巷道呢，從山的底部插了進去。」

「像一個魔爪。」呂悅笑著說。

晚飯王美蓉請大家吃狗肉。她自己經營著一個不大不小的狗肉館，在三岔河市小有名氣。她讓朝鮮族廚師現殺了一條五十多斤的黃狗，用噴火槍烤光了狗毛，燒焦炭架大鐵鍋，鍋裡面添加了各種香料、幾味草藥，以及黃豆、辣椒、乾白菜絲燉了四五個小時。

店裡瀰漫著熱氣和濕氣，直撲到人臉上來。

「聞到狗肉香，」有人感慨，「神仙也跳牆啊。」

「我們是小本買賣，條件簡陋，」王美蓉跟呂悅客氣，「跟李虎比不了，人家是大老闆大手筆。」

「我還有大的東西呢，」李虎衝王美蓉笑，「妳想看看不？」

「去死！」王美蓉笑啐了李虎一口，請大家入席。

「看，」李虎讓呂悅坐在自己身邊，指了指吧台說，「『白蛇傳』。」

店裡吧台上有個特別大的玻璃罐子，裡面泡了幾棵人參，一只靈芝，還有一青一白纏繞在一起的兩條蛇。

「好玩兒吧？」王美蓉笑嘻嘻地說，「今天咱就喝『白蛇傳』，這酒可有勁兒了。」

呂悅又噁心又害怕，直擺手。

李虎給小武二平打電話，讓他們送幾箱特級松江醇過來，還特別囑咐他們給呂悅帶兩瓶五味子酒來。

「一樣是老同學，」有人打趣，「差距怎麼這麼大呢？」

店面小，二十多個人擠在一個房間裡，光坐著都會流汗。幾盆狗肉湯熱氣騰騰地端上來，房間簡直變成桑拿房了。狗肉湯燉得綿長濃香，一碗熱湯喝下去，汗濕衣衫。席間有人間或感慨了幾句楊正明的英年早逝，但大家主要的話題都放在了同學情誼上。有一個男生跟呂悅單獨喝了杯酒，說，「當年，妳是咱們學校的林青霞啊。」

「可不是嘛，全校有一半男生都在暗戀呂悅。」

有一個小地痞頭目也看上了呂悅，帶著幾個兄弟來學校，並跟以楊正明、李虎為首的班級男生打過一次群架，「那真是場硬仗，」有人衝李虎笑，「你的頭上還有個疤呢吧？」

「可不是。」李虎把身體屈向桌面，指了指自己頭頂上的一塊疤，「正明管這道疤叫馬里亞那海溝。」

「我怎麼不知道呢?!」呂悅很吃驚。李虎受傷的事情她有印象，他以前上學時總穿他哥哥的舊鞋，那些鞋又大又舊，趿拉著，他的頭上纏了繃帶，斜背著個破舊的書包，像個俘虜惹人發笑。

「他們也沒占著什麼便宜，」李虎說，「我那塊有機玻璃板你們記得吧？格尺那麼寬，有一釐米厚，玻璃板的尖角正好敲到那傢伙的腦瓜頂上了，那血忽啦湧出來，跟個紅蓋頭似的把他的臉都蓋住了，我當時以為把他打死了呢。」

「我也以為出人命了呢。」

「幸虧正明他爸是副縣長，有公安局長替我們撐腰，要不然，那些地痞不血洗了縣一中才怪呢。」

「那天打完架是正明陪我回家的，」李虎說，「我爸萬萬沒想到我跟副縣長的兒子是好朋友。那次他非但沒因為我打架揍我，還對我刮目相看，讓我媽給我煮了兩個雞蛋吃呢。」

「——是因為我嗎?!」呂悅難以置信，「你們沒弄錯嗎?!」

「當然是因為妳！」有人說。

「有一段時間晚上放學的時候，總有一些男生跟在妳後面，妳記不記得？」

呂悅記得的。因為這些男生的尾隨，她媽媽還拿話敲打過她，要她自尊、自愛、自重，還含沙射影地講了一些生理衛生方面的事情。她又委屈又憋悶，好幾天吃不下飯，對跟在她屁股後面的男生面寒如霜，怒目相對。

「那都是為了保護妳，怕那些小流氓對妳下手。」

「這些事情我們都知道，」王美蓉說，「妳怎麼會不知道呢？」

「我真不知道。」呂悅說。

「呂悅那會兒對正明都不正眼看，不知道也很正常。」李虎說，「她不食人間煙火嘛。我記得有一次咱們去東山秋遊，在山上野了一天，都滾得跟泥猴兒似的。下山的時候一溜兒土坡，路陡得收不住腳，到了山底下休息時，咱們都把鞋脫下來，磕鞋窠裡的土啊、小石子啊什麼的，呂悅脫了鞋，腳上的白襪子雪白雪白的，我和正明想來想去想不明白，咱們一樣爬山，一樣下山，別人都是兩腳泥，她的襪子怎麼就能跟兩隻小白兔似的呢？」

事情一做完，呂悅就起身去浴室了。

花灑噴出來的涼水讓她一激靈，但她沒躲開，任由涼水沖刷著頭髮，直至冷水轉溫，溫水又轉熱，水流變成一件大衣，從頭到腳覆蓋、擁裹住她。

她的頭還是暈的，酒精讓她血液發了瘋，在血管裡面橫衝直撞。但在她身體的內部，在某個房間裡面，意識黑衣黑面，在對她剛剛犯下的罪行進行審判。

妳怎麼能跟李虎上床呢？

是很愚蠢。她承認。

呂悅洗了好半天，一遍又一遍地打沐浴液，她沒帶浴衣進來，她用兩條毛巾把頭髮纏好，把兩條浴巾全扯了下來，一個裹緊身體，另一個披肩似的搭在肩膀上，她從鏡子裡面打量自己——非洲病人。

打開門，她先聽到李虎的鼾聲，像漏氣的手風琴，伴隨著咻咻的呼氣聲，高一陣低一陣地響著。房間裡瀰漫著酒和香水百合混雜的氣息，既曖昧濃烈，又含混汙濁。她的目光漸漸適應了房間內的光線，家具、物品、鮮花、水果，從幽暗中顯露出輪廓。她從自己的箱子裡找出乾淨的衣服，抱到小客廳裡，仔細穿好。被李虎從她身上扯下來的衣服，散落在床的四周，她一件件地撿起來，這些衣服像路線圖，勾勒出事情發生的脈絡。李虎的手勁兒很大，身體很硬，哀求她的時候卻像個小孩子。

「我愛了妳這麼多年。」他受了委屈似的嘆息，「從來沒有一個女人能讓我這樣。」

她試圖把他推開的時候，摸到了他頭頂上那個「馬里亞那海溝」，她的理智在那一瞬間踉蹌了一下，栽進馬里亞那海溝裡去了。

呂悅在小客廳打開了一個壁燈，燒水給自己沖了杯咖啡，她的身體很疲憊，腦子裡像個蜂房，無數的蜜蜂在跳舞。蜜蜂是用跳舞來表達思想的，呂悅的思想卻變成蜜蜂般的碎片兒。她需要理順一下思路，讓飛舞的蜜蜂回到各自的蜂巢。在遠方城市裡當大學教授的生活，時不時地，會讓她覺得沉悶無趣，但當她的視線從三岔河出發時，她發覺她的象牙塔生活如此高雅脫俗，氣度雍容，那些刻板的秩序、規定，從遠處看，像一塊塊古堡的基石，確保了生活的穩固和安全。

好吧，呂悅對自己說，她回三岔河參加了一個葬禮，就讓這個葬禮把有關三岔河的一切都埋葬掉吧。

喝完咖啡，呂悅打開了窗子，夜風像歌劇裡面綿長的高音，時而高亢激昂，時而婉轉悠遠，而風聲的下面，松江水流淌的嘩嘩聲，則是樂隊不眠不休的演奏。

呂悅醒來時，發現自己仍舊躺在沙發上，陽光明媚，從窗外直瀉而入。她的身上蓋了一條毛毯，她掀開毛毯坐起身時，毛絮在陽光裡面跳動著，宛若顯微鏡下的細菌。

她看了眼錶，快中午了。

呂悅洗漱完畢，化好妝，剛要收拾行李，有人敲門。

「我看妳睡得那麼香，沒捨得叫醒妳。」李虎舉起手中的袋子，「新鮮的芒果，特別甜。」

李虎的體恤衫也是黃色的，質地精良，襯得他的皮膚越發地黑紅、粗糙。呂悅想像了一下他穿著這身衣服，開著「寶馬」越野車出現在她學校的情形，偶爾遇上她的同事，他再甩幾句古詩，那可真夠熱鬧的。

李虎把芒果拎進衛生間洗了洗，甩著水珠出來，他沒找到合適的盤子，把芒果放到了功夫茶茶台上面。他從臥室把水果刀拿出來，「我來吧。」呂悅把刀接過來。

「我一會兒就回去了。」呂悅坐下來，拿起芒果削皮。

「急啥啊？好不容易來一趟，」李虎在她身邊坐下，「多住幾天！」

「我是來送送正明的，」呂悅往後挪了挪，專注於手頭上的刀和果皮，「事情辦完了，當然得回去了。」

「正明的事兒辦完了，那我的事兒呢？」

「你的什麼事兒啊？」

「妳說呢？」

呂悅抬起頭，把削好的芒果遞給李虎。

「一個芒果就把我打發了？」李虎接過芒果時，問。

「芒果是你的，」呂悅又拿起一個芒果來削，「你自己打發自己。」

「到底是教授啊，」李虎笑了，「說話跟俄羅斯套盒似的。」

呂悅沒接他的話茬兒。

李虎往她身邊湊了湊，「妳是不是特瞧不起我？」

「你胡說什麼啊？」呂悅又往後挪了挪，後背頂到沙發扶手了。

「那就是瞧得起了我了？」李虎又往前蹭了蹭，「我要是追妳，能追得上嗎？」

呂悅放下手裡的芒果，身體朝後傾斜，看著李虎，「你真的離過三次婚？」

「當然了。」

「為什麼？」

「抵擋不住誘惑唄。現在的女孩子都老生猛了，話直接給我撂到桌面兒上了，她們有美貌和青春，我有金錢和智慧，大家資源分享，ＯＫ不ＯＫ?!哪有像妳這樣兒的，跟個果子似的掛在樹尖尖上，只能看，不能摸——」

「我和你認識的那些女孩子不一樣。」呂悅打斷了李虎，清了清嗓子，「我——昨天的事情是個意外，是一場夢，現在天亮了。」

「天還會再黑的——」

李虎注意到呂悅的臉色，收斂了笑容。

兩個人沉默了片刻。

「其實我也是這麼想的——」李虎咬了一口芒果，從茶几的紙盒裡面抽出幾張紙巾接住滴落的果汁，「真他媽甜！妳嚐嚐——」

「你先吃吧。」呂悅示意了一下手裡正削著的芒果。

李虎把芒果吃完，把果核扔到紙巾裡，隨手放到茶几上。

「昨天的事情倒不是什麼意外，但咱們這個年紀了，經歷的不少，見過的就更多，誰還會為誰一片丹心在玉壺啊？正明倒是惦記了妳一輩子，算是海枯石爛了。那有啥用啊？如果我不打電話給妳，妳可能這輩子都不會再想起這個人。」

「你別胡——」

「就是這麼回事兒。」李虎說，直視著呂悅，「妳敢說，妳想起過三岔河嗎？想起過楊正明嗎？當初我們差點兒為妳把命丟了，妳不也不知道嗎?!」

呂悅說不出話來。

「妳看妳剛才緊張的，臉繃得跟個石膏像似的。」李虎笑，「妳怕啥啊？怕我糾纏妳?!像電影裡那個男的似的，天天上妳們家樓下喊：『呂悅，我愛妳！』——」

房間裡面突然沉寂下來，靜得能讓呂悅聽見「呂悅，我愛妳」發出的聲波在空氣裡微微震動著，她也能聽見李虎的心跳聲，以及自己的心跳聲，她還能聽見窗外，松江水水流的聲音，仍舊像樂隊的伴奏，從容舒緩。

李虎的眼睛向下看著自己的胸部，驚異的表情好像那把刀不是呂悅捅進去的，而是刀自己從他的身體裡長出來的。

「我不知道怎麼會——」呂悅也看著那個刀把，她也覺得那把刀是自己長出來的，「——我只是想讓你閉嘴！」

彼此

這次他們是去一個風景秀美的小城市。三年前，黎亞非第一次跟周祥生出門，就是去這個地方。

出門之前她還有些忐忑，周祥生為什麼找她去呢？科裡的醫生有二十幾個呢，男醫生尤其多，他跟她孤男寡女的，這麼一路走下來，算怎麼回事兒？黎亞非猶猶豫豫地收拾好東西趕到會合地點時，才發現周祥生的助手不只她一個，還有麻醉師吳強。

吳強開車，手腳不閒，嘴也不閒，黎亞非這一路上聽到的信息，比她在院裡待三年聽到的還多。原來，科裡大部分的醫生都跟周祥生出去過，她算是最後一撥兒。而且不光是周祥生，其他三四位主任醫生也經常在週末帶著主治醫生們出去。

「您的名氣大，來的病人多，」吳強對周祥生說，「他們大樹底下好乘涼。」

黎亞非坐在後面，望著外面的風景。他們走的是一條盤山公路，左一彎右一轉，山上樹木鬱鬱蔥蔥，樹根處沁出涼濕的氣息，正是早秋時節，山色總體還是綠色的，但偶爾的，會有一棵楓樹燒著了似的閃現出來。

「黎醫生沉默是金啊。」吳強見黎亞非一聲不吭，從後視鏡裡打量她一眼，笑著說道。

「我一向笨嘴拙舌。」黎亞非說。

「寡言少語，」周祥生說。「是女人最重要的美德之一。」

「怪不得我們院裡的女醫生一個比一個矜持，」吳強哈哈大笑，「這下我找到病根兒了。」

他們到達時，病人家屬們已經等在賓館裡了，七八個人像迎接救星似的歡迎他們的到來。兩個女人殷勤地陪黎亞非進了房間，一個給她洗水果，一個替她沏茶，她們在房間裡來來回回，弄得黎亞非坐也不是站也不是，又不知道該跟她們說什麼。

周祥生經過黎亞非的房間，在門口站住了，兩個女人立刻熱情地招呼他進來坐坐，周祥生邀她們出來到大堂跟他談談病人的情況，「讓黎醫生洗把臉，我們待會兒去醫院。」

洗臉的時候，黎亞非想周祥生這個人，他是他們科裡、乃至院裡的招牌人物，身邊總是簇擁著病人、醫藥代表、好學上進的實習醫生，領導們架子雖然大，但對專家也總是謙讓尊重的。

黎亞非跟周祥生一起做過幾次手術，他平時話不多，不大正眼看人，可一進了手術室，就像演員化好妝上了舞台，整個人都不一樣了，他跟沒有全麻的病人開玩笑，跟醫生們聊正在上映的電影或者正播的電視劇，讓護士放流行歌曲。如果不是親眼所見，黎亞非很難相信一個人能把手術做得那麼精彩，同時又能兼顧到手術室裡那麼多的細節。

那個小城市中心醫院的手術室跟他們院裡的沒法兒比，但也能將就著用。看完手術室，安排好第二天做手術的相關事宜，他們出去吃飯，飯桌上，盤子大得嚇人，點的菜太多，後上來的盤子摞到了先上的盤子上面。

吃完飯，一個家屬用問詢的目光看看三位醫生，在黎亞非身上略微遲疑了一下，望著周祥生問，「我們去桑那還是KTV？」

「我們回酒店休息，」周祥生說，「早睡早起。」

第二天他們做了兩個手術，上午一個下午一個。回來時，還是吳強開車，一直把黎亞非送到樓下，她跟他們道別，準備下車，周祥生轉身把一個信封遞給她，「這個別忘了拿。」

她把信封接過來，人在地面上剛站穩，車就開走了。

黎亞非上樓放下行李，看著手裡的信封，她知道裡面是錢，但裡面的數目是她想像中的兩倍。

只要周祥生的時間能調配開，請他做手術的人多的是。起初的半年，周祥生偶爾帶黎亞非出去，但慢慢地，她變成了他的固定搭檔。吳強經常跟他們一起，但也有一些時候，病人從費用角度考慮，更願意請當地醫院的麻醉師。那時候，周祥生就得自己開車。

一年四季，他們以自己居住的城市為中心，輻射到周圍七八個中等城市，以及五六個醫療設備說得過去的縣級市。週五下午出門，開車幾個小時，到達某個地方，晚上休息，週六做一天手術，如果病人多，週日再做一上午。

為了減輕周祥生的壓力，黎亞非到駕校找了一個陪練，每天抽出一個小時練車。有一個週末，他們做了三個手術，第二天上午又做了兩個，下午三點鐘才吃上飯，周祥生好像連拿筷子的力氣都沒有了，病人家屬還在不停地提問。黎亞非替他回答了一些問題，但那些病人家屬在對她抱以微笑後，會拿同樣的話題再問一遍周祥生。

吃完飯，出來上車時，她跟周祥生說，「我來開吧，你在車上睡一會兒。」

周祥生愣了愣，但什麼也沒問，就把車鑰匙給了她。

黎亞非戴上墨鏡，放了一張蔡琴的碟片。

周祥生笑著打量她。

「這樣我會覺得自己是個老司機。」她說。

有很長的一段路，筆直筆直，從鹽鹼地中間像刀痕一樣劃過去，路兩邊是發白的土地，植被像癬塊分布其上，有一棵樹孤零零地站在遠處，那麼絕對，讓人想起「大漠孤煙直」這樣的詩句。

周祥生坐在副駕駛的位置上，蜷在外衣下面，發出低低的鼾聲。

黎亞非很喜歡這種度過週末的方式，不光因為那些收入——她把那些錢單獨存到一張卡裡，偶爾在提款機上看到數目，總會讓她感到驚異——更令她高興的是，她擁有如此冠冕堂皇的不在家的理由。

週末她老公總往外跑，舉行讀者會，約重點作者見面談選題，要麼就是跟編輯部同事吃飯、喝茶，跟朋友或者同學打球、游泳，忙得不亦樂乎。她留在家裡洗洗涮涮，累了，就給自己煮杯咖啡，去她老公那幾千部碟片裡頭翻翻，碰上有興趣的，就放進影碟機裡看一會兒。

她不喜歡看青春片，也不喜歡純粹的喜劇或者悲劇，她喜歡的是一些跟生活貼得很近的故事片，她發現，電影裡那些跟她年齡相仿的女人們，面對的問題跟實際生活中她們面對的問題差不多少——

丈夫有外遇了，或者自己有外遇了；不再相信愛情，或者開始相信愛情。

她審視著自己的生活，沒有什麼不好，也體會不出有什麼好；有時候，她覺得有必要改變改變，更多時候，又覺得應該以不變應萬變。

黎亞非喜歡在路上。春天，草色鋪展在遠處，像一塊水彩，嫩生生的，毛茸茸的，她的心都跟著變軟了。草色略微變深的時候，樹葉像小蟲子似的，從樹枝裡面鑽出來，有一次，陷進座位裡長久無言的周祥生，忽然指著街邊的樹，問她，「那算不算是萌動？」

她放緩了車速，往樹上打量，那些小葉片，宛若嬰兒半握的手，顫顫巍巍地，好奇地伸向寒意尚存的空氣中。

「算是吧。」她說。想到他這樣的年紀，這樣的身分，卻為幾片葉子如此字斟句酌，忍不住笑了起來。

「笑話我？」他看她一眼。

「沒有。」她用手抹抹唇角，試圖抹去那些笑紋。

「年輕的時候，我是一名詩歌愛好者。我為詩歌失眠的夜晚比其他所有的事情加起來還要多。」他坐起來，把椅背調到正常的位置上，「但現在每天和我打交道的，是一些生了腫瘤的膀胱。」

周祥生傷感的語氣讓黎亞非吃驚。他在病人面前，是專家，是權威，是威信與威嚴並重的神，黎亞非看著他應對那些飽受死亡威脅的病人，以及過度焦慮的病人家屬時，會不自覺地融入到他們中間去，仰視著周祥生，信任他、依賴他，把自己不願承擔、或者承擔不了的包袱，搭到他的身上去。

她一直以為他對自己的工作是無比自豪的，有幽默感的，手術的時候，他曾讓她用一句成語概括他們的工作。她被問懵了，完全沒有方向。

「這麼簡單都答不上來，」他一邊把摘除下來的腫瘤扔進盤子裡，一邊悠然說道，「探囊取物啊。」

「我一向沒有幽默感。」她說。

周祥生看了她一眼，發現她並不是在賭氣要性子，而是非常真誠地為自己的乏味道歉。

黎亞非是一個文靜、優雅的女人，她身上幾乎沒有缺點。但也因此，她在男人眼裡，也缺少了必要的性感。「大理石美人」，男醫生們私下裡這麼叫她。周祥生不知道她是天生如此呢，還是情感上面遭遇過什麼挫折。

在她之前，周祥生帶科裡另外幾位女醫生出去過。只要是跟他獨處，或者幾分鐘或者幾小時，她們總會把話題轉到情感生活方面，其中一些事情在他看來屬於絕對隱私類，但她們照樣坦然道來。

黎亞非是女人中間的另類。她第一次跟他出門時，坐在車後座上，如果不是吳強問話，她幾乎變成了隱身人。她不用嘴說話，也不用眼睛，或者肢體說話。她的沉默是百分之百的。他不無驚喜地發現，她的工作態度也是百分之百的，沒有一點兒矯情、挑剔、抱怨，工作就是工作。在報酬方面——他一向出手大方——他猜她不會嫌少，但她也從未像其他人那樣，因為滿足，而直接、或者委婉地向他表達感激之情，以及對繼續合作的期待。

周祥生對這種單純關係有種久違的親近感，當然也有那麼一些時候，他注意到她身上的女性特質，溫情、嫻靜，穩重，她能在很長時間裡保持著同一個動作，注視久了，他覺得她像油畫人物。

有一次周祥生帶著黎亞非出去，手術結束後吃晚飯時，東道主跟他們提起一個小鎮，說小鎮有一個小店，火極了，他賣關子沒說火的原因是什麼，但饞涎欲滴地強調了好幾遍那店裡的東西，「逆風香百里啊。」

他們回程的時候，決定繞個彎路去那個小店吃頓飯。地方很好找，小鎮裡的人沒有不知道

「山珍一鍋」的。店面不大不小，門口的車擠得滿滿當當的，沿街排出去，像一溜麻將牌。店裡的桌子都是灶台式的，水泥磨的檯面，中間盤著一個水盆大小的鐵鍋，裡面燉著雜七雜八的東西，菜品只有一樣，在後面大鐵鍋裡燉到八成熟，就餐的客人只需點出是幾個人的分量，就有服務員替他們把東西放到桌上的小鐵鍋裡，邊燉邊吃。

東西確實香極了，而且不油膩，黎亞非懷疑店主往裡放了特殊的香料，或者大煙葫蘆什麼的，他們快吃完的時候，忽啦啦湧進來一群人，高聲大嗓地說話，把幾張預留的空桌子填得滿滿的，有個紅臉膛賣弄自己是熟客，跟朋友講菜裡的成分：蘑菇、板栗、黃花菜、桔梗、土豆、辣椒都是配料，最要緊的是，蛇、野豬、獾子、山雞、麻雀、蛤蟆——

他們回到車上繼續往回走，每隔二十分鐘，黎亞非就要下車吐一次，胃液、膽汁都吐了出來，吐完後黎亞非用礦泉水拼命地漱口。

「妳的胃早就吐空了，」快到高速公路入口時周祥生說，「妳還想再吐的話，已經不是因為妳自己，而是我胃裡的東西讓妳覺得噁心了。」

「不是的，」黎亞非讓他說得不好意思了。「我老覺得自己的胃裡有個動物園，不時地就有個什麼東西要跳起來。」

在高速公路入口處，周祥生順著岔路把車開進樹林中間，陽光斑駁地從樹梢間漏到地上，圓圈套著圓圈，光斑疊著光斑，空氣又涼又濕，黎亞非覺得肌膚像剛做完面膜，開了差不多十分鐘，在樹林深處，出現了一棟古堡樣兒的建築，四周的庭院被鐵柵欄圍著，庭院裡面有噴泉和漢白玉雕像，周祥生對兩個保安出示了一張會員證後，被放了進去。

酒店裡面的東西色調柔和，品質上乘，沙發顏色並不統一，室內擺放了很多植物，有草有花，間隔出一個個談話空間，陽光穿過屋頂玻璃直接照射進來，咖啡的香氣則浮動著向上湧去，音樂聲不高不低，把咖啡吧置於流水中間。

客人並不少，周祥生帶著黎亞非找了個靠窗的角落，點了兩杯咖啡，給黎亞非要了份新烤的餅乾。

「充充電吧。」他對她說，自己把雙腿放平，在沙發裡面抻了個懶腰。

黎亞非道了謝，扭頭看著窗外的景觀，庭院裡的樹木花朵因為沒有汙染，顏色分外豔麗、醒目。她轉回頭時，發現周祥生審視地看著她，他的眼角已經有皺紋了，但眼睛還是黑亮黑亮的，盯著人時，有一股咄咄逼人的勁頭。

黎亞非的心撲騰撲騰地跳了幾下。

「妳的話總是這麼少嗎？」周祥生問。

「你不是說，寡言少語是女人的美德嗎？」

「但妳過分了些。」周祥生責備她，語氣溫柔。

隨著黎亞非的頻繁外出，她老公鄭昊倒開始越來越多地待在家裡了。週日傍晚她回到家，十有八九，他躺在客廳沙發裡讀書，見她進門，他把書扔掉，從沙發上坐起來。

「我餓得前胸貼後背了。」鄭昊說。

黎亞非在最短時間內沖完淋浴，換好衣服，跟鄭昊出去吃飯。

鄭昊在生活中很多方面，是很有本事的，跟黎亞非單獨吃飯時，他總能找到美味、乾淨又便宜的小店，小小的門臉兒，熱情的老闆娘，滿臉笑容的服務員，當著黎亞非的面，鄭昊跟她們開曖昧的玩笑，把她們逗得面紅耳赤。

「妳不管管他？」她們說黎亞非。

黎亞非笑笑，細嚼慢嚥地吃自己的飯。

鄭昊在哪兒都有女人緣兒，他們剛認識時，鄭昊恰巧處於一段熱烈戀情的灰燼期，黎亞非的冷靜寡言、從容不迫，宛若一泓湖水，讓他安定安寧，進而覺得這是酷味兒十足的戀情。

「妳是雪山，我是飛狐。」鄭昊對黎亞非說。他對她的追逐確實像一團火球，整天跟隨在她的身後。鮮花、禮物、吃飯、唱歌，他還在自己的雜誌上面給她寫情書，明晃晃是她的真名實姓。

直到結婚那天，黎亞非一直覺得愛情是一杯醇酒，讓人腳底發軟，渾身輕飄飄的。

婚禮那天，她一大早起來，裡三層外三層地把婚紗穿好，然後化妝，化妝師是從影樓裡請來的，她給她打粉底的時候，黎亞非的姐姐把一個女人送進門來，笑著說，「妳的好朋友來了。」

不是什麼好朋友，黎亞非甚至沒見過她。

那個女人說她是鄭昊的前女友，她是來恭喜黎亞非的。「我知道鄭昊挑選女人很有眼光，但妳還是比我想像得更漂亮、更優雅，」她毫不吝惜對黎亞非的讚美，「妳是我所見過的最美的新娘！」

她很自來熟地在黎亞非的房間裡轉來轉去，有時停下來看看牆壁上的油畫，偶爾拿起一個小物件兒賞玩，而黎亞非自己倒被牢牢地釘在椅子裡，下巴被化妝師固定在某個角度上。她拿不定主意，是坐起來跟那個女人面對面，眼睛對著眼睛，進行無聲的鬥爭呢，還是就眼下這樣，以熟視無睹的方式顯示自己對她的不在乎和勝利者的自信呢。

那個女人轉了一會兒，離開了，臨走前，她送了黎亞非一份禮物。這個禮物是一個祕密。

「昨天鄭昊一整天都待在我的床上，我們做了五次，算是對我們過去五年戀情的告別演出。」那個女人的手擱在黎亞非的肩頭，隨著她的話，她的手指很有節奏地敲擊著，「從今天開始，他歸妳了。」

那女人離開後很久，黎亞非都沒動。她變成了一個樹脂模特兒，全身披掛著累累贅贅的絲綢、雪紡、蕾絲、珠串、刺繡，她僵硬的肢體倒是有助於化妝工作的順利進行。

鄭昊來接新娘的時候，在大門外被黎亞非的姐姐以及朋友們提的難題絆住了，他好言好語，笑臉相迎，還給每個人發了紅包，才得以進入黎亞非的房間。進門後，他從額頭上抹出一手汗水給新娘看。

「你昨天一整天在哪兒？」黎亞非問他。

她眼看著她的話像一句咒語把鄭昊定在原地，動彈不得。

黎亞非的目光越過鄭昊，打量著房間遠處鏡子裡的自己，她打扮得像個公主，頭髮挽成髮髻，戴著小小的王冠，腰身收得瘦匝匝，裙襬闊闊大。這是她期待已久的一天，這是她一生最心儀的裙裳，但那個女人把一切都弄走了味兒。

黎亞非努力忘掉那個女人，但她的惡毒就像緩釋膠囊裡的藥物顆粒，隨著時間的流逝，持續地保持著毒性。而且這種毒性在他們上床時，會加倍地爆發，弄得她渾身無力，手足冰冷，有一天鄭昊從她的身上一躍而起，衝進浴室，嘩嘩嘩沖完淋浴，穿好衣服到另一個房間去睡了。

那個女人如願以償了。黎亞非想。她應該傷心難過、痛哭流涕、瀕臨崩潰邊緣了，結果卻是，她迎來了婚後半個月來最香濃的一次睡眠。

儘管黎亞非和鄭昊的關係已經降到了零度以下，在外人看來，他們還是恩恩愛愛的，一個風趣幽默，一個小鳥依人。黎亞非並不是在演戲，她確實不討厭鄭昊，他身上那些曾經讓她目眩神迷的優點，現在仍然能令她欣賞。

如果鄭昊在性上沒什麼要求的話，黎亞非覺得他們這麼過下去也沒什麼不好的。如果沒有在古堡那個喝咖啡的下午，就算鄭昊偶爾有一些性生活上的要求，黎亞非也不會覺得日子有多麼難過。

結婚三周年那天早晨，黎亞非送了鄭昊一台新型數碼相機，他送了她一條尼泊爾薄羊絨披肩，他們還親了親對方的臉頰。

吃早飯時，鄭昊說，晚上雜誌社的同事，以及他的一些朋友，差不多有三十個人呢，要為他們舉行結婚三周年慶典。

「這有什麼好慶祝的？」黎亞非說，「這是我們倆的事情，跟別人有什麼關係？」

「我們不能拒絕別人的善意和祝福啊。」鄭昊說。

「你一個人去吧。」黎亞非說，「我下午還要去外地出診，反正我既不會喝酒，也不會應酬。」

「這是我們倆的結婚紀念日，妳讓我一個人出席？」鄭昊的表情變嚴肅了。

「無所謂吧，」黎亞非說，「我反正就是你的花瓶。」

「妳是我老婆。」鄭昊說，「妳是周祥生的花瓶還差不多。」

「你把周祥生扯進來幹什麼？」黎亞非對鄭昊的陰陽怪氣兒有些反感。

「是我扯進來的嗎？」鄭昊臉上笑嘻嘻，但眼睛裡頭一點兒笑意也沒有，「那我們今天就打開窗子說亮話，這一年半多了，我跟他一直在玩拔河比賽，妳還想讓我們再玩多久？」

「什麼拔河？什麼亂七八糟——」

「黎亞非，」鄭昊揮手示意她不要再說下去了，「都是老中醫，少來這些偏方兒。」

黎亞非不說話了，收拾東西準備上班。

「我想不通的是，妳喜歡他什麼？」鄭昊在她身後追問，「他比我老，比我矮，常年擺弄膀胱，手上那股尿味兒妳不覺得噁心？」

黎亞非開車上班，腦子裡盤旋著鄭昊的話，日子過不下去了，她想。

黎亞非走進醫生辦公室時，被一大片歡呼聲包圍了，她的桌上擺著一大束粉紅色的玫瑰，花梗上面夾著的卡片已經被打開了，上面是鄭昊的字跡：老婆老婆我愛妳，就像老鼠愛大米。

黎亞非沒想到鄭昊有這分兒心思，雖說他擅長搞這一套，但結婚以後，這還是她第一次收到他送的花兒。她隨即又想，這是不是鄭昊故意做給周祥生看的呢？

周祥生確實看見花兒了，呵呵一笑，「好浪漫啊。」他說。

他往手術室走的時候，黎亞非追上他。

「外地那個手術，我明天一早趕過去行嗎？」黎亞非知道最恰當的方式是讓周祥生換人，但她實在不想讓別人頂替自己，她看著周祥生，「我天亮前出發，保證不會耽誤的。」

「妳也不用太著急，」周祥生沉吟了一會兒，說，「我跟吳強先走。我把手術時間改到下午，妳明天中午之前到就行。」

中午休息時，黎亞非去了商場，很長時間了，她既沒有心情也沒有時間為自己買新衣服。

下午，鄭昊見到她打扮一新地出現在辦公室，笑容滿面地迎上來，給了她一個熱烈的擁抱，引起了同事們的尖叫。晚上吃飯時，鄭昊把所有別人敬黎亞非的酒也搶過來，拍著胸脯跟人家講，「肝好，酒量就好，身體倍兒棒，喝啥啥香。您瞅準了——」他一仰臉，把酒倒進嘴裡。

大家都叫好。

鄭昊喝醉了，一見有人上廁所，他就衝人大聲喊，「怎麼了？膀胱有問題？別上廁所，找黎亞非。黎亞非是解決膀胱問題的專家。」

黎亞非笑笑。

「真的真的真的，」鄭昊認準了這個玩笑，逮誰跟誰開玩笑，說，「黎亞非真是膀胱專家，哎，老婆，妳過來給他講講。」

黎亞非漸漸意識到，他們早晨在餐桌邊兒的爭吵並沒有結束，膀胱、尿，都是周祥生的臨時代名詞。

忍了又忍，還是沒忍住，她說鄭昊，「閉嘴吧，你的嘴還不如膀胱乾淨呢。」

整個晚上鬧哄哄的，偏偏在黎亞非說話的時候，出現了一個短暫的、真空般的安靜，好在，即便在憤怒的情緒之中，口出惡言，黎亞非給人的感覺仍然是優雅從容、慢條斯理的。

鄭昊帶頭笑了起來，笑得很大聲，還指著黎亞非給朋友們看，那意思像是說：你們看見了吧？這才是黎亞非呢。

「你們夫妻都很幽默，一個是冷幽默，一個是熱幽默。」有個女人目光跟蹤著鄭昊，笑嘻嘻地拉著黎亞非說。她的手有些濕，還有些不乾淨，黎亞非試圖把手抽出去，但她把她抓得緊緊的。

飯局結束兩個人坐上車回家，「我還不如一個膀胱？」鄭昊笑嘻嘻地問。

黎亞非不說話。

「我還不如一個膀胱?!」鄭昊問。

過了一會兒，鄭昊把手機狠狠地朝車窗前面一砸，嚇了黎亞非一跳，一腳踩在剎車上，幸虧距離短，手機沒有把玻璃砸壞。

黎亞非吃了一驚，心撲撲地亂跳了一陣。

「——我不想吵架。」黎亞非說。

「——我他媽的也不想。」鄭昊吼叫的時候，臉孔像被人從嘴唇處撕裂開了。

黎亞非繼續往前開，兩人都不再說話，車子陷落在黑暗中間，偶爾車燈、路燈以及街邊店門口的燈光照射進來，他們的皮膚變成了金屬質地，黎亞非覺得車就像一顆子彈，飛奔在道路上，她不知道它最終會要了誰的命。

黎亞非把車開到樓下，鄭昊剛下車，她就把車開走了。

黎亞非並未想好去哪裡，但她清楚的是她不想跟鄭昊回家。他發脾氣的樣子與其說是讓她害怕還不如說是厭惡。最近幾個月，鄭昊越來越多的在客廳裡對著電視過夜，有的時候清晨她起來上班，發現鄭昊還沒睡覺，她問他看什麼，他說看一部美國的電視劇，《絕望的主婦》。

他們談戀愛的時候，他拉著她一起看《欲望都市》，只看了一個碟就打住了，「這裡面的女人太壞了，會把我的小白兔教壞的。」鄭昊說。

鄭昊追她的時候，黎亞非是受寵若驚的，這場戀愛裡面她像一個拉滿的弓，緊張、飽滿、有攻擊力，天知道鄭昊哪根弦不對了，居然認準了她，「裝酷的女孩兒我見多了，但妳不是，妳是真酷。」他用那種找到珍寶的語氣跟她說話，讓她惶恐不已，早晚有一天，鄭昊會發現她是個贗品。

黎亞非在一種慣性下把車開上了高速公路，她經過那個通往城堡咖啡館的樹林，林間岔路在墨汁般的樹蔭中消失了。

整個旅途吳強都在跟周祥生討論玫瑰和女人的關係。他們這些做醫生的男人，從來不會覺得女人是玫瑰，女人對他們而言是具體的、真實的，裡裡外外都清晰無比。只有黎亞非老公那種職業的男人，才會覺得女人是玫瑰，是詩，結果呢，我們這些當醫生的，能救女人的命卻不一定能得到她們的心，或者說愛，而黎亞非老公這類男人，卻能要了女人的命。

周祥生笑了笑。他也想著那束玫瑰，漂亮的花朵，嬌豔的顏色，還有那些刺——千萬別忘了那些刺，他不無諷刺地想。

那天在古堡喝咖啡，黎亞非像說別人的故事似的，講她結婚那天，一個女人登門送了份特殊的禮物，好幾年過去，她仍然不知道該拿這份禮物怎麼辦。

「當它是腫瘤，」他說。「摘了就完了唄。」

黎亞非有些嗔怒地看著他，這種在她身上極少流露的女性動作讓他覺得很有意思。

「我真的覺得這事兒不算什麼。」他想了想，又說，「甚至，這是件好事兒，跟往事乾杯，大醉一回，然後開始新生活。這有什麼不對的？這就像人的身體，絕對清潔，絕對健康是不存在的，有對立面，有矛盾衝突，通常更能加強免疫能力。」

黎亞非讓他說笑了。

「醫院裡有人在傳你和黎亞非的閒話呢。」沉默了一陣，吳強又說。

「你現在只帶著她出來，」吳強說，「難怪人家議論。」

「我收到短信，上面寫著，走自己的路，讓別人打車去吧。」周祥生抻了抻腰，活動了一下雙臂，說。「明天中午手術，今晚可以喝點小酒兒了。」

「就是，好久沒放鬆放鬆了。」吳強說。

晚上是六個男人一起吃飯，都是熟人，上來就乾杯，很快把酒喝到醺醺然、飄飄欲仙的狀態，吃完飯，他們去酒店對面的ＫＴＶ唱歌，醫院的辦公室主任出去轉了一會兒，笑嘻嘻地回到包房，提醒了一句，「我們今天可不是什麼醫生啊，別說走嘴了。」

話音未落，幾個女孩兒敲敲門進來，燕瘦環肥，有高有低，年紀很輕，裙子都短到大腿根兒處。

陪周祥生的女孩子頭髮又黃又彎，像個洋娃娃，皮膚在暗暗的光線裡面像緞子一樣閃動，跳舞的時候，她偎進周祥生的懷裡，雙臂環住他的腰，身體隨著音樂節拍在他身上擦來擦去，

服務員進來送酒，門在開合之間，周祥生看見黎亞非站在包房外面的走廊裡，包房裡的彩光照在她臉上，閃閃爍爍的，他再定睛看時，她已經不在那裡了。

周祥生追到KTV門口，看見黎亞非站在一盞路燈下，瘦伶伶的身子，腳下拖著暗影，像個折了腳的感嘆號杵在那兒。

「妳怎麼來了？」他問。

「——攪了你們的好事，是不是？」黎亞非本來想把這句話講得冷冷的，講得像刀片一樣鋒利，但鼻子堵堵的，一開口倒像在跟人賭氣、撒嬌。

「妳看妳，」周祥生讓她逗笑了，「像個無知少女。」

「如果我攪了你們的好事兒，我也不是故意的，你快回去吧，就當我沒來過。」

「別胡說八道。」

「誰胡說八道了？我是認真的。」

「別胡說八道！」周祥生加重了語氣，他眼睛四周的皺紋像某種光芒，讓他的目光更深沉，「別哭了。」

「——我哭我的，關你什麼事兒？」黎亞非的眼淚又決堤似地沖出來。她轉了個身背對著周祥生，雙手捂住了臉。

吳強出現在門口，朝他們這邊看著，周祥生衝他擺擺手，吳強笑笑，轉身回去了。

第二天手術結束後，吳強找了個藉口先開車走了，周祥生跟黎亞非坐一輛車往回返。

周祥生早就習慣了跟黎亞非在一起時不説話，但以前他們之間的沉默是寧靜從容的，這回，沉默像八爪魚，東抓西撓，讓人不安生。

黎亞非昨天夜裡痛哭失聲，但今天一早就又恢復了大理石本色，她不苟言笑，對工作認真負責，周祥生工作時倒還能全神貫注，手術完吃飯時，他失手打了個杯子，啤酒沫噴了半桌子，也弄髒了他的褲子，全桌的人都動起來，只有黎亞非端著碗，用筷子夾了飯放進嘴裡，吃得那麼優雅從容，讓他頓生恨意。

他不敢相信這個大理石女人對他動了感情，但顯然她是對他動了感情，他不敢輕慢她，像對待其他投懷送抱的女人那樣草率從事，黎亞非是個認真的、較勁的女人。

他們開在盤山公路上，一輛豐田越野從後面超過他們，車窗開著，一些男女高聲笑唱的聲音傳到他們耳朵裡時，已經被風聲刮成絲絲縷縷的了。

二十分鐘後他們遇上了車禍現場。跟豐田車相撞的捷達車有三分之一處於懸空狀態，從碰撞角度上看，它沒有直接翻下公路簡直是一種力學奇蹟。後座位的人被抬了出來，驚嚇過度加上頭部受傷，意識有些模糊，司機和副駕駛位置上的一對夫婦還沒拉出來。

豐田車上四男四女，不同程度地受了傷，現場哭聲一片，到處是血漬。

周祥生走到捷達旁邊摸了摸傷者，衝黎亞非搖搖頭。

「人死了。」圍觀的人注意到他的動作。

黎亞非也走進傷者中間，有一個女孩子腿斷了，臉比紙還蒼白，汗珠凝結在額頭上，嘴唇抖抖的，黎亞非俯下身子把耳朵湊過去才聽清她的話，「——我疼——」

黎亞非把女孩子抱在懷裡，眼淚湧上來，她輕撫著她的頭髮，說，「我知道，一會兒救護車就來了。」

他們聞到酒味兒，跟血的腥氣混在一起。

他們忙活了一個小時，才等來救護車。回到自己車上時，他們身上的血腥氣充滿了車廂。天慢慢黑透了，救護車車頂上的紅藍標誌燈燈光異常地醒目。

黎亞非的眼睛哭腫了，身上的新套裝血跡斑斑，「真可憐。」她說。

周祥生伸手把她摟進懷裡，她像個小動物，輕輕抽搐著。

他攬住她，在她耳邊輕聲說，「我愛妳。」

周祥生沒想到自己在四十五歲時又變成了一個少年。

他在單位搜尋黎亞非的身影，她總是在人群中間，但如今她的安靜沉著不再令她隱形，而是變成一座山，或者一泓湖水，一團霧。他沉浸在自己的感覺裡，也驚異於自己的感覺。

外出時，如果吳強不在，他們會一起過夜。黎亞非總是要求他把燈全都關掉，她的身材很好，但總是試圖用衣物、被子之類的東西遮擋住自己。

她的羞怯讓他感到好笑，「妳是醫生啊。」他說。

「這會兒不是。」她強調。

周祥生有許多年沒有和女人一起睡覺的經驗了。他的老婆十年前就成了別人的老婆，他們偶爾會因為孩子的事情見個面，曾經，她的臉讓他厭惡到不能正視，但時間長了，他們變得心平氣和，甚至開開玩笑。

「談上戀愛了？」最近一次見面時，她打量著他問。

他不明白她打哪兒冒出這麼一句話來。

「你看上去容光煥發。」她說。「你沒當上院長，那就肯定是有豔遇了。」

「我經常有豔遇。」他說。

「這次有些不一樣。」她說。

確實有些不一樣。他以前最怕女人糾纏，但卻對跟黎亞非一起過夜有著強烈的期待，他們朝一個方向微蜷著身體，像兩把扣在一起的勺子，她的頭髮軟滑如絲緞，散發著洗髮水的味道，比任何催眠的藥物更有效用。

「今天，我跟他辦完手續了。」有一天夜裡，他快要入睡時，黎亞非輕聲說道。他的睡意像受驚的鳥飛走了。

黎亞非卻很快睡著了。她的身體非常鬆弛，像一個漿汁飽滿的果實偎在他的懷裡。

有一次他們出門，趕上了一場春雪，雪花很大，白花花地飄下來，落到地上很快就化掉。天氣是下雪天特有的溫暖，但地面上化掉的雪水又把冷涼之氣返上來，「一半是冬，一半是春。」有人說。

「外面是冬，裡面是春。」有人補充說。

周祥生和黎亞非上午做完手術，中午吃了飯開車回家，雪一直沒停，雪片似乎變得更大了，棉朵似地飄下來。在到達高速公路路口之前，有一段從兩山之間通過的二級公路，公路兩邊的田野把雪留住了，白花花的一片，在黃昏變得黯淡的光線中，車子彷彿從一望無際的奶油中間穿行。

黎亞非突然把車停了下來。

周祥生往外看，車燈照射處，雪花棉絮似地飄飛著。

「怎麼了？」他問她。

「讓牠們先過去。」她說。

周祥生往外看了看，除了雪花，看不見別的。黎亞非指了指車燈射程的邊際線處，他定睛看去，發現路中間，一隻動物支著身子，正向他們凝視著。

「——好像是黃鼠狼。」黎亞非說。

他們對峙著，黎亞非向黃鼠狼揮了揮手，周祥生笑了，低聲說，「牠哪能看得見！」

又過了一會兒，黃鼠狼似乎確定了他們不會突然輾軋過來，便又邁步往前走，牠的後面，跟著另外四隻，牠們保持著相隔一米的距離，一個接一個通過公路。

他們屏息凝神看著牠們過去，又待了十分鐘，確信不再有要通過的黃鼠狼了，黎亞非才接著往前開。

周祥生激動不已，他興奮地轉向黎亞非，想說點兒什麼，一時卻又不知如何說起。黎亞非側臉的弧線，是那麼精巧優美，他沒問什麼，她卻輕聲回答了他的問題：「我也從未遇上過這樣的事情！」

「我們結婚吧！」周祥生說。

黎亞非轉頭看了他一眼，「我們結婚吧。」周祥生又說。

黎亞非一言不發，開到高速公路路口時，她把車停到了路邊。雪這時越下越大，棉團似地罩下來，他們聽得見雪團拍打車頂的啪啪聲。

「我同意。」黎亞非說。

婚禮定在春末。滿城的桃花都開了，黎亞非不想穿那累累贅贅的婚紗了，她訂了一套日常也能穿的小禮服，淺桃色跟這個季節很相襯。

黎亞非最後一次試衣服的時候，鄭昊來了。

自從離婚後，這還是他們第一次見面，他瘦了很多，頭髮很長，鬍子拉碴兒的。

「你怎麼變成這樣兒了？」黎亞非問。

「挺好的呀，」鄭昊看一眼鏡子，「失戀藝術家嘛。」

黎亞非把他以前送她的婚戒拿出來放在桌上，「這個還你。」

鄭昊看著戒指，笑了笑，「不是我小氣，這個戒指是我們家的傳家寶，傳了好幾輩子了，帶妳回家之前，我帶過好幾個女孩回去，我媽都不給，見了妳，我媽才拿出來。沒想到，我們還是沒緣分。」

「她恨死我了，是不是？」

「她恨我，」鄭昊笑笑，「搬回家時，我跟她說，是我有外遇妳才跟我離婚的。從那天開始她就沒正眼看過我，也不給我做飯，要不我能這麼瘦嗎？」

黎亞非的眼淚湧出來，濕了滿臉。

「妳哭什麼哭啊？」鄭昊笑，「我還沒哭呢。」

黎亞非哭得更厲害了。

「再哭把衣服弄髒了——」鄭昊說。

黎亞非回房間把衣服脫下來，換了家常服出去，看見鄭昊坐在沙發上看電視，電視裡播放著趙本山和宋丹丹的小品，鄭昊淚流滿面。

黎亞非拿了盒紙巾過去，抽了幾張遞給鄭昊，他伸出手，沒拿紙巾，卻把她的手腕攥住了，黎亞非說不清楚，是他把她拉進懷裡的，還是她自己主動撲進他懷裡的。

周祥生跟鄭昊一前一後進的小區。他一眼就認出了那輛車，黎亞非離婚時，房子留給自己，車子給了鄭昊。

鄭昊和他想像得差不多少，即使他自己不當自己是藝術家，別人也會認為他是藝術家。

周祥生沒下車，他想等鄭昊從樓上下來再上去也不遲。他沒想到，他會一直等到天完全黑下來。

依黎亞非的意思，結婚典禮是在教堂裡辦的。除了周祥生和黎亞非的家人朋友，觀禮的大多數是醫院裡的同事。

他們選了城市東郊新建了沒多久的教堂。教堂三層樓高，是拜贊廷式，面朝田野，簇新簇新的。四周用鐵柵欄圍出一個院子，庭園裡面的丁香樹剛剛爆出花蕾。

教堂裡面舉架很高，說話聲音一高，便有轟隆隆轟隆隆的迴響。給他們主持婚禮的神父年輕得讓人起疑，頭髮好像打了一整瓶的髮膠，一絲絲像細鐵絲似地挺著，黑色法衣領口露出來的白襯衫則像兩把小刀支在他的脖子下面。

「永恆的上帝，汝將分離之二人結合為一，並命定彼定百年偕老；汝曾賜福於以撒和利百加，並依照聖約賜福於彼等之後裔；今望賜福於汝之僕人周祥生和黎亞非，引彼走上幸福之路。」

神父指導他們交換戒指時，周祥生把戒指掉到了地上，他彎腰四下找戒指時，座席上傳來笑聲。

周祥生低著頭四處搜尋，還是黎亞非的爸爸撿到戒指遞給他，他舉著戒指回到黎亞非的身邊，醫院裡的醫生護士們可能是覺得剛才笑得有些失禮，現在熱烈地鼓掌、歡呼起來。神父把目光轉向他們，示意他們安靜。

「賜予彼等以節操與多子，使彼等兒女滿膝。賜福他們，就像賜福給以撒和利百加、約瑟、摩西和西玻拉一樣，並且使他們看到他們兒子的兒子。」

神父合上了手裡的《聖經》，分別打量著周祥生和黎亞非，自始至終，他的臉上一點兒笑容也沒有，嚴肅地吩咐他們：

「您吻您的妻子，您吻您的丈夫。」

他們的嘴唇都是冰涼的。

彷彿依稀

蘇啟智他們是下午三點多鐘到的。時間挺尷尬，喝杯咖啡的工夫，剛好續上晚飯，不一起吃吧，新容最怕撒謊，心裡編得口是口蔞是蔞，一開口就成了蛛網，黏膩虛飄，破綻百出。

梁贇提前一個星期回來了，昨天新容還收到他從烏魯木齊發來的短信，說想家想得快找不著家門了。她說那多好，處處無家處處家。他回短信罵她：狠心的女人，就那麼想拒我千里？

梁贇進門時，蘇啟智的電話剛打進來，新容一時分了神，目光落在梁贇巧克力色的皮膚上，他黑了也瘦了，背著一個老大的帆布抽繩馬桶包出現在門口，亦晴「噢嗚」一聲跳過去，雙臂蕩鞦韆似地吊在他的脖子上，雙腿也臂膀似地張開盤到了他的腰間，「贇哥」「贇哥」地叫個不停。

新容沒聽清蘇啟智最初說了些什麼，只知道他跟徐文靜來長春了，要跟她見個面。她心裡盤算的是，原來昨天梁贇發短信抱怨找不到家門時，人正在機場，準備登上回家的飛機。

梁贇費了好大勁兒才把亦晴的蟹抱撕開，把馬桶包作為替代物塞進她的懷裡，他抬眼朝新容這邊看過來，她站在自己的辦公桌前面，頭髮還是先梳成麻花辮然後在腦袋後面挽成一個髮髻，式樣簡潔的裙子，一手舉著電話，一手拿著書，中指插在正在讀的頁碼中間，整個人嵌在打開著的門框裡，像一副超現實的四維畫面。

「我先弄點兒喝的東西——」梁贊說著，朝新容的辦公室裡走。

她一時躲也不是不躲也不是，心撲撲地跳，但臉上反而漠然。

「——我很想見見妳。」蘇啟智又強調。

「我現在走不開，」新容說，「——我忙完後一起吃晚飯吧。」

梁贊打開新容專放零七八碎小東西的櫃子，把她的一只備用玻璃杯拿出來，拿起茶葉筒往裡簌拉簌拉倒了兩下，走到飲水機那邊沖上熱水。

「怎麼提前回來了？」新容放下電話，問。

「想家了唄。」他直視著她。

新容微微一笑，她裙子的灰色讓他想起有一天在江南的某間寺廟裡，他好像剛睡過去就醒轉過來了，一時分不清身在何處，撩開蚊帳望向洞開的窗子，窗外的天色，現在就穿在她的身上。灰裡面透著若有若無的藍色，讓人想起黎明時分的大海，也讓人有種說不出的憂鬱。

新容望見梁贊身後的編輯室裡，亦晴把他的馬桶包倒過來，嘩啦啦潑水似地晃當幾下，一大堆零食特產甩出來，小山似地蓋滿了亦晴的桌子，還有十幾袋翻著跟頭栽到桌子下面。

亦晴朝新容揮手，「來啊。」

新容跟梁贊說，「給我們帶什麼好吃的了？」一邊說一邊走到編輯室裡。

梁贊也跟著過來。

雜誌社所有的人都聚齊了，兩個美編從電腦桌、書堆，以及一人多高的綠葉植物組成的山洞裡面鑽出來，他們被文編們稱為桃谷二仙，天天對著屏幕，眼睛裡面掛著血絲，臉上像蒙了一層灰塵。西毒老聶也湊過來，常年不開晴的臉難得地露一次笑容，跟梁贊握了握手，上下打量他，「瘦了不少哇。」

「你怎麼瘦下來的？我每次出差都添秤。」一把手朱秀茹也端著茶杯從辦公室出來，衝梁贊笑，「人還是瘦了好看。」

「您都多大歲數了還用這種垂涎三尺的眼神兒看人。」亦晴嘴裡嘎巴嘎巴地嚼著東西，一邊揶揄朱秀茹，瞥見梁贊從食物中間撥拉出幾條菸分別扔給幾位男士，跳過去打他一下。「又是大毒草?!我們這些被動吸菸的人受傷更多你知不知道？」

「不只二手菸，還有三手菸呢。」小美說，「尼古丁會附著在牆面、桌椅這些東西上面，在相當長的時間內保持毒性。」

「你們一手二手三手，這麼些年早熏成千手觀音，百毒不侵了。」桃谷二仙笑著說。

這會兒梁贊拿過馬桶包，在暗扣在裡面的側袋裡翻翻，抽出一大堆絲巾。

「這是送女生的。」

為了節省空間，絲巾的外包裝都被扯掉了，只剩下透明薄塑料袋，五顏六色疊在一起，湖藍、碧綠、火紅、橙黃，一塊接一塊地被抖落開來，有的鑲邊，有的沒有。女人們尖叫起來，各自挑喜歡的顏色、花樣。

「新主編不挑一個？」梁贊看新容不動彈，「瞧不起我？」

「我哪敢瞧不起你？」新容淡淡地說，「是這些絲巾太漂亮，我怕配不上。」

這時，新容的電話響起來，她跑回到辦公室接。

「妳那邊怎麼那麼熱鬧？」黃勵問。

「妳那邊也不清靜啊。」新容關上了門，聽見黃勵那邊也亂哄哄的，彷彿很多人在她身邊來來往往，她的聲音從一片嘈雜中提拎起來，挑高，像在菜市場跟人家吵架。

黃勵最近又參加了老年協會的舞蹈班，過一陣子在省內有個老年表演團巡演，晚上要加班練舞，她讓新容自己吃晚飯。

新容放下電話，隔門望著編輯室裡。聽不到歡聲笑語，聞不到食物的香氣，她只能通過門上留出來的一溜玻璃，看見梁贊背倚著辦公桌坐著，腿長長地伸著，鶴式螂形，跟大家一起因為什麼事情大笑起來。

編輯室裡，亦晴又翻出一條短信給大家唸。大家轟隆隆地亂笑，梁贊也咧著嘴，思緒卻化為一股煙，追隨著新容的電話鈴聲而去。

他離開了兩個月，這期間發生了什麼事情？她有了男朋友嗎？應該不會啊，他們的短信一直聯絡得很密切啊。不過也難說，短信畢竟是短信，看不見摸不著的，她大可以一邊跟人約會，談情說愛，一邊回他的短信，而且說不定這樣回得更自然輕鬆呢。

梁贊的心扭成了麻花，絞痛起來，他朝新容的辦公室看了一眼，門關著，她從裡面或許看得見他，但他卻看不見她。

他們是同一天到雜誌社裡來的，新容是大一學生，原本只是給雜誌投稿，朱秀茹那會兒是執行副主編，非常喜歡新容的文字感覺，約她來雜誌社見面，一見，印象更好，建議她過來當實習編輯。梁贊那時候卻已經大學畢業半年了，一邊跟朋友琢磨著怎麼快速致富，一邊被父親安排進雜誌社來，他父親是老觀念，總覺得人應該有個單位。

報到那天雜誌社的領導在「喜洋洋農村俱樂部」訂了個大包房，算是給他們開個歡迎會。

他記得那天新容穿了條牛仔褲，米色棒針毛衣，嫻靜溫柔地坐在他身邊，別人說什麼問什麼，她大都用微笑來回答。

他的態度剛好相反，那會兒已經走入社會半年多了，覺得自己是個大老爺們兒了，談吐舉止刻意要拿出豪爽作派，用大杯跟雜誌社的男人們喝白酒，酒過三巡，朱秀茹指著他們倆跟別人說，「嗳，你們看他們一動一靜，一張一弛，像不像新娘新郎？」

「別說還真像。」大家仔細看他們，紛紛打趣。

新容紅了臉，眼睛垂下來。梁贇以為她只是有點兒害羞，以他跟女生打交道的經驗，以為連她這點兒害羞都是裝出來的，那個晚上的氣氛如此和諧輕鬆，他很拿自己不當外人，伸臂摟住新容，「來，我們新郎新娘敬大家一杯。」

「把你的髒手拿開！」新容狠狠地甩開他，臉上紅潮盡退，變成青白，他被她的眼神嚇著了。

其他人也都唬住了，原本熱鬧的場景一下子冷下來，整晚上沒注意過的包房背景音樂變得響亮起來。

後來大家才知道她的事情，她父親跟一個和她年齡相仿的女學生好上了，師生戀鬧得沸沸揚揚，連教授都做不成了。新容考上大學過來讀書，她媽媽也跟著一起過來了，母女倆艱辛酸楚的生活不難想像，也因此，新容憎恨任何形式的輕佻，從來不開兩性間的玩笑。

新容關了電腦，把辦公桌上的東西擺整齊，看看時間，蘇啟智他們等了快一個小時了，她拎包走出去，發現梁贊不在，編輯室裡彷彿剛剛一場暴風經過，剖腸開肚的食品袋東一個西一個，桌上地上，場面狼藉。

「走啊？」亦晴問她。

「外地來個朋友，晚上一起吃飯。」新容說。

「梁贊剛走，讓他送妳多好。」亦晴說。

新容看一眼窗台，他的茶杯擱在上面。

新容拿起杯子，裡面的茶湯還是溫的，她放下包，把杯子拿到洗手間，把殘茶倒掉，用牙膏把杯壁上的茶漬擦乾淨，用水把杯子裡裡外外沖得清亮剔透，放回櫃子，這才出門。

銀灰色帕薩特停在門口，梁贊盯著單位，樓是偽滿時候蓋的，細窄窄清水紅磚嵌在樓表層，拱形窗瘦溜溜的，越發襯得帶門斗的樓門像一個大嘴撅出來，嘴巴裡面含著樓梯，窄而陡，像錯置的牙齒。梁贊眼看著新容瘦伶伶地從牙齒裡面一截一截地出來。

新容看見他，站住了。

他替她打開副駕駛那邊的車門，語氣間流露出來的氣惱和強硬讓他自己也有些吃驚：「上車！」

新容坐上來，他很認真地打量她：沒化妝，連口紅也沒塗，街道上陽光明媚，他看出她的疲憊，眼底下有點兒黑。

「看什麼?!」她有點兒惱，瞪他一眼。

他笑起來，「去哪兒？」

她頓了頓，「重慶路上的必勝客。」

他轉頭看她，陰陰地笑，「妳去吃披薩？」

新容也忍不住笑。

報到第一天他那句「新郎新娘」固然惹火了她，但她隨後受到多大冒犯似的凜然也大大地讓他下不來台。有好幾年的時間他們彼此間敬而遠之，井水不犯河水。雖然在一個雜誌社工作，常常打照面兒，但幾乎不打交道。她是採編人員，天天埋首於選題，稿件之類，而他搞發行，有辦公桌但卻不用坐班，何況他放在雜誌社工作上的精力最多也就五分之一，大部分時間他忙著跟朋友合作，開公司，增加客戶，開拓業務。

一晃十年過去，他們都成了雜誌社裡的元老，五年前調整班子時他當上發行部主任，她則是採編部主任，三年前班子再次調整，他是主管發行的副社長，新容則是雜誌社的執行主編。

任命公示不久，有一次雜誌社加班，那一陣子新容喜歡吃必勝客的披薩，加餐時總叫外賣。梁贊那天湊巧去單位，跟送外賣的前後腳進門，桃谷二仙拉他一起吃，他一邊往桌邊兒坐，一邊說，披薩這東西，就像喝醉酒後吐到盤子裡的那麼一攤東西回爐烤烤又端了出來。

桃谷二仙嘰嘰咕咕地笑，新容對著紙盒裡面還裊裊冒著熱氣的三文魚披薩，明知道梁贊是胡謅巴咧，就是抑制不住自己的噁心。

新容那天運衰到家了，臨出門上班時跟黃勵鬧了幾句口角，開編前會時，老聶跟亦晴因為點兒雞毛蒜皮，鬧到雞飛狗跳，什麼難聽話都講出來了。最後是老聶踢翻椅子走人，「愛他媽誰誰，爺不侍候！」亦晴坐到朱秀茹那兒把兩眼哭成毛桃，朱秀茹就把所有的事情都推給新容，自己拉著亦晴SPA解壓去了。

新容剛當主編，做到骨酥肉爛在別人看來也是春風得意，她餓得前腔貼後背，額頭手心都冒著虛汗，遇上梁贊的惡搞，一股火從胃裡竄出來，鼻腔裡先一酸跟著一熱，她連忙捂住鼻子衝到衛生間，鬆開手，鼻血滴答滴答濺到白瓷洗手盆裡面，豔紅醒目，一朵一朵像次第綻放的梅花。

一個美編到衛生間門口偷看一眼，跑回來低聲說，「主編氣得流鼻血了。」

梁贊一愣，不過是隨口開個玩笑，半斤八兩的小事兒，還流起鼻血來了？他手裡捏著塊熱披薩原本吃得挺來勁兒，讓她這麼一打岔兒，真變成嘔吐物了。

他扔下披薩起身往外走，經過衛生間門口時站住了，門是打開的，衛生間裡面使用的是白熾燈管，新容站在洗手盆前面，被燈光襯得臉色慘白，梁贊忽然發現她很瘦，以前的印象只是新容個子高挑，走路很快，風風火火忙多大事業的樣子，但那天夜裡他注意到她尖削的下巴，以及眼睛裡隱隱的淚水。他的腳不知怎麼就抬不起來了。

桃谷二仙鬼鬼祟祟地過來，一左一右站在梁贊身邊，新容捏著鼻子衝他們擺手讓他們走，他沒動，他們也沒動。新容被惹急了，捏著鼻子聲音瘪瘪地罵他們，「滾開啊！」

新容收拾好自己從衛生間出來，頭暈目眩的，出了一陣虛汗，也懶得再做了，拿了包回家。坐電梯下樓時，梁贊在最後兩秒鐘閃身擠進來，差點兒被電梯門夾住，眼睛也不看她，快到一樓時，兀突突來了一句，「帶妳去喝湯。」

話音剛落電梯門就開了，還未等他們出去，一家廣告公司的人就往裡擁，他們剛剛吃過烤物，炭火氣息和啤酒味道混合在一起，如此強烈，更讓新容產生虛弱感和厭憎情緒。

梁贊拉住她的手，把她從亂亂的一團中間扯出去。到了外面他也不撒手，她流鼻血流得太多，腦子也鈍了，任他牽著自己走到車前，他打開車門，把她塞進車裡。

她怔怔地看著他把車開走，駛上燈光通明的街道。想問他，你要帶我去哪裡，忽然又想，管他呢？愛哪哪兒吧。

新容腦子裡晃過黃勵的身影，早晨母女倆拌了嘴，這會兒她肯定沒睡，等著她回去呢。想到黃勵，新容一時又傷感起來，黃勵的性情原本快人快語，愛說愛笑，明朗得像陽光下面的草地，坦蕩野氣，也有野花也有芳香。出了蘇啟智和徐文靜這檔子事兒以後，黃勵性情仍舊潑辣，但裡面混攪了一團陰鬱、烏黑的東西，又趕上更年期，芝麻粒大的事兒，她說翻臉就翻臉，什麼難聽話都講得出。

梁贊帶她去的靚湯館名叫「悅胃」。招牌不大，古色古香的。一進門就被水水的香氣包裹住了，再細分辨，方品出是食物燉到骨渣處搾出來的香氣，濃稠、瀰漫，光是聞聞味道已經酥軟了身子。

老闆徐娘半老，細膩肥白，笑容可掬，穿件大花衣服，半裙半袍的，手裡拿把大扇子，見到梁贊用扇子拍他一下，睨著新容說，「剛才梁贊打電話來威脅我呢，不把湯給你們留好，就把我給活煮了。」

梁贊跟她開了幾句玩笑，帶新容進包房時，老闆娘在後面感慨，「你看看人家，腿還沒我胳膊粗呢。」

老闆娘給他們留了好幾煲湯，樣樣美味。湯湯水水淹進胃裡，給新容做了一場內部按摩，全身的筋骨一點點地鬆散開來，神經像高手料理的魚翅，晶亮柔滑。梁贊看著新容眼睛裡頭的冰霜慢慢融掉，變得霧津津的，當她透過幾絲頭髮揚起眼睛衝他笑的時候，就像有塊石頭冷不防扔進他的身體裡，濺起老高的水花。

喝完湯梁贊送新容回家。兩個人在車上，新容除了「謝謝你帶我來喝這麼好的湯」外不知道該說些什麼，而感謝的話她已經說過兩次，再說，就冒傻氣了。梁贊手上有方向盤，看上去比她篤定得多。車開了一會兒，新容閉上了眼睛，頭朝窗外歪著，看街邊店的各色燈影。

梁贊見新容沉默，也想不出什麼話來說，工作以外，他跟女人打交道的主要方式是扯閒章兒逗悶子，但新容除外。他把車開到新容家小區門口，停在路邊，新容還無聲無息地坐著，他抻頭去看，發現她睡著了，臉側過去貼著椅背，雙臂環抱著自己，長臂長腿，瘦伶伶一個女子。偶爾對面有車開過來，燈光一閃，新容的臉孔就像從水中探出來，接著又陷入藍黑的夜潭深處。如此反覆，新容就像一個溺水的人，梁贊生出要把她從水裡打撈出來的欲望。

「妳跟誰吃飯？」梁贊問。

新容沒吭聲。

「咹？」他用胳膊肘杵她。

「你好好開車，」她笑著躲到一邊，頓一下，「——外地來的人。」

「外地來的什麼人？」

「你又是什麼人？」新容瞪他一眼，「管得還真寬呢。」

「妳應該請我吃飯。」他說，「我走了兩個月，好容易才回來，妳也不給我接風洗塵？」

「接風洗塵是朱社的事兒，她是一把手，錢也歸她管。」

「我才懶得吃雜誌社的飯呢，我想吃妳請我的飯。」

「改天吧。」

「改天還接什麼風啊？就今天。」

「別胡攪蠻纏，都跟你說了我約人了。」

「約誰啊？推了不就行了？」

新容不說話。

「要不，我跟妳一起去？」

必勝客裡客人不多，店裡光線一半靠壁燈一半靠沿街窗鋪照進來的陽光。新容和梁贊一路走過來，一對頭髮染得金黃的男生用手提電腦上網，兩只腦袋湊一起像兩朵葵花；四個女人占了張六人台，其中一個揮舞著手臂繪影繪形地講，其他幾個嘰嘰咕咕地笑；還有一對來路似乎不大正當的情侶，拉著臉守著兩杯咖啡枯坐。再轉過一個彎，看見蘇啟智跟徐文靜，坐在靠窗的位置上，一人面前一杯礦泉水。

「容容——」蘇啟智看見她過來，站了起來。

新容愣住了。半年沒見，他瘦成了肉乾兒，原本蛛網般的皺紋，變成溝溝壑壑，紋路之深，把他的蒼老從寫意變成了工筆。

徐文靜也瘦了，下巴變尖後臉型分外清秀，身材也苗條起來。

「這是我父親，」新容對梁贊說，又對蘇啟智介紹了一句，「梁贊是我們雜誌社的副社長。」

兩個男人握了握手。

「徐文靜。」蘇啟智給梁贊介紹。

梁贊已經知道她的身分了，衝她點點頭，「妳好。」

「你好。」徐文靜也點一下頭。

服務員送菜牌過來，梁贊接過來說，「給我吧，一會兒點菜時我再叫你。」

蘇啟智問新容，「妳媽媽還好吧？」

「挺好的。」新容說。

去年《大長今》熱播時，黃勵跟小區裡幾個中年婦女一起參加了韓國料理班。那一個月裡，家裡增加的盆盆罐罐比她們過去十年增加的還多。比較經典的是一個稻草編的圓錐形蔞子，跟稻草人兒似地支在陽台上面，黃勵說這種東西生長莖黃豆芽再好不過，還有一個U形木槽，配兩個大木錘，說是要自己打打糕吃。

今年過了春節，女人中的一個得了乳腺癌，發現時已經擴散了，這些人一下子意識到健康問題比韓國料理更重要更緊迫，女人們兵分幾路，有跑去學打太極拳的，有練氣功的，有去參加保健品學習班的，黃勵被一個年過五十說話還嗲如少女的女人拉去學跳拉丁舞，天天扭腰擺臀，晃得新容七葷八素的。家裡的盆盆罐罐像一場大戲的道具，演戲的人早換到另一個舞台風光去了，這些物件還傻呆呆地杵在原地，不知如何收場。

蘇啟智看著梁贊，「你們同事多長時間了？」

「十年了吧？」梁贊看了新容一眼，「我們是同一天到雜誌社工作的。」

「容容早熟、善良、懂事。」蘇啟智有些心虛地說。「就是脾氣倔。」

「她平時不大愛說話，也不計較什麼，」梁贊笑笑說，「但動真格兒的時候，挺厲害的，河東獅吼。」

兩個男人笑笑，徐文靜也微微一笑，新容被他們笑得疙疙瘩瘩的，這種家庭式的輕鬆愉快，可不是蘇啟智和徐文靜應該得到的。

她在菜牌上拍拍，往梁贊眼前一送，「點你的菜吧。」

梁贊點菜時，新容去洗手間，前腳剛進去，徐文靜後腳進來。她們的目光在洗手盆上方的鏡子裡對視了一會兒。

「妳可能也看出來了，」徐文靜說。「蘇老師最近身體不大好。」

在公共場合，她總叫他「蘇老師」，新容想不出他們在家裡，尤其是在床上的時候，她怎麼稱呼他，也叫老師？

「胃出過幾次血。」徐文靜說，「他現在對食物特別敏感，吃壞什麼或者喝壞什麼，一不小心，血就從胃裡頂上來，順著嘴角往外流，挺瘆人的。」

難怪他骨瘦如柴。

「明天妳能跟我一起去醫院嗎？」

「我明天有編前會，走不開。」新容說，「你們先去看吧，如果有什麼問題，妳再給我打電話。」

徐文靜沒吭聲，眼珠烏沉，定定地望著新容。

新容從徐文靜身邊推門出去。厚厚的橙色樹脂門無聲無息地扇了扇，把兩人隔開。

新容回到桌邊，蘇啟智和梁贊也正談看病的事兒，「胃病醫大二院看得最好，我有個哥們兒在腦外科當醫生，我讓他給你們找個好醫生看。」梁贊一邊說一邊抄起電話聯繫，徐文靜回來時，他正好把電話合上。

「OK了，明天上午我把你們送過去。」他說。

徐文靜看了新容一眼。

「妳爸挺有風度的嘛，像個詩人，有一些女孩兒最喜歡他這種類型。」吃完飯他們在必勝客門口分手，梁贊和新容目送著蘇啟智徐文靜的背影感慨道。

「他現在生病，狀態不好，人也顯老。」新容感慨了一聲。「以前他是挺有吸引力的。」

蘇啟智清高、儒雅、從容，又在大學裡教古典文學，非常脫俗。新容第一次意識到這一點是上小學的時候，學校舉行兒歌大賽，她一大早被黃勵從床上抓起來，洗臉時還迷迷登登的，到刷牙時才真正醒過來。黃勵給她梳羊角辮，紮粉紅色蝴蝶結，白裙子配搭扣紅皮鞋，嘴唇上還抹了黃勵的口紅，新容站在凳子上預演，鵝鵝鵝，曲項向天歌，白毛浮綠水，紅掌撥清波。她怕把口紅蹭掉，背得嗚哩嗚嚕的。

蘇啟智看見，臉黑成鍋底，怒視黃勵，「妳看妳把孩子弄得這麼惡俗！」他兩把扯下蝴蝶結扔到地上，把新容從凳子上挾下來，手臂硬梆梆的，差點兒勒斷她的肋骨，進衛生間後他拿著毛巾擦她嘴巴上的口紅，幾乎蹭脱掉她一層皮，然後塞把梳子給她，讓她用皮筋把頭髮紮成馬尾，弄好後又挾著她捲進房間，挑件白襯衫藍裙子扔給新容，還去鞋櫃挑了雙舊白布鞋讓她換上。

「又不是清明去烈士陵園——」黃勵嘟囔。

蘇啟智不理她，把新容收拾順眼，把她放到自行車上送她去學校，一路走一路教她背〈矮老頭兒〉：

矮老頭兒，本姓劉，上街買綢帶打油。看見一棵大石榴，放下了綢，擱好了油，踮起腳尖採石榴，石榴高，採不著，一不留心踢翻了油，弄髒了綢，摔破了頭，氣得老頭把淚流。

新容背下來去參加大賽，一群孩子背鵜鵜鵜，新容的矮老頭兒拿了個第一名。回家給黃勵看獎狀，黃勵也喜孜孜的，說：「妳爸是大才子，他動動小手指頭就夠別人忙活半天的。」

她們要把獎狀貼在牆上，蘇啟智說，「還不如貼張世界地圖。」

「這是榮譽。」黃勵說。

「算了，別貼了，」新容把獎狀從黃勵手上搶下來，貼上了世界地圖。

她信任他，為他是她的父親自豪，後來他鬧出婚外情時，新容幾乎分不清她跟黃勵誰更傷心。

「我想吃麻辣涮肚，妳請我吧。」車從停車場開出去時，梁贊說。「算接風了。」也不管她答不答應，徑直把車開到老字號麻辣涮肚店。涮肚店裡人滿為患，剛好有一桌結帳的，服務員跟梁贊熟，跳過兩夥等桌的把他們偷偷領進去，梁贊也不知從哪兒摸出一個新疆手鐲來，哄得小姑娘眉開眼笑的。

蘑菇、豆腐、南瓜、木耳、玉米、土豆，梁贊點了一堆新容愛吃的東西放到涮鍋裡面，自己只要了瓶啤酒。

「妳的小後媽看上去挺好的。」他說。

「她很容易給人留下好印象。」新容說。

梁贊看著她，一副等著聽下文的表情。她只好繼續說道，「她剛到我們家裡來的時候，我媽對她的印象也很好。」

徐文靜可能是小時候在山野裡晒得太狠，把陽光直晒進真皮層裡去了。棕色膚色襯得她一雙大眼睛白是白，黑是黑。

「女孩子眼睛長得好，談戀愛時最占便宜，眨巴眨巴就把男人的心眨巴亂了。」黃勵邊誇邊不無遺憾地打量新容，她的眼睛長得像蘇啟智，細長，雙眼皮是暗扣在裡面的。

蘇啟智也誇徐文靜眼睛長得好，「翦水雙瞳。」他說。

還跟孔乙己似的，手指上蘸了水，在飯桌上給新容寫那個「翦」字，「妳認識嗎？」

新容點點頭。

那以後蘇啟智和黃勵開口閉口文靜文靜的，彷彿她是他們遺失多年的親生骨肉，徐文靜跟黃勵叫「師母」，她也真拿自己當母了，噓寒問暖，湯水茶飯，徐文靜家裡困難，衣服寒酸，黃勵把自己的羊毛衫羽絨服都給了她。

「舊衣服送人家，傷人自尊，」新容提醒黃勵，「好心變成驢肝肺。」

「舊什麼舊?!都是八成新的。」黃勵聽不出重點，也看不出山高水低，根本沒注意到徐文靜舊衣下面包裹著的，是一具春來大地的身體，姹紫嫣紅正當時，美目盼兮、巧笑嫣兮。

有一天新容上學的學校停電，臨時取消了晚自習，新容回家來，正好徐文靜吃完餃子要回師範學院去。她們在門口遇上，因為煮餃子，房間裡原來的融融暖意中間夾雜了水氣，讓新容清晰地意識到跟隨自己闖進屋裡來的，乾燥的塵氣和寒冷的土腥味兒。

蘇啟智站在她們旁邊，背對著燈光，加上房間裡的濕霧，看不清表情，不過，他的聲音溫柔得像一團棉花，跟徐文靜介紹說，「她是新容。」

徐文靜比新容矮差不多一個頭，身上有股糯米的香甜氣息，抬頭看她一眼，微笑，慢慢低下頭，連同眼瞼也垂下來。

「就她啊，」新容說，「又矮又胖，土豆西施。」

「什麼土豆？」蘇啟智拉下臉來，「人家《紅樓夢》讀過六遍。」

「讀一百遍有屁用，高考又不考《紅樓夢》。」

「妳跟誰屁屁的？」蘇啟智突然就火了，把手裡的毛筆啪地拍到桌子上，一朵墨花從筆尖濺出來，落在剛鋪好的宣紙上，「沒有教養。」

新容被蘇啟智罵得眼冒金星，臉頰赤辣辣燒起來，她直著脖子吼回去，「養不教，父之過。」

當時新容在客廳吃飯，蘇啟智在書房寫毛筆字，父女倆隔著幾米遠的距離怒目相對，黃勵兩手濕淋淋地過來，一邊撩起圍裙擦手一邊看看劍拔弩張的兩個人，「怎麼了怎麼了怎麼了——」

蘇啟智起身，重重地關上門。

那個門，柞木的，死沉死沉，「砰嘭」一聲撞緊關嚴。新容只覺得鼻管裡面一陣酸麻，聽見黃勵叫一聲，「新容，別動！」

黃勵把圍裙扯下來，滅口似地朝新容堵過來，圍裙裡面的油膩、漚菜、髒漬的氣息比鼻血更讓新容惱火，她把圍裙連同黃勵的手臂一起推開，衝進自己的房間，也把房門甩得山響。

「我第一次見她，覺得她像某種動物，用眼睛說話，陰沉而危險。」新容對梁贊說，「很長時間以後，我才明白，那會兒她跟我爸的關係已經很微妙了。我爸是個溫文爾雅的人，但那段時間特別容易發火。」

「正在進行激烈的思想鬥爭。」梁贊笑了，喝了口啤酒，看著新容，「我也在進行激烈的思想鬥爭。是追妳呢，還是放妳走？」

新容沒想到他在這麼個時間，這麼個地方，突然說出這麼句話來。她的心跟鍋裡的熱湯一起咕嘟咕嘟地沸騰起來，為了避免看上去傻呆呆的，她伸手撈了串南瓜吃。

「妳怎麼不說話？」他問。

「你鬥爭你自己，」新容靜下來，笑了，「關我什麼事兒？」

「怎麼不關妳事兒？」梁贊笑了，「妳是戰利品。」

新容沒說話，耳朵、臉頰、眼窩，慢慢地洇出紅色來，眼睛裡面蓄足了羞惱嗔怒，朝梁贊狠狠一橫。

新容手裡拎著東西，剛要用腳敲門，門已經打開了，黃勵穿著新容淘汰的運動服，臉上敷了煥彩面膜，眼睛從兩個洞裡看著新容。

「妳想嚇死誰啊？」新容把手裡的東西直接送回房間，又出來。

黃勵一手一只易開罐當成健身器材，平舉、上舉、垂下，腳底下還在原地慢走。

「誰送妳回來的？」她在面膜下面嗚哩嗚嚕地問。

「梁贊。」新容去廚房倒水喝，順勢在餐桌上坐下，翻了翻當天的報紙，報紙快翻完時，黃勵走過來，一手拎著剛撕下來的面膜，一手在臉頰上拍打著，讓皮膚把剩下的美白液吸收進去。

「白嗎？」

「挺好的。」新容笑笑。五十多歲的黃勵按年齡來看還算是年輕的，但跟徐文靜比不了，不過，說到徐文靜皮膚的緊緻、彈性，連新容都要自慚形穢，她從大學一年級開始到雜誌社當實習編輯，從接情感熱線、提升為紀實版主任再到成為執行主編，常年的熬夜，在眼睛下面熬出兩塊黑影，遮瑕膏都遮不住。剛才吃涮肚，梁贊盯著她看時，她直心虛。

「什麼東西大包小包的？」黃勵把用過的面膜小心地折好，又裝回袋子裡，袋口用夾子夾好。都是梁贊給她買的東西，剛才一直開車到樓下，下車的時候，他從後備箱裡大包小包拿出一大堆來塞進她懷裡。她連推拒都來不及。也幸虧沒跟他拉拉扯扯的，黃勵正在樓上看著他們呢。

「梁贊不是剛在全國繞了一大圈兒嗎？託他買了點兒東西。」

黃勵還是把面膜放進冰箱。

「都跟妳說了面膜只能用一次，維生素隔一夜就失效了。」

「跟梁贊吃的晚飯？」

「還有蘇啟智跟徐文靜。」

黃勵愣住了。

「蘇啟智好像胃不太好，人瘦得皮包骨頭。明天要去醫院檢查，梁贊有朋友在醫院，幫忙給聯繫的。」

「他應該查查心臟，」黃勵嘭一聲關上冰箱門，「心眼兒爛根子了。」

夢裡，蘇啟智坐在白色的小船上，划船的是個年輕女人，面容秀麗，笑容溫柔，蘇啟智神祕兮兮地跟新容說，「她的胳膊在遇到風的時候，能像折扇一樣打開，變成翅膀。」

新容醒過來時，聽見客廳傳來的音樂聲，她打開門，DVD機裡播放著國標比賽的錄像，黃勵抬著胳膊，跟著電視裡面的畫面，挺胸、收腹、甩頭、看見新容站在門口，她也沒停下來，扭胯，仰頭，腳步繼續向前滑走。

新容去浴室刷牙沖淋浴，出來時，黃勵已經跳完舞，把音樂關了。

桌子上擺著早餐，豆漿、茶蛋、麵包、香腸、果醬、一盤子新鮮草莓，不大的桌面擺得滿滿的，顏色也好看，但新容卻覺得，這種漂亮場面底下，是一副潦草心思。她剛考上大學時，黃勵提前辦了退休，把家裡的東西收拾收拾賣的賣，送的送，只帶著簡單行李跟新容一起過來。母女倆租的房子是三家插間，一家一間二十多平方的房間，共用浴室和廚房，黃勵每天早晨很早起來，走路十五分鐘去早市。那裡的菜新鮮，價錢比附近超市便宜一倍，再走回來，炒菜燉湯用石鍋燜大米飯，另外兩家起來煮粥拌鹹菜時，她們這邊已經熱熱呼呼地吃進肚裡了。新年前後兩個月，去早市買菜的時候天是墨黑的。新容看著外面的天光，心情暗沉，想著這時候蘇啟智跟徐文靜，肯定躺在家裡的大床上，胳膊腿兒像麻花那樣擰在一起睡覺吧。

新容那會兒剛去雜誌社上班，光靠黃勵辦病退的工資，兩個人不夠活的，蘇啟智說過要給錢，新容說她已經過了撫養年齡了，不要。她心裡憋著股氣，要讓他看看，沒有他，她們娘倆兒一樣能過得好。剛上大學新容就開始寫稿掙稿費，後來又過去當編輯。除了寒暑假外，她平時不能正常坐班，每次去上班，除了寫稿校對，還打起精神照顧環境，地面髒了是她清理，暖水瓶裡的水是她去水房打上來，連電腦問題也是找她，一開始她也暈頭轉向的，可以說不會但不敢說不管，午休時大家打牌講黃色笑話，她邊看書邊摸索著弄程序，幾年下來，居然成了專家。最苦的那段日子，有兩次她咬著筷子就睡著了，黃勵到廚房盛完飯回來，坐在桌邊看女兒，眼淚一掉大半碗。

有一陣子電視裡面連續一週報導大學生畢業容易就業難的問題，黃勵添了心思，非要新容考研究生，新容順嘴說即使考得上，哪有錢讀。黃勵走火入魔，四處去打聽賣腎的事兒。鄰居把話傳給新容，她呆在當場，好半天才回過神兒來，把手裡蛋炒飯往地上使勁兒一摔，黃的白的散落一地，衝回房裡跟黃勵吵架，「妳怎麼想的？賣腎?!妳賣腎還不如我去賣身算了!!」也不管鄰居是不是聽見了，嗓門扯得快把屋頂喊下來，心裡想，喊下來就喊下來，母女倆一起被砸死算了，死也落個全屍。

黃勵先讓新容吼傻了，反應過來也開始淌眼抹淚的，「賣腎怎麼了？丟人了？丟也是丟我自己的人，誰讓我沒本事留住男人，賣我自己的零件兒還不行嗎？妳衝我那麼大聲幹嘛？我是妳媽妳吼我像一條老狗！腎也不用賣了，哪有買命的我賣了清淨，省得招老的煩讓小的厭!!」

母女倆眼淚橫飛，對吼，哭，把最後一絲力氣都訴盡，肉泥兩堆一個癱在床頭一個委在床尾。心裡空落落像間被棄的房間，那會兒想起蘇啟智和徐文靜，真是恨啊，恨得咬牙切齒。

新容開編前會時，梁贊打電話來報告蘇啟智的病情，「胃癌。已經擴散了。」

新容僵了，腦子裡一時飛絮飄浮，亂成一團，原來，昨天夜裡的夢是個死亡之夢。

亦晴抓了個少婦為了跟老公賭氣，去電視台假徵婚的題材，如獲至寶，早晨新容一進門就被她抓住，她走到哪裡亦晴跟到哪裡，一直跟到編前會上，她又從頭講起。

新容望著她嘴巴張開閉合、閉合張開，字詞劈哩啪啦地從她嘴裡迸出來，又散落開，老聶在旁邊陰惻惻地看著亦晴，偶爾開口，總惹得亦晴眉毛倒豎，杏眼圓睜。

「怎麼了?」送咖啡過來的小美看見新容表情不對，悄悄地問。

她回過神兒來，「——沒事兒。」

中午朱秀茹在新開的一家湘菜館定了大包，全體人員聚餐，給梁贊接風。他從醫院趕過來，跟新容一左一右坐在朱秀茹身邊。亦晴坐在桃谷二仙中間，桃谷二仙跟亦晴貧嘴，一個說，「我們不是隨便的人，」另一個接著道，「我們隨便起來不是人。」

亦晴哼一聲，「你們覺得這很幽默嗎？」

聽見他們對話的人都笑，唯獨新容臉色瓷白，剁椒魚頭上來時，服務員轉桌把魚轉到她面前，魚頭被片成兩半，對貼著，眼睛睜著，埋在碎紅辣椒中間，新容冷眼瞥見，嚇了一跳。

梁贊伸手把魚頭轉到了別的地方。

其他菜陸續上齊，新容幾乎沒動筷子。

「怎麼不吃？」朱秀茹看了她一眼，打量四周，「讓誰氣飽了？」

新容笑笑，搛根芥蘭，吃了一口放下，去了衛生間。

梁贊倒了滿杯啤酒，敬大家喝了，也去衛生間。

在走廊裡看見新容，站在一個窗前往外看，他走過去把她一把抱住，「別擔心，我會陪著妳的。」

新容嚇得不輕，死命地掙出來，小心地往包房那邊看了看。

「你瘋了——」她瞪梁贊一眼。

梁贊沒吭聲。

新容回到包房，拉開門時，剛好亦晴往外走。

蘇啟智躺在病床上，整個人縮進去一大圈兒，臉色比洗舊的白枕套還難看。

「挺忙的，不用過來了。」蘇啟智說。

「上午忙，下午沒什麼大事兒。」新容說。

徐文靜拿著粥盒回來，醫院附近有專門做粥的粥鋪，可以按顧客要求給做各種各樣的粥。徐文靜訂了蔬菜粥，端到蘇啟智跟前，「我不想吃。」蘇啟智手虛虛的做了一個推開的動作。

「多少吃幾口吧。」徐文靜把盛了粥的匙遞到他嘴邊，他看新容一眼，自己拿過匙把粥送進嘴裡。

「有什麼事情需要我做的？」新容問。

「小梁都給安排好了，」蘇啟智衝新容身後的梁贊笑笑，對新容說，「今天一大早去接我們，樓上樓下的折騰了多少趟，真給他添了不少麻煩。」

「你別客氣，」梁贊讓蘇啟智說得不好意思了，「我這個人一向麻煩裡來麻煩裡去，沒麻煩還全身不得勁兒呢。」

「我這胃是老毛病了，住兩天我們就回去。」蘇啟智朝徐文靜笑笑，「小靜還要去一家公司上班呢。」

「上班不著急。」徐文靜說，「我剛給公司打了電話，他們說公司老總去南美洲了，一個月以後才能回來，他回來我才能去上班。你好好調理身體，我們可以出去轉轉，我上班以後可能就沒機會出去旅遊了。」她衝新容笑笑，轉頭又對蘇啟智說，「讓新容也跟我們一起去。」

「她哪兒有空？」蘇啟智嘆了口氣，目光卻很期待地落到新容的臉上。

新容一時被他們將住了，不知該說什麼。

「時間就像海綿裡的水，只要硬擠，總是有的。」梁贇笑著插話，「要是去近便的地方，我開車送你們去。」

「你瞎承諾什麼？」他們從醫院出來時，新容責怪梁贇，「我跟他們旅哪門子遊？」

「妳爸還能活幾天？」梁贇說，「人之將死，其行也善。」

梁贇把新容送回家，臨下車時，新容把一個信封給梁贇。

「什麼？」他沒接。

「買東西的錢。」新容只好解釋，「這是三千，我也不知道夠不夠。」

梁贇把信封從她手中抽出來，拉開她的包扔進去，「想謝我，可以給我寫封情書啊。」

「你不收，」新容說。「我就把東西還給你。」

「不用那麼麻煩，」梁贇拉下臉來，說，「妳直接當垃圾扔了吧。」

梁贊說完推門下車，把車門甩得很響。

「要扔你自己扔，」新容隨即也出來，臉繃得像鼓，「你在這兒等著，我上去取東西下來。」

「還上什麼樓啊？」梁贊說，「妳把信封拿來，我直接扔了就算數兒。」

「你憑什麼跟我發脾氣？」新容的臉氣青了，掉頭往樓裡面走，「你別走，我拿東西去！」

梁贊追了半層樓追上新容，拉住她，「閻王還不打笑臉人呢？我這臉夠熱的了，怎麼就貼不上妳的冷屁股？」

新容被他說得臉飛紅起來，「你去死——」

「一個比喻，」梁贊笑了，「妳想那麼具體幹嘛？」

新容靜下來，沉思了一會兒，抬眼朝梁贊看，直看得他眼睛裡頭心裡頭空出好大一個場子，才慢慢說道，「你別拿我當禮拜天兒過。」

梁贊拿起她的手，摁在她的心口上，「妳這裡是顆什麼？石頭嗎？」說完把她的手一摔，蹬蹬蹬蹬下樓去了。

新容全身軟軟的，像被人抽了筋，要不是怕鄰里鄰居看見不好，真恨不得一屁股就坐在水泥樓梯上。

黃勵穿著舞蹈裙，在鏡子前面左照右照。

新容進門，乍眼瞥見那一身白花花的肉，晃得眼暈。舞蹈裙是紫紅色的，屁股前後加上胸前，統共三塊布，其他位置零打碎敲地綴上那麼一縷兩縷的布頭兒。上面不光用銀絲繡著什麼圖案，還鑲著大面積的亮片。

「怎麼樣？」黃勵扭腰擺臀，舞步蹁躚，那些亮片蛙聲一片地晃動起來。

新容下意識地捂住自己的眼睛。

「就那麼慘不忍睹？」黃勵過來打新容的手。「今天彩排，嘀，真是不脱不知道，滿身橘子皮的大有人在，還有那肚子上的肉，一波三折，我的皮膚和身材算不錯的呢。」

「妳怎麼了？」黃勵在新容額頭上指一下，「出了門又是秧歌又是戲，游回家來就變成條死魚——」

「別嘮叨了，」新容抬眼看黃勵，「我剛才去醫院了，蘇啟智得了胃癌。」

黃勵的架子還拿著，剛才説話時點著她的手也還那麼半舉著。

「發現時就是晚期，醫生説隨時都有可能——離開。」

「我早就知道會有這麼一天，」黃勵轉回神兒來，笑了一半卻笑不下去，手抖抖地往下脱舞蹈裙，好半天扒不下來，新容想幫幫她，又沒敢動，怕這樣反而惹惱了她。

「應了那句老話，做得歡死得快。」黃勵到底把那三塊手帕從身上扒了下來，兩塊布的接縫在胯骨那兒抻得快崩斷了，新容才發現，那面料還是帶彈力的。黃勵把舞蹈服團吧團吧揉成個抹布，往沙發裡上一扔，仍然拎起舊運動服套在身上，走到窗前，忽啦一下把窗簾拉開，一大片夕照，像碩大無朋的蛋黃跌碎進屋裡，濃濃地漫溢了整個客廳，稠稠地淹裹了母女倆。

黎明時分新容起床去衛生間，出來發現客廳凸形窗前地板上，黑漆漆一團沐浴在淡墨色的夜色晨光中間，嚇了她一跳。

「妳不睡覺坐在那裡幹什麼？」她問。

黃勵不吭聲。

她走過去坐下，母女倆都不説話，看著天色從灰黑變成深灰、灰中漸漸透出青色，青色又一層層漂清了灰色，加入了豆漿白。

新容白天乍聽見消息時，心像魚標浮著，找不到方向。也不知道該不該悲傷，彷徨得很。現在，在這樣安靜的時分，她清清楚楚地看見，悲傷從她的心坎裡抽發，像一束花草那樣葳葳蓊蓊地生長起來。眼淚湧出來，濕了臉，她怕黃勵看見，也不擦。

「是不是我老咒他，把他咒出癌來了？」黃勵一夜未睡，整個人垮垮的，面色灰敗，眼睛下面眼袋突起，頭髮亂糟糟像個雞窩，說話時帶著很重的鼻音。

「妳想哪兒去了?!」新容破涕而笑。

「人的意念是有力量的。」黃勵很認真地說。

「妳又聽誰胡說八道了？」新容摟著黃勵，把頭靠在她肩上，「是他自己的體質不好。」

「要不就是跟徐文靜在一起，天天吃方便麵吃出來的。」黃勵說。「妳沒看商品質量調查？方便麵裡面裝的調料，幾乎全是毒藥，她倒是年輕了，消化能力強，妳爸那體格哪能抗得住？不過他也是活該，自找的。」

「——徐文靜想讓我陪他們出去轉轉。」

「他不是快死了嗎？還有力氣轉？」

「醫院那地方沒病去了也添幾樣兒，更何況他這麼重。越在病房裡待著他越容易猜出自己不行了，不如帶他出去散散心。不過又怕他臨時發病，所以才想拉我去。」

「這時候想起妳來了，妳過苦日子的時候他們在哪兒開心快活呢？」

「說那些幹什麼？沒有他們我們不也挺好？」新容說，「妳說如果我不去，他真死不瞑目了，變成鬼來找我們麻煩怎麼辦？」

「好辦！」黃勵說，「睡覺時把菜刀枕在枕頭底下，刀刃朝外就行了。」

梁贊說話算話，果真開車帶他們去大連玩了幾天。他跟新容說，妳們兩個女生，萬一真出點兒事還不麻爪兒了？我跟著去，既是司機，又是導遊，兼著陪護，還要護花，用途不可不謂不多。

「這是我們自己家的事兒，你別瞎摻合。」新容也希望他去，只是擔心這樣一來，跟他絲絲連連更扯不清楚。

「妳怎麼這麼不知道好歹？」

梁贊氣得罵她，新容倒笑了。

黃勵也是刀子嘴豆腐心，他們出發那天，她起早煮了軟軟的白粥裝進保溫飯盒裡面，飯盒上面的夾層裡準備了蘇啟智以前愛吃的泡菜，怕他胃不行，用刀剁成了末，又另外拿了一個飯盒裝了十幾個茶蛋。

「路上的東西不乾淨。」黃勵淡淡地說。

蘇啟智看到粥和泡菜，表情一頓。新容一陣心酸，趕緊別過臉去。手裡拿個茶蛋，慢慢地剝，慢慢地咬，慢慢地嚼，想起小時候蘇啟智專為她編過不少兒歌，其中一個是關於雞蛋的：

薄薄的殼下月亮泡，月亮泡裡面太陽笑，太陽月亮抱一抱，生出一個雞寶寶。

黃勵聽了埋怨蘇啟智，「堂堂大學教授給孩子編黃色兒歌。」

梁贊出發前託大連的朋友老段幫忙找酒店，他們趕去時，老段已經在酒店大堂裡等著了。老段一張臉，鬍子占了大半，頭卻剃得鋥亮，看見梁贊，笑得一口煙全噴在他臉上。

「早二十天來多好，能看櫻花，那花開得，」老段感慨，「血豔！」

晚飯是老段接風，他知道梁贊喜歡吃生蠔，挑了最好的點了一大盤，端上來後拿檸檬汁往上淋，蠔肉彈性十足地緊縮了一下，老段滿意地哼了一聲，讓服務員拿來白葡萄酒給客人們倒上。

「吃生蠔得配這個，」老段說，「血鮮！」

新容發現，「血」是老段表達強烈感情色彩的詞。喜怒哀樂，動不動就「血」、「血」的。

有一天下雨，老段和梁贊出去了，徐文靜在房間裡洗澡收拾東西，新容父女倆在咖啡吧裡坐了小半天兒。

大堂裡面瀰漫著煮咖啡的香氣，光線有點兒暗，再找不著那麼好的談話氛圍了。蘇啟智絮絮地說他的一生，年輕時夢想當作家，最喜歡張恨水，儘管很多人瞧不起張恨水，魯迅的瞧不起表現得最尖銳最刻薄，一個三角形，那又怎麼了？張恨水還是張恨水。最近張恨水好像又時髦起來了，剛拍的《金粉世家》他看了幾集，氣得胃疼，電視劇裡面的先生站在講台上，講《詩經》，一開口居然是綠水蒼蒼，白霧茫茫，有位佳人，在水一方。小靜說那是瓊瑤小說裡面的歌詞，還有《啼笑因緣》，應該改名叫《啼笑皆非》——

「妳要杯咖啡吧？」蘇啟智突然說，「給我也要一杯。」

「你的胃哪能喝咖啡？」新容說。

「我不喝，就聞聞。」蘇啟智說，「我喜歡咖啡的味道。」

新容招手叫來服務員，要了兩杯熱咖啡。

「我的人生也是個三角形，結婚前是一條線，結婚後是一條線，遇到小靜也是一條線。」蘇啟智望著外面的雨簾，眼神一直望進新容想像不到的空間裡去，「我並不後悔我的這一生是由這三條線組成的，但我很慚愧辜負了妳和妳媽。」隔一會兒又說，「勸勸妳媽，再找個人。」

別找像我這樣肩不能擔手不能提的銀樣蠟槍頭。找個樸實的，俗氣點兒，粗點兒，都沒關係，最要緊是懂得心疼女人的。」

新容的眼淚湧上來，強咬著舌頭才忍住了。

「對妳，我本來最不放心的。」蘇啟智說。「不過這次看到小梁在妳身邊，我真是非常欣慰。」

「我們過得挺好的，你不用亂擔心。」新容不想跟他多談梁贊，找個事情把話頭兒岔開。結果到晚上吃飯，因為一首網絡歌曲提起日本，老段脱口問了梁贊一句，「你老婆還在早稻田大學嗎？」

蘇啟智和徐文靜都一愣，看著梁贊。

「啊。」梁贊看了一眼新容，隨口應了一聲。

「讀到博士後了吧？」老段問。

「還讀博士呢。」梁贊説完，把服務員叫過來，「來碗粥。」

「粥？」服務員是當地人，一時沒聽明白。

「就是稀飯。」老段插了一句。

「海鮮粥還是白粥？」梁贊問蘇啟智。

「什麼都不要。」蘇啟智臉冷得能刮層霜下來，「你不用這麼周到，我受不起。」

吃完飯回酒店，蘇啟智連聲招呼也沒和梁贊打，就扭頭回房間了。徐文靜忙著追著他去，回頭衝新容和梁贊揮揮手。

新容看了梁贊一眼，「你沒生氣吧？」

「生氣也不會生他的氣。」梁贊說。

「只許自己放火，不許別人點燈。」新容笑笑，「他以前跟我媽也這樣兒，動不動就小臉子。」

梁贊若有所思地看著新容。

「怎麼了？」她問。

「我在想妳說的話，」梁贊說，「我們什麼時候點過燈呢？」

「給你點兒陽光你就燦爛。」新容的臉一板，轉身回自己房間，打開門後想看梁贊是不是也回房了，剛轉身就撞到他身上，「你幹什麼？嚇我一跳！」

「我跟妳說件事兒。」梁贊推了她一把，把她推進房裡，兩手把她摁在牆面上，用腳把門關上。

「你幹嘛?!快放手——」新容讓他按得動彈不得，有些急。

「妳老實待著，」梁贊沒什麼好氣兒，手底下使了點兒力氣，不讓她亂動。「我不會做什麼壞事兒的。」

新容讓他說得沒意思起來，「你有話快說。」

梁贊倒不說了，新容聽見他的胸口裡面拉風箱似地，一呼一吸地喘氣，好像生了很大的氣。

兩人僵了一分鐘左右，「到底要說什麼?」新容問。

「沒什麼。」梁贊一撒手，拉開門走了。

新容呆站了一會兒，走廊裡鋪著地毯，聽不見梁贊的腳步聲往哪裡走了，但她能確定他沒回房間。

新容洗完澡準備睡覺時，隔壁還是一點兒動靜也沒有。她打了電話過去，也沒有人接。

新容換了衣服，先去酒店內的酒吧看了看，然後下樓在大廳找了個朝著門的沙發坐著，等了差不多一個小時，梁贊和老段從外面回來了。果然是喝了酒，梁贊的腳底發飄，笑嘻嘻地。

「喝酒去了?」新容迎上去。

「不聽勸啊，越勸越喝。」老段一臉苦相，「血犟!」

「我沒喝多，」梁贊跟新容說一句，睨眼看老段，「怎麼著，嫌棄我？忘了你在廣州喝多時我怎麼侍候你了？」

「他媽的一報還一報。」老段笑著說。

新容陪著他們上樓，「妳回去睡覺吧。」梁贊跟新容擺擺手，「老段今天住我這兒，三陪。」

老段也勸新容，「妳去睡妳的，沒事兒。」

第二天，老段帶他們去郊區一個草莓園。是自助式，草莓現摘現吃，臉孔晒成棕金色的少女一手接錢一手遞給他們一個籃子，籃子裡面放著幾個紙袋，他們可以把草莓採下來裝進紙袋裡，離開時過秤買走。老段說你們宰人不用刀，五十塊一位摘草莓，摘下來帶走的還額外要錢，血黑。

少女笑容燦爛，說成本高嘜，老闆你一嚐就知道了，我們的草莓品種好口味好，一點兒化肥沒有，產量低，是天然的維生素C嘜。

草莓紅通通的，躲在葉子下面，比市場上見到的要小一倍，新容覺得有點兒恐怖，那麼多的草莓，像一顆顆微型的心，紅通通果肉上面粒粒斑點，在光線變幻的時候，像是心在跳動。

梁贊摘了一顆吃，「嗯，挺好。」

「他媽的，」老段也摘了一顆丟進嘴裡，喔哼一聲，「血甜。」

「早就跟你們講了嘛，」少女笑，「一分錢一分貨嘍。」

蘇啟智一大早拉著臉，鬧著要回去，徐文靜費了不少口舌才把他勸來散散心，進了園後她和蘇啟智手拉手走在地頭邊兒上，徐文靜摘了幾顆草莓吃，也說好，還摘了一顆送進蘇啟智的嘴裡。幾分鐘後，蘇啟智的嘴角流出血來，比草莓汁更鮮更紅更豔，徐文靜手忙腳亂地拿出一大把紙巾捂過去，幾秒鐘就洇透了。他們趕緊回到車上，幸虧開的是老段的CR-V，放倒一張椅子讓蘇啟智躺下來，血還是順著嘴角往下淌，梁贊撒腿飛奔到附近的小超市買了好幾盒抽抽紙回來，幾個人各自捧了一盒紙，往外抽紙去捂順著蘇啟智嘴角流出來的血。

「我不知道一顆草莓也能害死他——」徐文靜臉色蒼白，蜷在蘇啟智身邊。她個子矮，最近又瘦得厲害，像個小孩子。

新容伸手在她肩上拍拍，「不關妳的事兒。」

「都怨我都怨我，好端端的去摘什麼草莓——」老段滿臉滿頭都是汗珠子，直接把車開進了醫院。

「身體都這樣兒了還出來旅遊，你們是怎麼想的？」醫生給蘇啟智止了血，訓斥他們幾個，「幸虧來得及時。」

「對不起對不起。」梁贊一迭聲地說。

血很快止住了。又休息了一夜，第二天上午蘇啟智鬧著要回去，梁贊找醫生問行不行。「強弩之末。」醫生很文藝地說了一句，給蘇啟智打了針，吃了藥，囑咐梁贊慢點兒開，就讓他們出院了。

老段一直把他們送到高速路口，買了一大包紙巾飲料糕點之類的東西，替他們擱到後備箱裡。

梁贊摟了他一下，在他後背拍拍，說了聲「再見」就走了。

蘇啟智是二十天後死的。

那天新容一早起來心就亂得不行，又慌又忙，喘不過氣來，看什麼都不順眼，用老段的話說，血悶！血鬧！血煩！她在單位藉稿子的事情發了一通脾氣，發完才發現大家都不吭聲，連老聶都保持著沉默。

他們這麼讓著她，弄得她自己反遭了一頓搶白似的，更加懊惱。

下班後梁贊送她去醫院，徐文靜呆坐在病房裡，她飯也不好好吃，瘦得快脫相了。

「今早上開始昏一陣醒一陣的，中午還吐了血，不能有事兒吧？」徐文靜問他們。

他們也說不好。

「要不我帶妳去問問醫生？」梁贊問。

徐文靜點點頭，兩個人離開了。

新容坐在剛剛徐文靜坐的椅子上，離蘇啟智也就一米遠，看他枯柴一把，臉如黃紙，整個五官都塌陷了下去。新容不知道他是誰，反正不是蘇啟智。

突然地，蘇啟智睜開了眼睛，唬了新容一跳，他直直地定定地著了魔似地盯著新容後面，彷彿那裡站著人，或者正發生什麼有趣的事情，天氣越來越熱，新容來醫院時，街上好多少女穿起了吊帶裙，可現在在悶悶的病房裡，新容整根脊梁骨給蘇啟智盯得冒冷氣，幾分鐘以後，蘇啟智的眼光慢慢地轉向她，好像想說句話，但剛一張嘴，一口血花搶先竄射出來，新容正湊過去想聽他說些什麼，有一些血點濺到她臉上，然後她看見蘇啟智鼻子裡面也有兩柱血湧出來，像兩條蚯蚓在慢慢地往外爬。新容趕緊按鈴叫人，手指哆嗦得不行，只知道死命按下去了，不知道是不是真的按響了，接著她悚然發現蘇啟智好像眼睛耳朵裡面也有血湧出來，便慌慌地往外跑，膝蓋被門邊狠磕了一下，她站在走廊裡沒命地喊：

醫生，護士！醫生，護士！

醫生護士一下子擠滿了病房，新容跺著腳走出去不是站著也不是，有護士提醒她她才發現自己鼻血又流出來了，她順手抓起一盒紙巾，抽出一把團一團按到鼻子上頭，看醫生攥著拳頭，在蘇啟智的胸上咣咣咚咚地捶打，即使蘇啟智的心臟能再跳動，只怕肋骨也要斷個三五根。

後來病房裡一下子安靜了。轉眼間人也都沒了，就剩新容一個，她往床上看，蘇啟智的眼睛還是睜著的，一副死不瞑目的樣子，眼角、鼻孔、嘴角、耳朵，都有血跡，她全身的汗毛都豎起來，想要跑，卻彷彿有雙手從水泥地裡長出來，抓住了她的兩腳。

「爸——」不知怎麼著，她一下子就喊出來了。

又過了幾分鐘，徐文靜和梁贊回來了，可能已經聽到消息了，在走廊裡跑得轟隆隆響，梁贊先跑進來，一看床上的情景，扎撒著兩手呆了一呆，上前把新容抱在懷裡。

「沒事兒吧？」

新容木木的梗在他懷裡，眼睛望著門口，一句話也說不出來。徐文靜整個人堆堆的、頹頹的，趟地雷似地，一寸一寸地往病房裡挪，幾米遠的距離走得萬水千山，她走到近前，往床上看了一眼，就腿一軟倒在床前。

新容蹲下身，抱住了她。

徐文靜全身都在哆嗦，兩排牙齒咔嗒咔嗒地打冷戰，新容眼淚湧出來，拍著她後背說，「不怕，不怕。」

梁贊也蹲下來，把她們兩個都摟在懷裡。

「沒事兒，沒事兒。」

「誰是家屬？」有個護士出現在門口，說，「你們得去蓄錢，費用不夠了。」

「你們有完沒完，人都死了還費用費用的——」梁贊火了。

「這屋裡不是還有喘氣兒的嗎？」護士也不是白給的，「你們的錢又不是往我的帳戶上存，跟我發什麼脾氣？」

黃勵接到梁贊的電話，跌跌撞撞地趕過來，還趕得及握一握蘇啟智仍然溫暖的手。

徐文靜叫了一聲「黃姨」，撲過來抱著她哭，黃勵沒想到這個，紮撒著兩手，任她哭了一會兒，才嘆口氣，伸手抱住了她。

梁贊忙裡忙外，找了人給蘇啟智擦了身子，換了早先預備好的衣服。剛把人收拾好，屍體中心已經來了車，把蘇啟智接走了。徐文靜放聲大哭，奔著要去抓蘇啟智，被黃勵和新容死命拉住了。

梁贊忙完屍體中心的事兒回來，看見娘仨兒坐在空了的病房裡發呆。別說她們，就是他自己，一眼瞥見那空空蕩蕩的空鋪，也一腳踏空似地發虛。

「人都走了，我們也別坐在這兒了，找個地方商量商量後事吧。」

梁贊把她們拉到一家「咖啡語茶」，先讓服務員每人上三條熱毛巾，仔細地擦了手臉，然後才叫東西喝。

說起辦喪事，梁贊問徐文靜怎麼想，她茫然地看看他們，「我不知道，該怎麼辦就怎麼辦唄。」

「是不是要回去辦呢？」梁贊說，「你們倆單位同事，親戚朋友什麼的——」

「還是在這邊辦吧，」徐文靜看了黃勵一眼，說，「我們的事兒一鬧開，單位就把他調到圖書館了，館裡一共沒幾個人，他從來也不跟他們打交道。至於我家裡那邊，早就跟我斷絕關係了。他家好像也沒什麼親戚。」

梁贊看看黃勵，黃勵點點頭，「他就有個叔伯哥哥，在四川，多少年也沒什麼來往。我看也不用驚動人家了。」

「那就——」梁贊看一眼新容，「我們張羅著辦了吧。」想想怕不妥，他又補一句，「好歹咱們也是個單位，別的沒有，人手總還能湊上十個八個的。」

商量好事情，梁贊把徐文靜送回酒店，接著把新容母女送到家。

「妳先上去吧，媽，」新容說，「我跟梁贊說點兒事兒。」

黃勵看他們一眼，先上了樓。

兩個人坐了一會兒，新容嘆了口氣，「沒有你我可怎麼辦？」

「沒有我妳什麼都能辦。」梁贊說，「我們剛到雜誌社那會兒，我每次見妳妳都在幹活兒，拼命三娘。」

新容笑笑，看看梁贊，「抱抱我吧。」

梁贊傾過身子把她抱在懷裡，過了一會兒，笑了。

「你笑什麼？」新容問。

「如果現在我讓妳跟我回家，妳肯定會跟我走的，但那樣一來我就成了小人了，不要說妳，連我自己都看不起自己。不過，只怕過了今晚，也過了這個村，再沒這個店了。」

新容沒想到梁贊長得人高馬大，倒長了一副玻璃肚腸水晶心肝，不過他把話挑破到這個程度，她反倒不能承認了，「誰要跟你回家了？別臭美了。」

「我又自做多情了？」梁贊自嘲。

「你也折騰得夠嗆，早點兒回家休息吧。」她拉開車門，「我走了。」

梁贊一句話不說，看著她。

「我走了？」新容又問。

「妳再囉哩叭嗦的，」梁贊笑笑，「我就不讓妳走，把妳拉回家去。」

新容這才下車，低頭看著梁贊。

「好好洗個澡，睡一覺吧。」梁贊輕聲說，一點油門，車子竄進了夜色。

葬禮前，新容拉黃勵去了一趟「卓展」，一人買了一套黑色套裝，照著自己的款式，給徐文靜也挑了一套小號的。

「幹嗎花這個錢？」黃勵一看價籤就急了。「我結婚也沒穿過這麼貴的衣服啊。」

「平時也能穿。」新容低聲勸。

「正經寡婦是人家徐文靜，我穿上算什麼？」黃勵嘟嘟囔囔的，衣服一穿上身，到底是名牌貨，馬上把人襯得有模有樣兒，連氣質都出來了，黃勵又驚又喜地看了新容一眼。

「要不，我要套別的顏色，平時也能穿出去。」黃勵跟新容商量。

「那我再給妳買一套。」新容說。

「別別別，」黃勵心疼錢，「就這麼著吧。」

新容讓售貨員開票。

不光外衣，內衣、襯衫、鞋子、襪子，連抹眼淚用的手絹都每人買了三個備用，黃勵心疼得直抽冷氣。

買完衣服新容又把黃勵拉進「紫夢」，專點那個收費最高的「大工」阿堅給黃勵設計新髮型，「紫夢」在新容的雜誌上做廣告，算是關係單位，打了個六折還要七百多塊錢。

黃勵死活不肯，被新容硬摁在椅子上。新容也想順便給自己焗個油，大工剛過來，她就接到徐文靜的電話，聲音裡帶著哭腔兒，「新容，妳來一趟行嗎？」

新容把黃勵安頓好，拎著要給徐文靜的東西去了酒店，剛敲了一下徐文靜就開了門，她憔悴得不行，黑眼圈兒像是讓人打了兩拳。

「我不敢睡覺，一閉眼睛就覺得蘇老師在房間裡四處遛達呢，還念詩。」徐文靜可憐巴巴地說。

「境由心生。」新容說，「是妳自己總想著這件事情鬧的。」

「不是，」徐文靜四下看看，「他真的在這兒。」

房間是普通的雙人間，兩層窗簾都擋著，屋裡又悶又熱，空氣很壞，徐文靜穿著襯衫牛仔褲坐在沙發上抱著自己膝蓋還渾身哆嗦，確實有點兒邪門。

「他真在這兒的話，也不會傷害妳的。」新容說，「聽說，死去的人最惦記誰，對誰最放心不下才會守著他（她）。」

「他肯定在這兒。」徐文靜哭出來了。

新容給梁贊打電話，說了這邊的事兒。梁贊也想不出主意，說打聽打聽再給她們打電話，過了半個多小時他打電話過來，囑咐她們收拾收拾，二十分鐘後他帶她們去個地方。

「去哪兒？」見到梁贊，新容問。

「還是老聶給想出的辦法，說有個袁先生，治這種事兒是大拿。」

袁先生七十多歲了，房間裡面非常簡陋，點著線香。袁先生目光如炬，從他們一進門就盯著徐文靜看，梁贊剛說有位親人過世，他就微笑著對徐文靜說，「這位先生跟妳關係不一般啊。」

徐文靜臉色煞白，順著袁先生的目光往自己左肩膀後面瞅。

袁先生好像真能看見蘇啟智似的，和顏悅色地說，「別跟著她了，你該過河過河，該喝湯喝湯，別放不下這邊兒的事兒，就是放不下，憑你現在還能做什麼？晚上我給你燒點兒紙，送你一程。你趕緊走吧，趕緊走。」

念叨完，袁先生用紅筆在黃紙上畫了個符燒了，兑上點兒涼開水，盛水的杯子好像是二十幾年前的搪瓷缸子，上面汙跡斑斑，新容看了直噁心，但徐文靜一點兒不含糊地把水喝了個淨光。

「這樣就行了，」袁先生對她的表現很滿意，「剩下的事兒全交給我吧。」

梁贊掏出五百塊錢放在袁先生的桌子上，帶她們走了。

第二天舉行葬禮時，黃勵、新容，還有徐文靜換上新買的衣服，三個人往殯儀館告別廳門口一站，既莊嚴，又美麗。

「妳們太漂亮了。」亦晴拿數碼相機把她們三個拍了下來，湊過去給新容看。「愛與哀愁。」

「別瞎胡鬧，」朱秀茹訓她，「不看看是什麼地方。」

花店送來預訂的白玫瑰花，來參加葬禮的人每人撿一朵戴在胸前。雜誌社的人一個不落，都來捧場。

蘇啟智單位來了兩個工會幹部，看見她們三個並肩站立迎賓，非常意外，接著便露出感動的表情，態度也變得積極了。黃勵雖然退休了，也來了幾個平時跟她處得好的姐妹，見了面先是吃驚兩三年沒見過，黃勵怎麼越活越年輕，越來越精神，說了幾句閒話又落到蘇啟智身上，「雖然他是自己招的，可妳也真是命苦啊，現在又這樣不計前嫌——」老姐老妹們哭得鼻涕一把淚一把的。

「這輩子他欠妳，下輩子他為妳做牛做馬。」有人安慰黃勵。

徐文靜沒料到她的哥嫂竟然會來，拉著他們的手，眼淚像扭開的水龍頭，她哥嫂看看臥在幾千朵白玫瑰白百合白菊花中間的蘇啟智，嘆了口氣，眼圈兒也跟著紅了。

「已經到了這一步，就節哀順變吧！」

梁贇沒怎麼在人前轉，但新容看他處處都在。來賓致哀時，他跟朱秀茹一起，很規矩地給蘇啟智鞠了三個躬。

所有來賓致哀完畢，主持人又說了幾句套話，宣布葬禮結束，蘇啟智身下的折板一開，他墜入滑道，待她們三個反應過來，玻璃棺材裡面已經空了。

「蘇啟智!!」徐文靜和黃勵同時喊出來，接著哭聲乍起，黃勵的朋友湧過來扶她，新容抱住了徐文靜，淚水泉湧而出。

午餐是梁贇安排的，他的一個朋友開了一間小型日本料理店，被他包了場。小店環境清雅，服務員穿著和服等在門口，大家排著隊去衛生間洗手，半個小時才洗完，餐廳中央一個大長條桌上擺著食物，長桌的一邊是日本清酒，另一邊是各種飲料，周圍散開六張六人位的桌子，黃勵跟朋友一桌，徐文靜跟她兄嫂一桌，新容陪蘇啟智單位的人坐，朱秀茹和梁贊也代表雜誌社陪著他們，剩下都是雜誌社的人四處散坐著。

大家都誇葬禮辦得好，沒見過這麼高雅的。

「蘇老師名士風骨，到底和俗人不同啊。」他們單位的人感慨。

吃完飯人一撥兒一撥兒地散了，最後只剩下新容和梁贊。跟老闆結了帳，道了謝，走出店來，外面陽光熾熱，街面反射著白花花的陽光。

「去哪兒？」梁贊問新容。

新容一時不知何去何從，黃勵帶著她的朋友們回家去了，單位嘛，剛才朱秀茹跟她說這幾天不用上班，一是家裡還有不少瑣事要處理，另外，也盡可能多陪陪媽媽。

「那我們就隨便走，碰到什麼算什麼，」梁贊問。「怎麼樣？」

「好啊。」新容說。

梁贊只是開個玩笑，倒沒想到她竟答應了，扭頭看她一眼，「真的？」

「真的。」新容說，「遇仙成仙，遇魔成魔。」

他笑了，把車開上一條路，新容懶得往外看，懶得想梁贊要把她帶到哪裡去，更懶得猜測他們之間會發生什麼事情，她瞇著眼睛，望著窗外一掠而過的街景，想著那天在大連，那個下雨的午後，她跟蘇啟智坐在酒店咖啡吧裡聊天，她喝著剛送來的卡布奇諾，而蘇啟智只能聞一聞他要的藍山咖啡，不過，在深吸一口氣後，他臉上的表情倒比很多喝咖啡的人更陶醉，「妳知道有個叫路易士．辛普森的詩人嗎？」他問。

新容搖搖頭。

蘇啟智說，這位詩人寫過一首叫〈美國詩歌〉的詩，他之所以記住了這首詩，是因為詩裡提到了胃。接著他給她讀那首詩，用很慢的語調：

不論它是什麼，都必須有
一個胃，能夠消化
橡皮、煤、鈾、月亮、詩。
就像鯊魚，肚裡盛隻鞋子。
它必須遊過茫茫的沙漠，
一路發出近似人聲的吼叫——

桔梗謠

忠赫放下電話，心臟怦怦怦地跳著，他的手發麻，抽了兩下，才把紙巾從盒裡抽出來，吸掉眼窩裡的淚水。

忠赫到衣櫥裡找了件新襯衫，拆包裝時，手指頭被大頭針扎出了血，血滴黏稠，像顆紅豆。新襯衫折痕明顯，漿過的衣領卡著後脖頸，忠赫又脫了下來，換回了平時穿的舊襯衫，彎腰穿鞋的時候他動作有點兒急，腦子裡面忽悠一下，眼前有些發黑。

「慢點兒，慢點兒！」他提醒自己，扶著牆壁慢慢直起身。

春吉不在家。退休以後，她跟小區裡另外幾個女人組成了麻將小組，每天三四個小時，在幾家輪番打打。在他們家打麻將時，春吉總是留朋友們吃飯，冷麵啦，野菜醬湯啦，蔬菜肉絲麵片啦，她興致高昂地讓人吃這個吃那個，哪怕是盤炒土豆絲，好像經過她的手之後，就變成了世間難尋的美味。

忠赫想像不出秀茶如今的模樣兒。在朝陽川的時候，他家和秀茶家隔得不遠，房前屋後種著幾十株梨樹，每年梨花盛開的半個月裡，他們會被一場陽光晒不化的大雪掩埋住，天黑以後忠赫站在自家窗口朝秀茶的房間望去，她有時是雪國裡的仙女，有時則變成燈籠裡面的燈芯。四十年過去了，他的腰圍變過好幾個尺寸，頭髮灰白像黎明的天色，好在，他的腰桿還是拔得直直的，這是幾十年如一日，堅持每天走路一個小時的饋贈。

在候車室的門口，在嘈雜的聲音、難以形容的味道以及流動的色彩中間，忠赫還沒從出租車下來就看到了秀茶，她穿著紫灰色套裝，和以前一樣苗條，膚色也仍舊白得像豆腐。皺紋沒把她變醜，把她變溫柔平實了，像穿舊揉皺了的棉麻布衣服。忠赫胸口悶悶的，像壓上了石磨——以前在朝陽川時，他家院子裡就有一盤，清晨或者傍晚，他和秀茶常坐在石磨邊兒上做作業。高中畢業以後他們也還保留著在石磨邊兒看書的習慣，大多是從縣圖書館借來的小說，裡面寫些什麼他早就忘了，但他記得秀茶邊看書邊哼的歌兒：

白色桔梗花啊紫色桔梗花，站在山坡下，花像海洋從天上飛流而來，漫山遍野，凝神細看，白色桔梗花啊紫色桔梗花。

「忠赫——」

秀茶的微笑近在眼前，但轉眼就浸到了湖水裡面。忠赫抹了一把淚水，秀茶的眼睛裡也泛起一片水霧。

秀茶參加了她所在城市的夕陽紅藝術團。在第四候車室裡，有她二十九個同伴。「我們剛從長白山旅遊回來，在這裡換乘火車。」

他們只有一個多小時的時間。

忠赫帶秀茶去了候車室旁邊的咖啡座。那裡賣的咖啡是速溶袋裝咖啡，忠赫把服務員叫來，又要了兩杯鐵觀音。他還點了牛肉脯、魷魚絲、話梅，「這個茶太硬，稍微吃點東西，要不胃會不舒服。」

秀茶笑了，「你還是那麼細心。」

「妳怎麼找到我的？」他問她。

「想找總能找到。」她說。

他很慚愧。他沒找過她。但他從沒忘記過她。有好幾年的時間，每晚臨睡前一個小時，他給媽媽按摩手臂和腿腳，老太太翻來覆去地回憶朝陽川的陳年舊事，忠赫能在媽媽提到的每個人身後、每件事中間看到秀茶。

「累了嗎？」他離開時，老太太問他。或者是，「天天這麼按來按去，還要聽我嘮叨，煩死了吧？」

「我願意給媽媽按摩到一百歲。」忠赫真心真意地這麼說，這是他跟秀茶相處的時間，怎麼會累、會煩呢？

忠赫難得發脾氣，但春吉訓斥女兒時除外。每次女兒透過責罵眼淚汪汪地朝他轉過臉，他都會看見秀茶的委屈，他用更陰沉更難看的臉色回應春吉，拉著女兒出門，帶她去飯店吃飯，買禮物給她。

「小時候我很恨你，」兒子有一次對他說，「你對妹妹好得恨不得含到嘴裡，而我就像你要吐出去的什麼東西。」

「女孩子當然要嬌慣一點兒。」他說。

他從小就習慣了對女孩子好。他跟秀茶上學時，碰上泥濘難走的路，他都是背著她過去的。她伏在他的背上，讓他想起一隻收攏翅膀的鳥。春天的時候，忠赫給秀茶編蟈蟈籠，為了把乾玉米稈破成細條，手指頭劃出好多道細口子，洗手時疼得齜牙咧嘴的。有一年端午節，他給秀茶採染指甲用的酸漿草時，被蛇咬了，幸虧是草蛇，毒性不大，他媽媽嚇得半死，抱著他的腿用嘴往外吮毒液，吮得嘴唇都腫了。秀茶的父母在旁邊看著，挓挲著手幫不上忙，被忠赫媽媽的身體語言羞臊得滿臉通紅。

忠赫的媽媽二十一歲守寡，獨自把忠赫帶大，供他讀書到高中畢業。忠赫的衣服永遠是乾乾淨淨的，哪怕只有一套衣服，也是晚上洗好晾乾，早晨乾淨整齊地出門。

老太太一輩子只對忠赫提過一個要求：娶春吉。

「我喜歡她的大臉盤兒，福相。」老太太說，「屁股也長得好，能生出好孩子來。」

如老太太所言，春吉生了兩個好孩子。在孩子長大的過程中，春吉像發麵的麵團兒一樣越來越渾圓，睡覺時呼嚕打得一嘟嚕一串兒的，忠赫常會夢見自己站在秋天的稻田地裡，風吹稻浪，像濤聲一樣響亮，他變成了稻草人兒，破衣爛衫，伸著胳膊，眼看著秀茶從田埂上走開卻叫不出聲來。

去年剛退休的那幾個月，忠赫著了魔似地想念秀茶家的豆漿。那間老豆腐房光線昏暗，地面上水漬漬的，剛點出來的豆腐在豆腐包裡顫顫巍巍地抖動。豆漿裝在粗瓷盆裡，他和秀茶往裡面撒幾粒糖精，每天上學前喝得肚子脹脹的，打嗝時嘴裡有一股豆香味兒。忠赫跑遍了城裡所有有豆漿賣的地方，發現那股鮮嫩的味道再也找不到了。

「嫂子好嗎？」

春吉和忠赫結婚那天，秀茶是以他妹妹的身分，拿著木瓢，隔著喜桌——讓一對木頭鴛鴦，一對蒸熟的、嘴裡叼著整支紅辣椒的公雞母雞，各種糖果、水果、鮮花，還有十幾種糕餅擺得滿滿登登的——朝新娘子伸過來，春吉把一大捧糖果扔進去。後來忠赫聽說，秀茶把糖討來後鑽進樹林，一顆不剩地全吃光了。她把糖紙用熨斗熨平，折了個鴛鴦放在家裡的窗台上。

秀茶結婚時，忠赫天不亮就起來，跟另外幾個小夥子一起在院子裡打打糕，剛蒸熟的糯米米粒晶瑩剔透，像顆顆淚珠，他們用的木錘三斤半重，要幾萬錘才能把這些淚珠打成死心的一團。

秀茶嫁的男人姓尹，是部隊轉業幹部，雖然年輕，但自有一股懾人氣勢。他跟秀茶訂婚的時候，忠赫也在酒桌上作陪。男人們在酒桌上喝酒，女人們的飯擺在豆腐房那邊，酒喝到一半時，秀茶被她爸爸叫過來，給客人們敬酒，她低垂著眼睛，睫毛像副門簾，敬酒的時候手在發抖。忠赫從來沒喝過那麼難嚥的酒，酒裡面帶著鋸齒，每一杯喝下去，都是一道傷口。

秀茶說，老尹五年前得過腦血栓，治療得很及時，現在走路什麼的，都不影響。兒子給她僱了個全職保姆幫忙照顧。

「他叫萬宇。」秀茶說。

「——我去見秀茶了。」

忠赫換了拖鞋，徑直走進他的房間——孩子們自立門戶後，他們就分房睡了——牆上掛著老太太的照片。是她過六十大壽生日那天拍的，她穿著雪白的朝鮮族服裝，領口袖口鑲著白色絲緞，胸前的蝴蝶結打得端端正正，頭髮梳得一絲不亂，別住頭髮的簪子是忠赫用根木筷子雕刻成的，打磨，上漆，再打磨，花了整整一個星期。

老太太目光幽深地望著忠赫。

老太太去世前的兩年，喜歡坐在放在陽台的籐椅裡，瞇著眼睛望著遠處的長河，黃昏時，陽光像潑灑的蛋黃覆蓋在河面上，流淌的河水湧動如大蛇，一口口吸光蛋黃汁，直至把整個太陽都吞下肚去。

忠赫陪著老太太坐著，太陽往下落時，他想起很久以前跟秀茶坐在長滿紅菰蔦的山坡上，她用細草棍兒把菰蔦的筋絡和籽粒從小米粒大小的洞裡挑出來，把空空的薄如蟬翼的菰蔦殼放在舌頭上，像小燈籠那樣吹滿它，又用牙齒把裡面的氣擠出去，然後再吹滿，再擠出去。她給他也弄了一個，那個小小燈籠似的殼，落在他的舌尖上，酸甜味道中夾雜著苦味兒，為了把它吹滿氣兒，他全身所有的力氣都用上了。

「——你去見秀茶了？」

春吉還站在門口，忠赫朝她轉過頭時，她把手裡攥著的東西朝他用力地扔過來，但那東西輕飄飄地，隔著老遠就落到了地上。

「我以為你出車禍了，要麼就是心臟病，腦出血。你去見秀茶了?!你見秀茶不能打個電話?!不能留個紙條?!」

忠赫看著春吉，她的臉脹得通紅，眼淚從眼眶裡跌出來，漫漶在臉上。春吉如此憤怒，卻連忠赫的衣角都沒沾到，像那個飄到地上的布袋子一樣。剛才他坐在車裡回家時，司機跟他說話他也是反應了好一會兒才回答。

「——這不是回來了嘛。」他說。

「回來了?」春吉冷笑一聲，「魂兒呢?跟著秀茶走了吧?」

她說的對。他的魂兒就像塊骨頭，被秀茶的話叼走了。

忠赫不想跟春吉吵架。他們之間使用的語言從來沒什麼暴力，多年來跟媽媽一起生活，忠赫覺得罵了別人，自己會更加難堪。話說回來，春吉也是個溫和的女人。他們上次鬧不高興是一個多月前，春吉請朋友們在家裡吃烤牛肉，好幾個小時以後家裡還飄蕩著烤肉的味道，忠赫去廚房燒開水時，發現水壺上面覆蓋著油腥兒，他生起氣來。

晚上吃飯時，春吉做了油燜帶皮小土豆和涼拌黃豆芽，飯是白米裡面加上了松仁核桃仁芝麻紅豆，用石鍋蒸出來的，掀開蓋子，清甜氣息撲面而來。忠赫一聞到飯香，火氣就沒了。

孩子們相繼打電話回來，春吉明明在客廳，電話仍然響個沒完，忠赫只好用分機接，「你去哪裡了？讓媽媽擔心得要命。」

孩子們跟忠赫說完，要跟媽媽講話，忠赫去客廳叫春吉，春吉眼睛盯著電視，不接他遞過去的電話。

「你媽還生氣呢。」忠赫跟孩子們說。

「那你就想辦法將功贖罪吧。」孩子們笑著放了電話。

地方台每天晚上播三集韓劇，劇目不同但故事都差不多，不是兩兄弟愛上同一個姑娘，就是兩姐妹愛上同一個男人，要麼就是兩兄弟愛上了兩姐妹。這些荒唐可笑的故事，動不動就讓春吉鼻涕一把淚一把的。

「妳多大歲數了還為這些東西哭哭啼啼的？」忠赫笑話她。

「你知道什麼?!」春吉回敬他。

他知道什麼?!那她呢？離開朝陽川以後，她偶爾還和鎮裡的人聯繫，而他是決意跟所有人都斷了聯繫的。

看完電視劇春吉也不睡，客廳裡燈光亮著，在門縫下面透一截進來。

忠赫去衛生間時，看見春吉把前幾天別人送的新鮮沙參從冰箱裡拿出來，沙參疙疙瘩瘩的厚皮跟鱷魚皮差不多，要用小刀一點點剝下來才行，他從衛生間出來時，「——秀茶也老了吧？」春吉忽然冒出一句。

「像她那樣的眼睛，老了的時候眼皮會耷拉下來把半個眼睛蓋住。」

春吉心地不壞，忠赫也知道他順水推舟地說句話就會讓她消氣兒，可他們談論的是秀茶啊，「她現在也還很漂亮。」

「她就是太漂亮了，」春吉說，「媽媽才不讓她當兒媳婦的，媽媽說，三歲看到老，秀茶那個長相身段兒，不會有好命的。」

「媽媽還說妳是個厚道人，心眼兒好呢。」

「你這是什麼腔調啊？」春吉朝他揚起臉，春吉手裡的那把刀他幾天前剛磨過，鋒刃摸起來像冰茬兒。「我說秀茶壞話了嗎？」

「我也沒說妳說她壞話啊。」

「秀茶本來就過得不好嘛。」春吉說，「她男人老打她，孩子被打流產過，還有一次打折了肋骨，她回娘家養了兩個月呢。」

忠赫的胃裡面就像剛喝了一大碗熱辣椒水，身上卻打冷戰似地哆嗦著。他盯著春吉，想用目光戳穿她的謊言，讓她把說過的話收回去，但他的目光遭到了回敬。

「你不相信？」春吉說，「朝陽川誰都知道。」

誰都知道，但他不知道。但如果他知道，他會怎麼樣呢？他有勇氣去把秀荼從那個人身邊帶走嗎？秀荼在挨打的時候，期待過他的到來嗎？既然連春吉都知道秀荼的事兒，秀荼肯定覺得他知道她的狀況。

「他們鬧了大半輩子，上了法庭，總算離了婚。那個男人離婚以後天天喝酒，別說當領導，連工作也丟了，還得了腦血栓，不知道秀荼怎麼想的，放著清淨日子不過，又回去侍候那個男人去了！」

他懷疑春吉和秀荼說的是不是同一個人。今天秀荼說起老尹時，就像說一個乖巧聽話的孩子。還說兒子有空的時候，帶著他們去動物園、水族館、遊樂場，拿他們當小孩子哄。

「——秀荼的兒子，」他嘴裡發乾，吐出來的字像一顆顆火星，「叫萬宇，是吧？」

春吉抬起頭，他們對視著，都看到了更多的東西。

「——可能是吧。」春吉又埋頭剝起沙參來。

忠赫回到房間，直接走上陽台。陽台上面涼颼颼的，大河邊兒上新近開發了好多樓盤，他們剛搬來這裡時，河堤是石頭壘出來的，石頭縫裡長著雜草，現在已經被水泥堤壩和成排的丁香樹取代了。春末夏初，白色和紫色丁香花開得煙一片霧一片，讓他想起朝陽川漫山遍野的桔梗花。但現在什麼也看不見。黑黲黲的，一團虛無，風的手時輕時重地在人身上摸索一陣。

「秀荼找你幹什麼？」春吉跟過來，問他。

他很高興他們站在黑暗裡，這樣的光線，話比較容易說出口，「萬宇下個月結婚，秀荼邀請我們去參加婚禮。」

「我們的孩子結婚時她沒來啊。」春吉說，「她兒子結婚倒要我們去隨禮?!」

春吉讓女兒挑了一家有名的美髮店，花好幾百塊錢燙了頭髮，沒過幾天又剪掉了，只留下些髮卷兒。

「那不是白花錢了？」忠赫問。

春吉說就是這麼個過程。她離遠了讓忠赫看，「這個髮型顯瘦吧？」

忠赫什麼也看不出來，但很肯定地回答，「瘦了不少呢。」

春吉還讓女兒買回一摞面膜，每晚看韓劇時敷，白煞煞的面膜覆蓋著整張臉，眼睛、鼻孔以及嘴唇摳出幾個洞，忠赫第一次看見時嚇了一跳。

「妳抽什麼風？」

春吉在面膜下面白了他一眼。

春吉買衣服買鞋子，連內衣也買了好幾套，「爸，你初戀情人到底有多漂亮？看把我媽折騰的。」女兒進門後把幾個紙拎兜扔下，「大」字型撲倒在沙發上，「老婦聊發少女狂啊。」

「我這個月的業績算泡湯了——」

「陪妳媽買買東西就這麼不耐煩，」忠赫說，「養育之恩可不是嘴皮子碰碰就報答的啊。」

說是這麼說，忠赫也覺得春吉過分。她連飯也不吃了，每天細嚼慢嚥一個蘋果。自己不吃，給忠赫做飯也對付，一個星期讓他吃了三頓泡菜肉絲炒飯。她還建議忠赫跟她一起喝淡鹽水，吃蘋果。

「胃腸也需要大掃除啊。」春吉說。

出發的前一天，春吉染了頭髮，染髮膏的盒子上面把她染的顏色叫「甜蜜焦糖」。他跟春吉抱怨，她頭髮上那股蠟燭融化的味道讓他吃不下飯。

「是要見到萬宇了，緊張的吧？」春吉說。

春吉經過這些日子的搗騰，像變了個人似的，不光外貌，她說話做事，也變得不大一樣了。

「說妳的頭髮，關萬宇什麼事兒?!」

「嫌棄我?!」春吉拉下臉來，「我還不去了呢。」

她把門在身後摔上。

「我也沒說什麼啊。」忠赫推開門，「妳發什麼脾氣?!」

「想想就窩囊，」春吉彆扭起來，「你們做的好事兒，過了四十年拿出來展覽，我還要去捧場?!」

忠赫剛要開口，被春吉「沒有這麼欺負人的！」吼了回去。

忠赫沒轍，把兒子女兒叫了回來，兩個孩子跟春吉關上門說了兩個小時，兒子先出來，壓低聲音跟忠赫說：「同意去了。」

「明天我開車送你們去。」兒子說。

他們在沙發上坐了一會兒，兒子忽然笑了，忠赫看了他一眼，「你笑什麼?」

「——沒什麼。」

又過了半個多小時，女兒眼睛紅紅地出來，「明天我也去。」

她跟哥哥一起回家，忠赫送他們出門時，女兒扭頭看看他，湊到他耳邊低聲說，「我都有些等不及要見見這位哥哥了。」

她叫得那麼自然，忠赫心裡雷一陣雨一陣，眼睛濕了。

第二天他們一早出門，忠赫和兒子坐前面，女兒和春吉坐後面。女兒先是把春吉從頭誇到腳，彷彿她是個大明星似的，然後又説，他們四個很久沒單獨在一起了，「就像去春遊。」

「秋遊。」兒子糾正她。

「管他春夏秋冬的呢。」女兒一路張羅，吃這個，喝那個，説從原野上卷起的晨霧像棉絮似的，突然又指著沐浴在陽光中的楓樹尖叫，「看那棵樹啊，像燒著了一樣！」

「別一驚一乍的。」春吉訓她，從昨天晚上孩子們離開，忠赫總算聽到她又開口說話了，「妳也是當媽的人了。」

他們直接去了酒店。兩個男人先下車，女兒在車裡幫春吉補了補妝。

「他和我，誰大？」兒子問忠赫。

「——你比他大幾個月吧。」

他們坐電梯上樓，連女兒都變沉默了。電梯門一開，忠赫就看見了秀茶，一個女人正拉著她往大廳裡走，她用眼角餘光看見他們，一下子站住了。春吉也看見了秀茶，臉色發白。

秀茶裙擺闊大，衣帶飄飄，像踩著雲彩奔過來，老遠就衝春吉伸出了雙手。兩個女人加起來一百二十多歲了，抱著對方，像小孩子一樣哭了起來。

剛才拉秀茶進廳裡的女人過來，有些摸不著頭腦，「怎麼哭起來了？時間到了快進去啊。」

秀茶沒理她，用紙巾替春吉吸了吸眼淚，目光在忠赫臉上一掠而過，落到他的一雙兒女臉上，「你們都這麼大了。」

他們一起鞠躬，給她行禮問好。

秀茶把他們拉起來，眼淚又湧出來。

女人拉秀茶一把，「都等著呢。」

「我們一起進去。」秀茶拉住春吉，帶著他們往廳裡走。在門口遇到手挽手的新郎新娘。

忠赫嘴唇發乾，全身微微顫抖。萬宇個子挺高的，穿著黑西服白襯衫，胸口別了一朵粉色玫瑰花，他的單眼皮、高鼻梁、略厚的嘴唇跟忠赫一模一樣。看到忠赫時，他的表情一凜。春吉只顧打量萬宇，踩到了秀茶的裙子，差點兒把她絆倒。

「快點快點。」女人不停地催促著，推著他們這一群人先進去，秀茶先把他們送到預留的貴賓席上，才坐到禮堂中間新人家長的位置。忠赫看到老尹，坐在秀茶椅子旁邊的輪椅裡面，頭髮剪得短短的，鬍子刮得乾乾淨淨，黑西服白襯衫，領帶很漂亮，半邊身子不動，另外半邊不停地顫抖，他的眼睛盯著一個固定的方向，嘴唇哆嗦著，忠赫懷疑他還能不能完整地說出話來。

司儀宣布吉時已到，婚禮開始，全體貴賓起立，迎接新人出場。音樂響起，不是通常的婚禮進行曲，而是一組朝鮮族民謠，來賓們和著主持人鼓著掌，看著新郎新娘款款走過撒了玫瑰花瓣的地毯，一直站到台上。

司儀開始介紹新娘——他身後的大屏幕隨著他的介紹，展示出新娘從嬰兒直至眼下各個時期的照片——她是藝術學院的舞蹈老師，今年二十八歲。父母的掌上明珠，聰明伶俐，從五歲開始就被人追，為了萬宇她至少傷了一萬個男人的心。主持人的話引來陣陣掌聲，年輕人聚堆兒的幾桌不時傳來叫好聲。新娘之後介紹新郎，萬宇從小聰明過人——忠赫緊盯著大屏幕上的照片，這孩子小時候非常瘦弱，有些驚恐地瞪著鏡頭；五、六歲以後，他好像不那麼怕照相了，其中有一張照片活脱脱就是忠赫小時候的模樣兒；七、八歲的時候，他一臉憂鬱，肯定是個不愛說話的孩子；十幾歲的時候，憂傷、內斂變成了他表情裡固定的一部分；二十歲左右，他的眼神裡面有了冷峻、沉著的東西，長成了男人了——他以優異成績考入北京紡織大學，十年前創建了自己的企業，現在企業已經有固定的六七百名員工，產品不光在國內銷售，在韓國、日本，乃至東南亞市場也逐漸打開了局面。「為什麼現在才結婚？」主持人把話筒伸向他。

「本來沒有結婚的打算，」萬宇說，衝新娘笑笑，「一不小心被俘虜了。」

酒宴持續了很長時間。

萬宇帶著新娘過來給忠赫和春吉敬了酒。新娘近看更漂亮，敬酒的姿態很優美，嗓音甜甜地管忠赫春吉叫「舅舅、舅媽」。秀荼應付了一陣客人後，推著老尹過來，忠赫跟他握了握手，老尹的手比他想像得有力量，然後保姆就帶著老尹先回家了。

那些年輕人打開了音響，一邊吃飯喝酒，一邊唱歌跳舞。

秀荼和春吉説起過世了的忠赫媽媽，兩個人淚眼汪汪的。忠赫第一次聽説，秀荼當年生萬宇時，月子沒坐好，差點兒丟了命，是他媽媽買了熊膽託人送過去的。

「妳長得很像妳奶奶。」秀荼拉著忠赫女兒的手，感慨地説。

忠赫去了一趟廁所，萬宇在洗手，他們的目光在鏡子裡相遇，忠赫衝他點點頭，走進廁所，解褲帶時，他的手抖得很厲害，花了平時兩倍的時間。他摸到了褲帶裡面的信封，除了由春吉帶著的三千塊錢禮金，他把自己的兩萬塊私房錢全提了出來，他知道萬宇不缺錢，但他不知道，除了錢，他還能怎麼表達自己的感情。

出來時，萬宇用紙擦乾了手，還扯出兩張遞給忠赫。他們一起走出洗手間，萬宇掏出菸盒，抽出一支雙手遞給忠赫，然後又拿出打火機給他點著。

「——對不起。」忠赫抽了口菸，他說話時，剛好咳嗽起來，他懷疑萬宇壓根兒沒聽見他說了什麼。

忠赫摸著褲子裡的錢，剛要拿出來，有人臉喝得紅紅的一把抓住萬宇，把他拉回大廳，萬宇匆忙中回頭衝忠赫點了點頭。

忠赫回到禮堂，一個女人站在圓桌子上面拿著麥克風在唱歌，桌子周圍裡三層外三層的是跳舞的人，先是〈阿里郎〉，然後是〈桔梗謠〉：

白色桔梗花啊紫色桔梗花，站在山坡下，花像海洋從天上飛流而來，漫山遍野，凝神細看——

忠赫回到桌邊兒，秀茶和春吉臉紅撲撲地跟著唱：「白色桔梗花啊紫色桔梗花。」唱完後兩人摟在一起，咬著對方耳朵說著什麼，春吉邊笑邊指著酒杯衝女兒叫：「倒滿倒滿。」

女兒給她們倒上酒，扭頭衝忠赫做了個鬼臉，說：「她們已經約定了五十件事兒了，要去給奶奶上墳，要回朝陽川豆腐房做一次豆腐，要摘梨，還要在明年春天的時候去看梨花……」

噴泉

「那些水，」每天下了班，老安要在鎮中心街邊抽幾支菸，看噴泉，「又薄又亮又滑，綢子似的，從水管裡面變魔術。」

張龍總是直接回家。被煤塵浸透的帆布工作服硬挺挺的，他就像從盔甲裡面鑽出來，院子裡兩個大號洗衣盆裡的水晒了一整天，暖洋洋的，有幾次他身上的泡沫還沒沖乾淨，吳愛雲就從後面把他抱住了。

她的瘋勁兒也跟噴泉似的，不管不顧，變著花樣兒來。有一次她把張龍的臉咬破了，晚上吃飯時連老安都注意到了。

「怎麼了？」他倒酒的手停在那兒，「你那臉？」

「真的呀——」往桌上端菜的吳愛雲也湊過來看。

「剛才洗澡，」張龍抬起胳膊往外擋她，跟老安解釋，「可能搓得狠了——」

「我看，像是女人咬的——」吳愛雲吃吃笑，「有對象了？」

「沒有，」張龍舉起酒杯轉向老安，「誰能看上我？」

老安跟他碰了下杯，兩個人把酒喝光。

「那可說不定。好漢無好妻，賴漢娶花枝，」吳愛雲扭著腰肢，邊往廚房走邊回頭扔下一句，「我這朵鮮花不就插在牛糞上了嘛。」

「別欺人太甚啊妳——」張龍說。

「我欺負你了嗎？」吳愛雲端著一盤削皮黃瓜和炒雞蛋醬回來，放到桌子中央，偏腿坐到炕上，問老安，「你娶了我，高不高興？」

「高興。」老安當了半輩子礦工，皮膚和皺紋彷彿被墨染過，溝溝坎坎密布於臉上，他笑的時候，彷彿有個網被牽動了。

「女人就是花，」老安跟張龍說，「就得漂亮，不漂亮還叫什麼女人？」

「要不是我媽那會兒生病開刀，急等用錢，我能嫁給礦工?!」吳愛雲給自己倒上酒，舉杯跟老安碰一下，又跟張龍碰一下，仰脖把酒乾了，「——不過話又說回來了，那會兒就是一條狗一頭豬給我錢，我都嫁！」

「讓女人這麼欺負，」張龍看著老安，嘆了口氣，「你還笑得出來？」

「張龍從小就是好漢，英雄氣概。」老安對吳愛雲說，「上中學的時候別人欺負我，追到我家門口，把我嚇尿了褲子，張龍抄起菜刀衝出去，把他們全砍跑了。他歲數兒小，那會兒比我矮半頭呢。」

「你還好意思說——」吳愛雲哼了一聲。

「沒出事兒是英雄，」張龍把酒倒進嘴裡，一小團火，從嗓子眼兒直衝進胃裡，「出了事兒就狗熊了。」

「聽說是為了個女孩兒，」吳愛雲問，「誰啊？我認識嗎？」

「連我都不認識。」張龍舉起老安剛給他倒滿的杯子，「乾了？」

「怎麼可能——」

「乾了！」老安舉著酒杯，兩個人都不看吳愛雲。

「到底是誰啊？」第二天他們鑽進被窩時，吳愛雲又問。

「我真不認識，」張龍說，「那時候打架也不需要什麼理由，就是年輕，沒事兒找事兒，亂打一氣。」

「不愛說算了，」吳愛雲哼一聲，「滿嘴鬼話——」

張龍上中學時天天帶著刀，書包是老安替他背著。他有三把刀：一把是用電工刀改裝的，刀身窄窄一溜，磨得鋒利無比；折疊刀是鋼的，銀色外殼上面鐫刻著雙龍戲珠圖案，刀子從槽裡面彈出來時發出「咔嗒」的一聲；最毒的是把三稜刀，短、窄、立體，刀身是黑褐色，刀刃磨成了三條窄窄的銀帶子，寒光閃爍，在刀尖處匯合。

出事兒那天晚上張龍把三把刀都帶上了，電工刀插在襪筒裡面，折疊刀揣進褲兜，三稜刀有刀鞘，他用膠布把它纏在手臂上，用袖管蓋住。出門的時候，他媽媽的叫聲從後面追上來，「黑燈瞎火的上哪兒找死去?!」

他在老安家門口叫了老安兩聲兒，老安沒出來。

張龍在巷口跟幾個人會合，到了十字街大路口時，人數增加到二十多個。

馬路對面，隔著水泥花壇，十來個年紀比他們大兩三歲的少年出現了，他們人數少，但個子明顯高過他們，體格也更結實。他們三三兩兩，分成幾列從暮色和夜霧交織的背景中晃晃悠悠地走出來時，變成了能自行移動的山嶺，而他們身後的陰影，讓這些山嶺有了雙重重量。

張龍感覺到自己的腹部畫圈圈似的扭攪起來，熱滾滾的液體從身體深處源源不斷地湧出，沸騰翻滾，迴旋上升著湧向他的四肢和大腦——他的手伸進褲兜裡握住折疊刀，打量了一下身側及身後的夥伴，那天傍晚，天色死暗，所有的星星都落到少年們的眼睛裡了。

當對面的人山再次移動，並且迅速變成幾條河流朝他們包抄過來時，「你們記住，」張龍一字一頓，齒縫間呲出的噝噝寒氣連他自己都感到吃驚，「軟的怕硬的，硬的怕不要命的。」

張龍的妹妹大學畢業留在南方，嫁人後把父母接走了，房子留給了張龍。

初見老安時，張龍差點兒把他當成他爸爸，後來才想起來，二十年過去了，老安早就不是少年了。

不只是老安，當年跟著張龍打拼的夥伴兒，全都娶妻生子、變得灰頭土臉的，他們少年時代具有的某些品質，類似翅膀或者爪子，曾像一層釉質讓這些少年閃閃發亮，如今都消失不見了。

老安對張龍，還像當年一樣謙恭，吳愛雲熱情好客，廚藝很拿得出手，後來，張龍發現她別的方面也不錯。當然她也有不好的地方，膽子比母豹還大，半夜裡溜到張龍家裡，摸進他的被窩。

「妳瘋了?!」

「你怕了?!」

暗夜裡，吳愛雲的眼睛像兩顆黑珍珠。

「——總要給老安留點兒面子吧。」

「你占了他的裡子，還講什麼面子不面子的——」吳愛雲手臂又涼又滑，蛇似的纏到張龍腰間，「放心吧，他睡得跟死人似的。」

吳愛雲的身子結實，滑溜，在月光中出了水的白魚般扭動撲騰著，叫聲大得讓張龍伸手去堵她的嘴，她把他的手指咬住了，咬痕處滲出了血絲。

「你屬狗的。」張龍罵她。

「對，」吳愛雲在他嘴唇上又咬一口，「啃不夠你這根兒骨頭。」

「早晚有一天，」張龍把她推開，「老安拿著菜刀衝進來，把我們剁成肉醬。」

「肉醬就肉醬，」吳愛雲慢條斯理地穿衣服，「放點兒蔥薑，加點兒芹菜，包餃子。」

溜走的時候，她倒挺麻利，一閃就沒了影蹤。

白天張龍跟老安一起下井，幸虧是井下，光線暗，張龍不必面對他的注視和笑容。張龍無數次地罵自己是混帳王八蛋，但有了吳愛雲以後，他再也過不了沒有女人的日子了。

「你們那兒沒合適的嗎？」老安問吳愛雲，「幫張龍張羅張羅，成個家。」

「倒有一個合適的，」吳愛雲說，「不過，跟你結婚了。」

在井下，礦工們的玩笑粗魯下流，主人公經常是吳愛雲，老安軟綿綿的反擊只會讓礦工們覺得那些玩笑越說越有嚼頭兒，張龍努力充耳不聞，但有一天他的動作跑到了思想的前面，他操起鐵鍬揮過去，差一寸，就抵到那個傢伙的喉嚨口，鐵鍬邊緣刃邊銀亮，寒氣森森，那張裝滿了下流話的嘴巴都來不及合上。

「誰跟老安過不去，」張龍的話說得很慢，帶著霜氣，「我就對誰不客氣。」

「他們是開玩笑，瞎咋呼——」晚上喝酒的時候，老安說，「咬人的狗不叫。」

張龍舉著酒杯的手臂僵住了，「你什麼意思？」

「沒什麼意思——」

「——我多管閒事兒了?!」

「你想哪兒去了?!」老安直擺手，他臉上炭黑色的皺紋耷下來，笑容裡面帶著苦相，「我的意思是，咱們這些煤黑子，腦袋別在腰帶上，每天有命下到井下，有沒有命上來都說不準呢，還計較個啥？」

「拿女人過嘴癮，煤就白了？就長命百歲了？」

「喝酒，兄弟，」老安舉起酒杯在張龍的酒杯上碰了好幾下，「兄弟，喝酒。」

酒喝得彆扭，張龍身體裡面野火燒不盡，在炕上翻來滾去，期待著吳愛雲能摸黑過來。等到半夜，回應他的，除了白泠泠的月光，還是白泠泠的月光。

第二天下井的時候，掌子面就老安和張龍兩個人。塌方的時候，轟一聲巨響，巷道裡面雷聲隆隆，煤塵雲朵般飛揚起來，激流迸射，決口般地衝過來。張龍張開雙臂摟抱住頭，蜷成一團，任憑唰唰唰飄落的煤粉把自己掩埋。

不知道過了多久。黑暗裡面傳來話語聲。

前兩句他沒聽見。

聲音像從煤塵裡面滲出來的，悶悶的，似有似無。

「——你想過自己會這麼死嗎？」老安問。

「——想過，」張龍一張嘴，煤粉嗆進嘴裡，他吐了半天，「——但沒認真往裡想。」

就像少年時候，張龍想過殺人，但從沒真想殺過誰。

「我想過，還經常做這種夢——最早跟我一起下井的弟兄，要麼死要麼殘廢，快占一半兒了。」

張龍沒吭聲。

「我們死了，吳愛雲肯定閒不住，她會再找男人。」

張龍騰身而起，他人世間走一遭，一半時間在監獄裡面度過，出了獄，又有一半時間在地底下，女人他是剛剛嚐到滋味兒，還是占著老安的灶台炒剩菜。他不甘心，不認命。

煤塵彷彿一條河把他們浸在中間，張龍蹚來蹚去，終於，腳踢到了硬物。他把鎬頭撈起來，辨別了一下方向，去刨把他們封閉起來的那堵牆，他叫老安起來跟他一起幹，外面有工人，他們肯定會接應、救援的。

老安沉默了一會兒，也過來幫忙了。

從井底下升上來時，豔陽當空，陽光金湯般地潑下來，張龍仰頭看太陽，直看得兩眼發黑，頭暈目眩，淚水在他的臉上肆意奔流，井底下被汗水濕透的身體，又被新發出的水汗透濕。

礦主、工長，一大堆人等在井口，看見張龍、老安上來，礦主抓著他們的肩膀，連罵了幾句髒話，他衝所有礦工一揮手，「喝酒去，今天誰不喝醉誰是孫子！」

喝酒中間，張龍出去上廁所，看見吳愛雲趺趺撞撞地跑來，她的臉色煞白煞白，看見張龍，直撲進他懷裡，伸手去摸他的臉，「我剛聽說，嚇死我了——」

張龍用力抱了抱她，把她從身邊撕開，低聲說，「人多眼雜的妳別鬧了——」

他回到飯店時，礦工們喝得臉色濃油赤醬，呼來喝去，聲浪此起彼伏，吳愛雲占了他的位置，坐在老安身邊，啪嗒啪嗒掉眼淚。

「妳有完沒完？」老安說，「等我死了妳再哭也來得及。」

「嫂子先回家吧，」張龍說，「讓我們痛痛快快喝一頓。」

吳愛雲點點頭，抹著眼睛走了。

張龍坐下後，往窗外看了一眼，心裡「格登」一聲，窗框就像電視機屏幕，什麼都看得清清楚楚的。

「咱哥倆兒喝一杯，」他舉起杯子衝著老安，「大難不死，祝賀一下！」

「死了也沒啥了不得的，」老安拿著酒杯，朝地上啐一口，「死了死了，一死百了。」

「那哪能？」張龍說，「好死不如賴活。」

他們從中午喝到黃昏，從酒館出來的時候，噴泉在噴水，老安一屁股坐在馬路牙子上，張龍猶豫了一下，也陪著他坐下了。

歌一首接一首地唱，男歌手女歌手，聲音都彷彿在糖漿裡面浸過，又被拉成絲線，織成了綢緞，從耳朵裡鑽進來，在人的心頭上撫弄、撩撥。噴泉裡的水，一會兒變成蘑菇，一會兒變成雨傘，有時候像花，有時候像葉片，忽兒浪起來，扭攪著跳起舞來，或者豁出去了，放焰火似的直衝上天去——

老安從地上起身，搖搖晃晃地走近噴泉，站在飛濺的水珠中間，引起圍觀者發出一陣陣的笑聲。

張龍過去拉老安，老安一臉的水珠子，眼淚似的淌。

老安對噴泉的興趣說沒就沒了。下班後他和張龍一起回家，他們站在自家的院子裡沖洗，隔著木板牆障，看不見彼此的表情，但言行舉止卻看得七七八八。

老安在吳愛雲身上動手動腳，他的突然襲擊經常讓吳愛雲受到驚嚇。她的叫聲和斥罵好像非但沒讓老安住手，反而越發挑起了他的興致，喝酒的時候，老安也越來越經常地在吳愛雲胸上屁股上摸來蹭去。

「你的狗爪子能不能消停一會兒?!」吳愛雲把菜盤往桌子上面一礅，菜飛了起來，又落下，她去了廚房。

老安嘿嘿笑，捻捻手指，舉杯跟張龍碰一下，「喝酒。」

張龍喝不下去。他的食道彷彿塞滿了酒精塊兒，從胃裡往上直壘到嗓子眼兒，梗得難受，他放下酒杯，衝到屋子外面。

「怎麼了?」吳愛雲跟出來，在他後背上拍打。

塌方以後，他們還沒有機會親近，她的手貼在他後脖頸處，指尖的溫熱像細鉤子，把他身體裡散落的委屈一網打上來，剛喝的酒剛嚥下去的菜一股腦翻湧奔騰，全吐了出去。

「噴泉啦?」老安跟出來，「沒喝多少啊——」

張龍甩開吳愛雲的手，直起身子看著老安，「胃裡不舒服，我先回去睡了。」

「咋不舒服了呢?酒沒燙熱?」老安把張龍送到門口，看著他打開自己家門，「——有事兒言語一聲兒。」

屋子裡面空蕩蕩的，張龍懶得開燈。月光透過窗戶照在炕上，宛若雪白清冷的一床被子。他把被褥鋪好，躺下，那床月光一半覆在他身上，另一半空空地籠著。

隔壁叮叮噹噹地發出聲響，兩口子好像打起來了。

張龍剛睡著，就被驚醒了。

吳愛雲的身體又涼又濕，帶著初秋夜寒的氣息。

「妳怎麼——」

吳愛雲捂住了張龍的嘴。她全身貼近他，在他身上蹭了蹭，他的身體劈哩啪啦地迸起了火星，轉瞬間就燃燒起來。他支起胳膊籠她在身下，就彷彿她是隻蟲子，是隻小鳥，是漿汁飽滿的嫩玉米，他焐著她，烤著她，讓她外酥裡嫩，香氣四溢。

淚水從吳愛雲的睫毛下面滲出來，漫洇在臉上。在灰鴿羽毛般的光線中，她的臉孔彷彿暗影中的鏡子。

「怎麼了？」張龍問。

吳愛雲搖搖頭。

「你們在井底下——」離開時，吳愛雲穿衣服的動作停頓了下，「出什麼事兒了嗎？」

「我們被埋在煤裡，」張龍反問，「能出什麼事兒？」

「老安他——」吳愛雲話到舌邊又嚥了回去，她在張龍肩頭上咬了一口，嘆了口氣，「我走了。」

張龍的回籠覺睡到太陽升得老高。他出門的時候，吳愛雲在門口跟鄰居家的女人邊擇菜邊聊天。

「老安一早叫了你兩聲，見你沒應，先下井去了。」

張龍到井口的時候，正趕上大家吃午飯。

「昨天晚上幹什麼壞事兒了？」礦主開張龍玩笑，「現在才來？」

「喝大了。」張龍說。

「——跟我喝的。」老安衝著礦主，補充了一句。

「這多好，」礦主笑笑，「兄弟如手足。」

「兄弟如手足，女人如衣——」說話的傢伙目光與張龍遭遇，咳了一聲，衝著老安，「——是吧，老安？」

「吳愛雲可不是衣服，」有人笑，「是床大棉被——」

沒等老安接話兒，他又補充道，「任你鐵漢鋼漢，也能讓她捂化了，渾身淌汗。」

男人們笑起來。

「放屁！」老安笑罵。

午飯後在掌子面兒倒堆兒的時候，老安被裝滿了煤塊的手推車撞了個跟頭，他從地上爬起來，嘴唇磕出了血，從煤塵中湧出股黑紅來。

「夢遊呢你?!」撞他的礦工嚇了一跳，「沒事兒吧？」

「死不了。」

老安臉上黑黢黢的，牙齒間漫著紅血，笑容把他變成了惡鬼。

下班經過鎮中心轉盤的時候，張龍讓老安先回家，「我有點兒事兒。」

張龍打發走老安，坐在馬路牙子上看了會兒噴泉，水柱抽穗似的齊刷刷鑽出來，顫動著，像風裡的水晶莊稼。

二十年前那個夜晚，就在噴泉這裡，好多人受傷，血在暗夜裡發出腥氣，還有股奇怪的香味兒。那些血像蚯蚓一樣從血管裡鑽出來，綿綿不絕，黏在皮膚上面，滲進衣服纖維裡面。被三稜刀捅過的胸口，血汩汩地湧動，像個小泉眼。那個傢伙高出張龍將近一個頭，笑著看張龍，「——小兔崽子，還真有種！」

他的笑容恍恍惚惚地，滲進黑夜裡去了，在很多個夜晚，這個笑容從張龍夢境深處，浮萍似的蕩漾著。

張龍在「老馬家的牛肉湯」裡吃了碗牛雜湯飯，去澡堂子泡了個熱水澡，找人扒皮似地給自己搓了個痛快，換衣服時他站在大鏡子前面打量自己，白皮白肉，就連臉都比一般人白，像個書生。

「像個雪人！」吳愛雲笑話他。

老安在他家門口抽菸。

「怎麼蹲這兒了？」張龍問。

「吳愛雲去你那兒了，」老安笑笑，「——不跟我過了。」

張龍進了門，房間裡面黑燈瞎火，闃寂無聲。他拉了下燈繩，昏黃的燈光像一潑顏料，「叭喇」潑亮了房間，吳愛雲坐在炕沿邊兒上。

「妳幹什麼——」張龍壓低了聲音。

「我要離婚。」

張龍走到吳愛雲近前，看到她轉開的那側臉，有些青腫，嘴角破了，帶著血絲。吳愛雲抬頭看他一眼，淚眼汪汪。

「我跟他離婚，你要不要我?!」

張龍轉身出了門，老安還在大門外抽菸。

「你他媽的真有種啊！」張龍踢了老安一腳，「別人裝槍，你就回家放炮?!」

「今天看我自己回家，飯她也不好好做，我說了她一句，她一大堆話等在那兒——」老安朝地上啐了一口，迎著張龍的眼睛，「——刨了一天的煤連口熱飯都吃不上，你說她欠不欠揍?」

張龍沉默了片刻，「——那也不能動手啊。」

「她那嘴，我能說得過她?!」

張龍嘆了口氣，「——你說幾句軟話，哄哄她吧。」

「還是你去吧。」老安把菸頭扔在地上，用鞋底碾碎，「讓她回來炒菜，咱哥倆喝兩盅。」

張龍回家，走到吳愛雲身邊，「——妳也有不對的地方，怎麼連飯都不做了?」

「你去哪兒吃的飯?」吳愛雲看著張龍，「有人給你介紹對象了?」

「妳胡扯什麼?」張龍苦笑了一下，「——我也不能天天跟你們兩口子膩歪著啊。」

「我就要你天天跟我們膩歪著，」吳愛雲把頭埋進他懷裡，摟著他的腰，「看不見你人影兒，我一分鐘也活不下去。」

天陰得邪乎，黑雲蘸了水，大巴掌似的從天上摁下來，礦工們黑蛆般在山坡煤洞口處，進進出出，蠕動不休。

吃午飯時，張龍拿著飯盒獨自走到煤堆頂上坐下，煤洞周圍的雜草兩個月前還是青蔥水嫩，嬌滴滴的，現在綠火燃遍山坡，綠色也嬌柔不復，變得潑辣，陰氣十足。

礦工們在井口的木垛上分散坐著，抱著飯盒吃飯，話頭兒三下兩下又扯到女人身上。

「女人都一樣。」

「那哪能？」

「有啥不能？不都是那一畝三分地兒。」

「可不是。」

「有啥不是？你們家吳愛雲鑲了金還是戴了銀？」

「反正——」老安嘿嘿一笑，「區別可大了。」

「還區別？你區別過？」

「他沒區別，吳愛雲有。」

礦工們笑起來。

「放屁！」老安拉下臉來，「吳愛雲真敢呲牙，我打不死她！」

「你打吳愛雲?你也不怕風大搧了舌頭?」

「張龍——」老安扭頭朝上面喊，「他們不相信我打了吳愛雲——」

礦工們的頭向日葵似的，全都仰了起來。

張龍蓋上飯盒蓋，往下斜睨了他們一眼，「我也不相信。」

「就你個熊樣兒，」礦工哄笑起來，有人把手裡的半塊饅頭朝老安扔過去，「早晚把自己煮了，當供品供你們家吳愛雲！」

老安對別人的話充耳不聞，他盯著張龍，目光像條毯子，一直鋪到他跟前。

「嘴皮子磨夠了吧？」工長看看錶，招呼大家開工，「幹活兒！」

張龍從煤堆上走下來，老安緊盯著他的眼睛，「你為什麼不說實話?!」

張龍逕自下了井，老安沒跟上來。

張龍推了幾趟煤，出來找老安，發現他已經不在了。

張龍回家時，吳愛雲聽見門響，從屋裡出來，兩隻手黏滿了麵粉，「老安呢？」

「沒回來？」張龍反問。

「看噴泉去了吧——」吳愛雲看看身後，沾著麵粉的手在張龍鼻子下面抹了兩道，低聲說，「給你包餃子呢，洗洗就過來吃吧。」

憋了一天的雨在他們吃餃子時下了起來，鞭子似的抽打著，彷彿十字街鎮是個什麼疙裡疙瘩的髒東西，非得仔細沖刷清洗乾淨不行。

餃子吃完了老安也沒回來，雨勢倒是弱下來了。

「我找找他去——」

「死在外面才好呢，」吳愛雲拉住張龍，「抱抱我。」

張龍用胳膊圈住吳愛雲，被她在臉上拍了一巴掌。

「像餃子皮兒包餃子餡兒那樣抱！」

後半夜的時候，雨停了一個多小時了，張龍聽見隔壁大門門鈴叮叮噹噹地響起來，老安在院子裡面走動的聲音，彷彿什麼巨型動物撞了進來。

「吳愛雲——」他聲嘶力竭地叫，好像跟她隔著千山萬水。

「大半夜你鬼哭狼嚎——」

「噗」地一聲，吳愛雲的話沒了，被人吞掉了似的。

張龍從炕上彈起來，趿拉著鞋竄出門，隔著木板障牆，他看到老安手裡握著一塊磚頭，腳底下躺著吳愛雲。

張龍不知道老安喝的是什麼酒，但這個酒顯然跟往日不同，平常的酒像螞蟻蝕骨，一口口，不只把老安的骨頭啃成了渣子，他的目光、笑容、言語，也都被蛀得拿不成個兒；這個夜晚被老安喝下肚去的酒，是硬的，冷的，像把刀揣進了老安的身子。

「老虎不發威，」老安晃晃手裡的磚頭，斜睨著張龍，隨著老安的笑容，刀刃的寒氣從他的眼睛、嘴巴、臉上的皺紋，密密麻麻地擴散開來，「你們當我是病貓?!」

「你是不是男人？」吳愛雲問，「是男人你現在就去宰了他！」

老安的磚頭是對著吳愛雲的臉拍下去的，她皮膚細嫩，臉頰處擦破了皮，這其實不算什麼，皮膚下面的打擊才是動真格兒的，幾個小時之後，她的半邊臉會腫成水蜜桃。

「啞巴了？怕了？」吳愛雲盯著張龍，拂開他拿來的冷毛巾，「不用擔心，你殺人，我償命——」

「閉嘴！」張龍把手裡的毛巾往地上一摔，他的心、肝、肺瞬間像燒紅的煤塊，把胸腔裡面烘得熱辣辣的，「妳懂什麼叫殺人?!什麼叫償命?!」

吳愛雲怔住了。

「——滾回家去吧！」張龍撿起毛巾，離老遠朝洗臉盆裡一擲，「你們兩口子的事兒，我管不了！」

吳愛雲把外衣的鈕扣解開，她的手抖得厲害，鈕扣解得很費力。

「妳幹什麼?!」

「我檢查檢查自己，哪兒出毛病了，這麼討人厭——」吳愛雲把衣服脫了下來，扔到地上，伸手去解胸罩後面的掛鉤。

「抽什麼風，讓鄰居看見——」張龍撿起衣服往她身上披，吳愛雲在他的手底下掙扎著，把胸罩扯掉了，胸前白嫩的兩坨彈跳出來。

張龍的火直竄上頭，揚手給了她一個耳光。

「你打我?!」吳愛雲淚水薄冰似的凝結在眼睛裡，她的目光從冰後面射出來，「老安打我，你也打我?!」

「——妳不走我走！」張龍把衣服朝她身上一扔，推門出去。

老安不知道什麼時候來的，背倚著張龍家大門，嘴裡咬著菸，但火柴盒在他手裡變成塊濕了水的肥皂。

張龍從他手裡搶過火柴盒，擦出火花時，火光映照出老安的臉，皺縮得像個核桃。張龍把火直接塞到了老安的嘴裡，他燙得跳了起來，「噗噗」「噗噗」地吐個不停。

「好男不和女鬥，」張龍盯著老安的眼睛，「有種你他媽的找男人單挑啊。」

張龍把外衣往身上一搭，去十字街找了個燒烤攤，喝酒喝到半夜，然後去澡堂子洗澡，在那裡找了個床睡了。

第二天張龍直接去了井口。

「衣服怎麼沒換？」工長叫了他一聲，追到井口裡面，「帽子呢？」

張龍抄起鐵鍬幹活兒。

工頭把安全帽硬塞給他。

老安隨後也來了，他去「老馬家的牛肉湯」吃的早飯，還喝了酒。他把這兩樣味道都帶進了井下。

「想拉你一起去的——」老安衝張龍打招呼，他的笑容也彷彿經過長期間的燉煮，「一個人喝酒，就像一根筷子夾菜似的。」

張龍沒吭聲。

老安倒也沒像張龍想的，跟其他礦工們吹噓打老婆如何如何。他把支巷木的工人拉下來，自己站在木樁上面。

「你行嗎？」那個礦工問他，「酒氣比瓦斯味兒還大呢。」

「井底下的活兒，」老安笑起來，「我閉著眼睛都比你們幹得好！」

張龍和往常一樣在掌子面兒倒堆兒，到了吃午飯的鐘點兒，他推完最後一手推車煤，正要上去，「兄弟——」

張龍停下了腳步。整個上午，老安就忙活那幾根木椿子了，張龍不想搭理老安，但這會兒除了他也沒別人了。

「你站遠點兒，」老安站在木椿上，手裡拎著把斧頭，他指了指井口的方向，那兒有光透過來，「——我想看著你的臉說話。」

張龍沒動。

「你不敢站在光下面?!」

張龍走過去，豎井上面的光像束追光打在他的頭上。

「你跟吳愛雲，」老安有些哽咽，「以後好好過日子吧——」

「你說的什麼屁話?!」

「你為我坐了二十年的牢，別說老婆，」老安笑得臉上溝壑縱橫，手裡的斧頭畫著弧線掄起來，「我的命早就是你的——」

斧頭砍下去的聲音像深海處的濤聲，黑暗如潮，迅疾撲上來，淹沒了他們。

老安被救上來，得了什麼寒症似的，剛立秋的節氣，他把棉襖穿在身上還發抖。棉襖外面，他披麻戴孝。

吳愛雲也披麻戴孝。她的臉頰腫脹消了不少，但青紫泛了出來，面相泛出股淒厲。她幾天不吃不睡，瘦得臉頰都塌了，嘴角起了一片水泡。

張龍埋在西山下面的煤洞裡面。礦主工長找老安商量了幾次，屍體不是不能挖，一是成本太高，二是有沒有這個必要。這些錢，還不如省下來給他父母妹妹。最後一次商談前，礦主和工長替張龍算了一卦，卦上說，張龍已經入土為安了，再挖出來恐怕不吉利。

吳愛雲冷笑了一聲。

三個男人頓住話頭兒，看向她，她推門出去了。

月亮當空，又大又圓。吳愛雲的心也變成了月亮，虛白的一口井，沒著沒落兒。

老安夜裡睡不踏實。兩個月內，連著被埋了兩次，他怕黑怕得厲害。

吳愛雲半夜醒來，看見老安縮在牆角，用大棉被把自己包得像個餛飩。

「張龍在這兒——」老安盯著房間裡面的暗黑，「我一睡著，他就來，就坐在炕邊兒看著我，要麼就站在那兒——」

老安指指窗簾，「一站站半宿，也不說話——」

「來了好啊，」吳愛雲笑了，「我去燙壺酒，炒幾個菜，咱仨喝幾盅。」

「禍水，」老安看著吳愛雲，罵了一聲，「女人都是禍水。」

「你們在井底下，」吳愛雲盯著老安的眼睛，「發生了什麼事兒？」

老安沒吭聲。

吳愛雲拿起枕頭砸過去。

「——我們被埋在井底下，」老安把枕頭甩到一邊，「能發生什麼事兒?!」

吳愛雲僵住了，「——這日子沒法兒過了。」

他們替張龍賣了房子，加上撫恤金，一起寄給他父母。他們接到通知後，沒來認屍。當年張龍坐牢的時候，他父親就放過話：「就當沒這個兒子。」

吳愛雲離開的那天，新鄰居正好搬進來。人聲喧嚷，劈哩啪啦放了兩陣子鞭炮。

吳愛雲只帶走了自己的衣服，一個大提包就裝下了。出門的時候，隔壁搬家的人都出去吃午飯了。大門外爆竹皮剖腸破肚的堆著，吳愛雲往張龍院裡面看，房門開著，黑洞洞的一張嘴，房門口同樣堆著爆竹皮，一撮紅色，像是房子咯出的血。

愛情詩

1

安次和趙蓮第一次見面的晚上喝了太多的酒，很多細節在事後變得無法確認了。他懷疑那一夜的諸多美妙情感是被酒精渲染出來的。所以，他寧可把第二次見趙蓮，當成他們之間真正的開始。

那天他接到一個陌生女人打來的電話，她說我是趙蓮，遇到了點兒麻煩，請你幫幫我。

「哪個趙蓮？」他眼睛盯著電視，心裡這麼嘀咕著，一不留神，話就脫口而出了。

「我是……洞天府的趙蓮。」電話裡的聲音變得低沉了。

安次一下子想起來了。

「對不起啊，對不起，光記著妳是洞天府的『第一美女』，忘了妳的名字了。」

趙蓮短短地笑了一聲。

2

兩個星期前，安次的哥哥安首在「洞天府」請客。「洞天府」的老闆是安首的哥們兒，安首訂包房時，囑咐了老闆一句，「給我挑個漂亮機靈的服務員，上次那個說一句她動一動，油瓶子倒了都不知道扶。」

「洞天府」老闆是個笑面虎，「我把我們酒店的第一美女給你派過去。到時候你別忘了給小費。」

趙蓮就是那個「第一美女」。她平時不端盤子，站在酒店門口迎賓，這天晚上臨時被老闆抽調過來，身上還穿著寶藍色絲綢旗袍，頭髮攏在腦後盤成髮髻。打眼一看，「第一美女」雖然言過其實，但她膚色白淨，唇紅齒白，加上身段婀娜，擰著腰肢那麼一走，當真是步姿撩人。

趙蓮知道這桌客人跟老闆的關係非同尋常，也知道自己賞心悅目，笑容格外甜美，動作很有表演性，十分殷勤地給客人們添酒倒茶。酒桌上氣氛融洽，六個人先喝了三瓶五糧液，又喝了十瓶啤酒。

正經事兒談得差不多了，安首講了幾個段子活躍氣氛。一桌子男人笑得東倒西歪的，有人斜睨著趙蓮說，「安老闆得注意影響啊，這裡還有女生呢。」

「這才哪兒到哪兒啊，比這邪乎的她們聽得多了。」安首回頭看了一眼趙蓮，問，「是不是啊？」

趙蓮笑而不答。

「現在的女人喝酒比男人厲害，講段子也比男人厲害。」

安首慫恿趙蓮講段子，「我給妳小費，一個段子一百。怎麼樣？」

「我不會講。」趙蓮藉口取果盤，紅著臉出去了。

「裝什麼純情玉女。」有人盯著趙蓮的背影說。

「喝酒喝酒喝酒，」安首把杯子舉起來，「喝完酒我帶你們去看純情玉女秀。」

大家笑起來。

吃完水果，安首帶著客人先走了。安次留下來買單。包房裡一下子冷清下來，有了股空曠的意味兒。滿桌子殘酒剩菜，散發出讓人頹喪的氣息。趙蓮拿著帳單去前台結帳，出門前打開了幾扇窗子，安次的頭暈乎乎的，坐在窗邊的椅子上透氣，冷風一吹，胃裡的酒翻轉、扭曲起來，順著食道直往上竄。

安次捂著嘴出門時，趙蓮拿著單子剛回來，他顧不上跟她說話，徑直衝到洗手間去吐。吐完了，胸口爽快了不少，又用冷水漱了口，洗了臉，這才回到包房。

包房裡已經收拾過了，連桌布也換了新的，趙蓮給安次沏了一壺新茶，讓他醒醒酒。

「外面下雨了。」

他們就著這壺新茶，聊了一個多小時。多半是安次問，趙蓮答。趙蓮今年二十，是家裡的獨生女兒，考大學那幾天生了病，沒考上，也不想再給家裡增加負擔了，正好看見「洞天府」招工，就到這裡來了。

「家裡沒什麼靠山，就算考上大學了，找工作也很費勁兒。」趙蓮微微地笑著，彷彿在說一件很簡單的事情。

安次想起自己二十歲的時候，正在大學讀書，狂熱地迷戀著朦朧詩。那時候朦朧詩在年輕人心目中的地位相當於現在的搖滾樂。安次的情緒不知不覺地有些激動，望著外面，雨還在下，涼濕的空氣撲面而來，他給趙蓮背了一段北島的詩：

即使明天早上，
槍口和血淋淋的朝陽，
讓我交出自由，青春和筆。
我也決不交出現在，

決不交出你。

趙蓮的眼睛閃著光。安次在她的眼睛裡面看見自己揮舞著手臂的形象。「那個時候女生也和我們一樣，把詩歌當成生命中最神聖的東西，比化妝品，比衣服鞋子之類的重要得多，甚至比談戀愛都重要，她們和我們一樣整天騎著破自行車——不能騎好車，好車老是丟，大學校園裡淨是小偷——參加演講比賽，詩歌討論會，偶爾看一場舞台劇。」

安次離開「洞天府」時，往趙蓮手裡塞了兩百塊錢小費，還給她留了一張名片，「有什麼需要幫忙的，給我打電話。」

趙蓮拿著安次的名片，「咦」了一聲。

「怎麼了?」安次問。

趙蓮笑了，「你手機後面的四位剛好是我的生日。」

「是嗎?」安次也笑了，「看來，我們是有緣人啊。」

3

安次臨出門時看了一眼錶，十一點多一點兒，路倒不遠，開車十多分鐘就到了。

趙蓮站在路邊等著，仍然穿著旗袍，不過這一件是月白色的，被車燈一閃，波光鱗鱗的，好像把一層水穿在了身上。

安次心裡暗暗驚奇，同樣的衣服，在酒樓裡穿，是地地道道的服務員，到了外面，搖身一變成了電視劇裡面的姨太太。

車停下來以後，趙蓮先跟他要了一塊錢，跑到附近的雜貨店裡給人送去，然後才上車。她顯然哭過了，眼皮有些紅腫，怕冷似地交叉胳膊抱緊自己。

「怎麼了？」

趙蓮不說話。

安次把車燈關掉，兩個人在黑暗裡坐了一會兒。

「出什麼事兒了？」

趙蓮不說話，嚶嚶哭了起來。

安次在家看了一天影碟，幾乎沒吃什麼東西，這會兒趙蓮壓低的抽泣聲進入他的胃裡，變成了貓爪子，一下一下地抓撓著他的胃壁。他回想她在電話裡的聲音，已經很不對勁兒了，難怪他沒聽出她是誰來。

趙蓮哭了一會兒就不哭了，但還是不說話。對面開過來的車燈一晃，她被淚水打濕的臉頰上反著光。

安次想了想，開車把趙蓮帶到常去的一家咖啡館，給她要了一杯「卡布基諾」，還要了點兒吃的東西。

趙蓮兩手捧著杯子，把咖啡和奶油一小口一小口喝完，才開口說話。

晚上老闆帶朋友來吃飯，吃完飯約她和另外一個迎賓的女服務員出去喝咖啡。那時候幾乎沒有客人登門了，她們也閒了下來。趙蓮出門後發現老闆帶著另外那個服務員開車先走了，他的朋友在等著她。他喝了酒，車開得飛快，一口氣開到了城郊的樹林裡。他勸她別幹服務員了，讓她以後跟著他，他給她買房買車，買鑽石買手機。除了婚姻，他什麼都能滿足她，就是婚姻，也不是絕對不行，只不過是眼下不行。他一邊說一邊動手動腳，把她嚇得半死，好容易掙開他跑出車去，但旗袍絆腿，沒跑多遠又讓他抓回了車裡，幸虧她死命地抗拒，最壞的事情總算沒有發生。兩個人折騰了好幾個小時，他的酒慢慢地醒了，態度溫和了不少，但意思還是原來的意思，勸她跟了他，她要是跟了他，想什麼有什麼。趙蓮擔心無法脫身，也假裝對他的提議有興趣，但強調說她不是隨便的女孩子，輕易就和男人如何如何，她讓他給她點兒時間考慮。老闆的朋友同意了，他們開車回城，中間他停車去買菸，她趁機下車躲了起來，他買完菸回來，見她不在車裡，在四周找了找，就開車走了。她這才跑出來，找到那家可以打電話的雜貨店，她身上沒帶錢，沒法兒打車，而且時間也太晚了，「洞天府」這會兒可能已經關門了。她這才給安次打電話。

「你說過你會幫我忙的。」

「我會幫妳的。」安次鬆了一口氣。趙蓮講完了，他也像喝多了酒剛剛吐完，雖然有些彆扭，但輕鬆了不少，「吃完飯，妳想去哪兒？」

趙蓮看了他一眼，沒說話。

「先吃點兒東西吧。」安次把盤子往她面前推推，自己點上了一支菸。「實在沒地方去就跟我走。」

趙蓮吃了幾口東西就不吃了，安次把菸撳在菸缸裡，招手叫服務員過來買單。

「我們去哪兒？」趙蓮問。

「郊區樹林。」安次笑著說。

趙蓮嗔怒地瞪了他一眼，笑了。

4

安次帶著趙蓮到了「聖湖」酒店，酒店的裝修工程是安首承包的，還有一部分餘款沒結，他們兄弟在這裡開房打對折不說，還可以簽單。服務員早都跟他們熟悉了，安先生長安先生短的，一邊拿眼睛瞟站在他身後的趙蓮。

「你經常帶女孩子來這裡吧？」進了電梯趙蓮問。

「妳呢？」安次反問她，「妳是第幾次跟男人到酒店來？」

趙蓮的臉色一下子變了，別轉過身子，垂下眼睛盯著自己的腳。

電梯到了樓層，安次先走出去，回頭一看，趙蓮留在電梯裡不動。

「生氣了？」安次又走回去，電梯門在他身後關上了。他按了一下按鈕，笑著跟趙蓮說，「我跟妳開玩笑的。」

趙蓮幽幽地瞪了他一眼，電梯門又打開，她這才跟著他走出來。

酒店是四星級，房間很舒服。浴室是特別設計的，有平常酒店浴室的兩個大。裡面既有淋浴間，也有浴缸。

「洗個澡吧，要不然浪費了。」安次推開浴室門，指給趙蓮看了看。又指了指她身後的衣櫥，「裡面有浴衣，都是消過毒的。」

趙蓮沒說話。

「妳放心。我既然沒把妳帶到郊區樹林裡，就不會幹那些在樹林裡幹的事兒。」安次在窗前的沙發上坐下，「當然，妳想洗就洗，不想洗也別勉強。」

趙蓮猶豫了一下，在寫字台前面的椅子上坐下了。

「我不想洗。」

「那我洗一洗，妳不介意吧？」安次問。

趙蓮又猶豫了一下，搖搖頭。

「這兒有零食，冰箱裡有飲料。妳自己隨便。」安次拿了一件浴衣進了浴室。水很熱，他的思想和身體卻都是冷靜的。在「洞天府」的那個夜晚，安次對趙蓮產生的親近感越來越遙遠，幾乎變成了某種想像。而眼下這個坐在房間裡的趙蓮才是真實的，她的身材好像比那個夜晚豐滿一些，尖下巴也不知怎地變圓了，還有她說話的聲音，她的眼神兒，全都變得不是那麼回事兒了。最最重要的是，安次覺得她變髒了——在他的感覺裡，那個男人的撫摸還停留在她身上，宛若皮膚病讓人心生憎惡——她不是那個雨夜裡雙手放在腿上、目光熠熠地聽他讀詩的趙蓮了。

安次洗完澡套上內褲，然後才把浴衣穿上。

趙蓮坐在沙發上，望著他。

「妳想喝東西嗎？」

趙蓮搖搖頭。

他從冰箱裡取出一聽啤酒打開，挑了個離她最遠的位置在床邊坐下了。

「妳睏不睏？想睡覺嗎？」

趙蓮搖搖頭。

「要不……」安次喝了口酒，看著趙蓮：「妳一個人在這兒睡吧，我下樓跟服務員說一聲，直接把帳結了。」

「不用，」趙蓮趕忙說，「我並不害怕你。你要是走了，沒準兒我倒會害怕的。」

好像為了證明自己的話似的，她也洗了個澡。但她沒穿浴衣，又把旗袍穿回身上從浴室裡出來，兩手用毛巾吸著頭髮裡的水。

安次跟她隨便聊了幾句，他半睡半醒的，只知道自己在說話，卻不知道究竟說了些什麼。房間裡所有的燈都開著，明晃晃的，讓人睡不踏實。安次在迷迷糊糊中，知道趙蓮也在另一張床上躺下了，她好像睡不著，翻過來翻過去的。

早晨起床洗漱後，安次帶著趙蓮下樓吃早餐。趙蓮沒睡好，眼睛下面發黑，昨天哭腫的眼睛倒是恢復原狀了。她長了一對桃花眼，天生就擅長左顧右盼，她和安次同時注意到兩個外國男人的目光圍著她和她身上的旗袍轉。

「妳這麼秀色可餐，也難怪一大堆男人要圍著妳流口水了。」安次端著盤子坐到趙蓮的對面。

「什麼流口水，說的那麼噁心……」趙蓮笑容明媚。

5

「你在幹嗎？」

和趙蓮在酒店分手後，她不停地給安次打電話。一共八個。安次在心裡數著。沒什麼要緊事兒，她說她站在門口迎賓，偶爾到吧台裡面坐坐，打電話很方便。

「妳不專心接客，當心老闆罵妳。」

「你才接客呢，」趙蓮啐了一聲，「討厭。」

安次笑起來。

「我還當你是正人君子呢，沒想到你這麼壞。」

「妳千萬別把我當正人君子，我既不是正人君子，也不想當正人君子。」

「你就是。」趙蓮加重了語氣強調。「你嘴硬也沒用。」

「女人要是跟男人說，他是個正人君子，那意思就等於是讓這個男人滾遠點兒。」晚上安次開車把趙蓮接出來，到前一天去過的咖啡館喝咖啡。

趙蓮顯然沒想到這個，愣住了。她甚至沒顧上挑他的語病，她不是「女人」，是「女孩子」。

「所以我說我不是。」

安次笑，趙蓮也跟著笑了。

「你確實不是。」

服務員送咖啡過來，托盤上面還有果盤，炸薯條，以及腰果杏仁兒之類的東西，把他們中間的小桌子擺得滿滿的。昨天安次給趙蓮點了一杯「卡布基諾」，她竟然記住了，今天小姐問他們喝點兒什麼，「卡布基諾」四個字從她嘴裡脫口而出。

趙蓮穿著一件寶藍色旗袍，安次第一次見她時她穿的那件。她的旗袍在臨近午夜的咖啡館裡也頗引人矚目。坐在其他男人身邊的那些女孩子大多屬於染髮，穿吊帶衫，沓拉著鞋拖，手指間夾著細長的女士菸那一類。相形之下，拘謹的趙蓮顯出一股古典美女的味道。

但很快，她會變得和她們一樣。安次看著趙蓮想。傍在男人身邊，染髮，穿吊帶衫，抽菸，眼神兒變得迷濛。

「那個想包妳的男人是誰啊？我認識嗎？」

「你幹嘛問這個？」趙蓮的神情一下子變得不自然了。

「反正閒著也是閒著。下次我去吃飯要是碰上了，妳告訴我一聲。」

「我可不想再見他。」趙蓮斷然拒絕。

「你不想見他，他可能想見妳呢。」

「想見我也沒用，我會當他是透明的人。」

「⋯⋯妳整天站在門口，很多男人追妳吧？」

「多少算很多？」

「一百個？」

「哪有？」趙蓮笑了。「我才來了一個多月。」

喝完咖啡安次把趙蓮送回員工宿舍。以後的幾天也是一樣。他偶爾和她開開略嫌過火的玩笑，但連手指尖兒也沒碰過她一下。他帶她去過一次酒吧，剛走進去就後悔了。裡面吵得要命，趙蓮跟他說話時，嘴唇都快要貼到他的耳朵上面了，他很快招來侍應買單，帶她離開了。在酒店中午和下午之間的休息時間，他帶趙蓮出去逛過幾次街，給她買了一些衣服鞋子，還送了她一個手機。他們買完手機從商場的扶梯上下來時，趙蓮挽住了他的手臂。商場裡冷氣開得很足，她的胳膊又滑又涼，他假裝沒注意到這個細節，用另一隻手從兜裡掏出電話放到耳邊，「哪位？」

是安首的電話。安次通完話，看了趙蓮一眼，「今天晚上我哥在妳們那兒請客。」

趙蓮的胳膊緊了一下，「你也來嗎？」

「……我還有點兒別的事兒，看情況吧。」

「你把別的事情推掉嘛。」

安次沒往趙蓮臉上看，在心裡玩味著她撒嬌的語調，有點兒好笑地想：她現在是不是以為她是我的什麼人呢？

安次在家煮麵時，趙蓮給他打電話問他在哪兒？他說在外面陪客戶呢。趙蓮的聲音有些委屈，「你哥帶人來了，讓我在包房裡侍候。」

「可能是妳上次表現得太好了，他才跟妳們老闆特別要求的。」

「……我可是看在你的面子上才去的哦。」趙蓮把電話掛了。

6

安次吃完麵，第二個影碟看到一半時，又接到趙蓮的電話，「你趕快過來，快點兒。」電話掛斷了，安次猶豫了一下，他不想讓趙蓮養成隨便撒嬌的習慣，把電話放到一邊，接著看影碟。

差不多過了一刻鐘，趙蓮又打電話過來，聲音裡帶著哭腔。「你怎麼還不過來啊？你快點兒過來啊。立刻就過來。」

安次關了影碟機，出門開車直奔「洞天府」。

「趙蓮在哪兒？」他問門口的迎賓小姐。

「紫竹。二樓。」

安次上了二樓，一路看著包房門上的門牌，「紅薔」、「碧絲」、「墨菊」，一直走到最裡面，才發現「紫竹」兩個字。他敲了敲門，裡面沒人應。他側耳聽了聽，裡面明明有聲音，他又敲了敲門。

有人朝門口走過來，一下子把門打開。

「……你怎麼來了？」安首喝了不少酒，酒氣撲面而來。

「客人……走了？」安次往包房裡面看了一眼。

「啊……今天散得早。」安首笑笑，回頭看看趙蓮，「我正跟美女說別的事兒呢。」

「你怎麼才來？」趙蓮出現在安首身後，哭得臉像剛洗過似的。

安次覺得有個無形的拳頭狠打了一下自己心口。

安首的臉色也變得難看了。

安次清了清嗓子，「哥……」

「她剛才的電話是打給你的？」安首冷冷地問。

「我不知道是你……」

安首從兜裡摸出菸來，彈出一根，用嘴叼住。安次摸出打火機給他點著。

「現在你知道了。」安首吐了口煙，說道。

安次看了趙蓮一眼，轉身想走。

「我下午本來要告訴你的，但是……我以為你晚上能和他們一起來吃飯呢。」趙蓮哭哭啼啼地拉住安次的手臂。

安次回過頭，盯著從安首嘴裡吐出來的煙霧，他覺得自己的話也像煙霧一樣，輕飄飄地朝安首遊蕩過去，「哥，今天的事兒，就算了吧。」

安首沒說話。

「哥……」

「什麼算不算了的，壓根兒就沒什麼事兒。」安首笑了，看著趙蓮，「看不出妳還挺有手段的，居然把我弟弟搬來了。」

7

安次和趙蓮誰也不說話，聽著走廊裡安首的腳步聲由重到輕，直至消失。

「有好幾次我都想跟你說的，可是……」趙蓮看著安次的臉色，小心翼翼地開口。「我不知道應該怎麼跟你說。」

安次拿出菸來，點上。

「看不出妳還挺有本事的，」安次衝趙蓮笑笑，「一般的女人很難讓我哥看得上眼的，追他的女孩子可多了。」

趙蓮沒搭腔。

「他說話可是算數的，答應了人什麼，一定能做得到。」

「我不稀罕。」趙蓮輕聲說。

「妳稀罕什麼？」安次吐了口煙，笑笑，「妳稀罕天上的月亮，那也得摘得下來呀。」

「我沒說我想要月亮。」

「那妳想要什麼？」

「……你帶我出去轉轉吧。」趙蓮說，「隨便去哪兒都行。」

安次先下了樓，在車裡抽了兩根菸趙蓮才出來。她換上了白天剛買的衣服，綰得緊緊的髮髻也打開了，用皮筋在腦後紮了一個馬尾，整個人活潑了很多。「洞天府」的老闆開車從外面回來，下車時，吃驚地打量了他們一眼。

安次衝他擺擺手，開車離開。

趙蓮拿出一張CD放進CD機裡，一個男人唱歌時彷彿被人攥住了脖子，絕望地哼哼著：

我閉上眼睛就是天黑……

「好聽吧？」

「哪弄來的黃色歌曲？」

「什麼黃色歌曲？這才不是黃色歌曲呢。」

「天黑了，眼睛也閉上了，還不黃色？」

「你真討厭。」趙蓮叫了一聲，在安次臉上輕輕地打了一下。
「妳打我？」安次橫了趙蓮一眼。
「……誰讓你先罵人的。」趙蓮意識到自己有點兒過分，收回手時解釋了一句。
「打得好，」安次在前面的十字路口轉了個彎。「打是親，罵是愛。」
「我們去哪裡？」趙蓮看了看方向。
「妳不是說隨便去哪裡嗎？」
「隨便去哪裡也有個地方吧？」
「郊區的小樹林。」
「我跟你說正經的呢。」
「我是正經回答妳啊。」安次笑。
「懶得理你。」趙蓮扭頭看著窗外。
安次把車停在「聖湖」酒店的門口。
「這是樹林？」趙蓮笑著問。
「是啊。」
「這是你家的樹林？」

「是啊，妳覺得我家的樹林好不好看？」

趙蓮笑得連氣都喘不過來了。安次熄了火，很耐心地等著她笑完。

8

安次去吧台拿房卡，回頭打量著坐在沙發上等他的趙蓮。她胸前交叉著雙臂，眼睛盯著從酒店門口進進出出的客人，有些茫然若失。安次過去拍了她一下，她站起來時，他自然而然地牽住了她的手。她很順從地跟著他，朝電梯走過去。

電梯裡沒有別的人，他們的手還那麼牽著，但一句話也沒有。趙蓮盯著安次身後的鏡子，安次抬頭看著電梯門上面閃光的號碼，1、2、3、4、5、6、7、8、9。電梯「叮」地一聲，停了下來，電梯門像嘴那樣張開，他們走出去，向右轉彎，在「0919」門口停下，他把房卡插進電子鎖，綠燈亮了，他扭動把手，把門打開。

安次拉著趙蓮在黑暗的房間裡站了一會兒，房間裡的家具影影綽綽的，遠不如他腦子裡的思路清晰。

趙蓮氣也不出一聲，乖乖地站在他身邊。

他在她的嘴唇上親了一下，手從她的頭髮後面伸過去，把房卡插上，接通了電源。他把浴室的燈最先打開。

「想不想洗澡？浴室這麼漂亮，不洗浪費了。」

一直緊繃著臉的趙蓮「噗哧」一聲笑了，「你怎麼老勸人家洗澡，浴室是你家的？」

「是我設計的。」

9

趙蓮是第一次。安次中間停了下來，在她額頭上摸了一把，手心裡全是冷汗。他有些猶豫不決，但趙蓮把他又拉回到她身上。

完事兒後他們一起去浴室沖淋浴。

「你從什麼時候起打我主意的？」趙蓮問。

「……妳猜猜。」

「從第一次見面就開始了。」

「為什麼？」

「那天晚上你給我背詩，說，決不交出現在，決不交出你。」

安次笑了，他把花灑舉起來，讓水花直接朝他的臉孔上濺落。恍惚間，他覺得自己不是站在酒店的浴室裡面，而是站在義大利的夏日陽光下。

那天夜裡和趙蓮在「洞天府」喝茶聊天，安次最想講的，其實不是北島的那首詩。而是讀那首詩給他聽的女同學。幾年前，安次去歐洲旅行，在佛羅倫斯的市政府廣場，她的面龐在成堆的遊客中間一閃即逝。安次撒腿朝她追過去，也不理身後的導遊有些驚惶失措地喊他的名字。他跑過熱鬧的卡魯茨伊奧里大街，在大教堂前抓住了她的胳膊，幾隻鴿子從他身邊撲楞楞地飛起，不知是不是被他叫她的名字的聲音給嚇著了。

她朝他轉過臉來，不是他的女同學。是一個陌生人。他甚至弄不清她是來自大陸、香港，還是韓國，日本？或者台灣、新加坡？

「你敢說你的詩不是故意讀給我聽的嗎？」趙蓮一直望著他，追問。

「……妳不懂詩。」安次說。

趙蓮不高興地噘起了嘴，「就你懂？」

安次把花灑舉起來對著她的臉，她躲進他的懷裡，緊緊地抱住他。臂彎裡的身體實實在在，但安次的心卻空落落的，就像那天在佛羅倫斯，他一邊抱歉一邊放開那個女孩子的胳膊，扭頭沿著卡魯茨伊奧里大街往回走，到處是藝術品，到處是遊人，到處是鴿子。

安次輕輕把趙蓮從懷裡推開，轉過身，把花灑插到卡座裡。

莫莫格

1

出發前，我們被鎮子的名字迷壞了，莫莫格，莫——莫——格。像口香糖，在我們的嘴裡咬來咬去。莫莫格是蒙古語。鎮子裡的居民還有一些蒙古族人。我們認定，莫莫格就是那個被德德瑪（連他們的名字都如一對上下聯）用渾厚的中音歌唱的地方：

美麗的草原我的家。
風吹綠草遍地花。
草原就像綠色的海，
氈包就像白蓮花……

所有的人都來了。十二個男生，八個女生，加上班主任趙前。我們一個接一個地從大巴車裡下去，在我前面下車的寶玲發出一聲驚叫：「不會吧……」

我們都有些傻眼。如果說想像中的莫莫格鎮是一隻鳳凰，那我們實際上看到的就是一隻麻雀。它和北方其他鎮子沒什麼兩樣兒，灰撲撲的，沒有白蓮花似的氈包，只有普通的水泥磚頭蓋起來的房子。一眼就可以看出，建築物自打建起來就再也沒有清洗、粉刷過。「綠色的海」就更別提了，田野被農田、水窪和公路分割著，中間點綴著幾塊癩癬似的沙地。我們只能從風吹過來的力量感上，判斷這裡是草原的一部分。

有三個男人來接我們。他們並排站著，像三塊門板，把我們這些剛從大巴車裡彈出來的彩色彈子球擋住了。趙前老師上前打招呼，他們打量著他的板寸頭，胸前印著一個黑骷髏頭的白體恤，腿上破了好幾個洞的牛仔褲，「你是老師？」

「是。給你們添麻煩了。」趙前老師跟他們一一握手。

他們咧著嘴笑了。

「頭一次看見你這樣的老師。」

2

他們安排我們住在鎮招待所，這是鎮子裡最大、條件最好的招待所，鎮子裡最主要的三條街道在招待所門口匯合。

我們分好房間把東西放下，回到招待所門口集合。鎮長姓張，挨個兒跟我們握手，兩個副鎮長一個姓翟，一個姓席，站在他身後，也挨個兒跟我們握手。人到齊以後，張鎮長帶著我們去飯店吃飯。

我們走的是三條路中間的那條，也是鎮子裡最熱鬧的一條街道，臨街擠著各種各樣的店鋪。路邊停著不少用摩托車改裝的「蹦蹦」車。張鎮長有一半蒙古族血統（剛剛他自己說的），個子不高，肩寬得有些不成比例，他在前面甩著膀子、腆著肚子那麼一走，我們全體變成了他的小跟班兒。街邊兒的人都停下正幹的事兒打量我們，不時有人指著我們中間的誰誰說道：

「這個長得真白。」

「那個最俊。」

好多飯店的老闆娘上來跟鎮長搭訕，笑得低三下四的，最執著的那個跟著他走出了十多米遠，還不顧我們的擠眉弄眼，給他點了一根菸。

「今天不行，改天我帶他們去妳那兒。」張鎮長揮了揮手。

「一言為定哦。」女人又給兩位副鎮長各發了一根菸，這才笑著退開了。

「吉祥」酒館裡面膻味兒濃烈，能把人嗆個跟頭，我們進去時，服務員正把三張方桌往一起拼。

「還沒準備好？你們幹什麼吃的？」張鎮長瞪了老闆娘一眼。

「為了迎接貴客，下午現殺了一隻羊。」老闆娘趕緊過來解釋，衝我們親熱地點點頭。

「來了？」

她比剛才那些女人年輕，皮膚也更白一些，她喊服務員倒茶，喊廚師麻利點兒，自己動手把店裡的椅子往桌邊兒湊。

3

張鎮長拉著趙前老師坐在正中的位置，兩位副鎮長左邊一個右邊一個坐在我們中間。

菜是用我們從來沒見過大木盤子盛的，大塊的羊肉，黃澄澄的炒雞蛋，灑上了孜然辣椒末的烤羊排，剛蒸熟的土豆茄子、洗好的黃瓜大蔥都是囫圇個兒端上桌的，大醬是用大碗裝的，羊湯一共上了三盆，上面鋪著一層蔥末和芫荽末。服務員給我們每個人都倒上了白酒。就好像那是礦泉水似的，咕嘟咕嘟來了一杯子。

張鎮長端著酒杯站起來，歡迎我們來到莫莫格，歡迎我們來體驗生活，要我們把這裡當成自己的家，把他和兩位副鎮長當成自己的親人。說完，一仰脖把酒杯裡的二兩白酒乾掉了。

我們全望著趙前老師。來之前的一個星期，每位老師上課前都要對我們進行教育，下去體驗生活，男同學要戒驕，女同學要戒嬌。要尊重當地人，要尊重民族習慣。要設身處地，要入鄉隨俗。

趙前老師端著杯子站了起來，代表我們說了幾句感謝的話，然後在徵得張鎮長的勉強同意後，代表我們把杯子裡的酒喝掉了一半兒。

我們給他鼓掌，一半也是一兩啊。

張鎮長敬完了酒，翟副鎮長和席副鎮長也開始歡迎我們。也是說差不多的話，也是一口就乾了二兩白酒。

趙前老師又站起來感謝了兩次，又喝了兩個一半兒。

我們照例給他鼓掌。

趙前老師的臉紅起來了，接著脖子、胳膊、手，所有露出來的皮膚都紅了。那些酒喝進他肚子裡好像變成了野火，在他身體裡面猛勁兒地燒。他連坐都坐不住了，屁股直往椅子下面出溜兒，老闆娘和一個服務員把他扶到後面的沙發上，讓他躺下了。

「才喝了這麼一點兒就……」張鎮長過去看了看趙前老師，挺遺憾地走回來。

「有幾個人像你，長了個酒缸肚子。」老闆娘笑著說。

「不能喝酒算什麼男子漢。」張鎮長橫了她一眼，「給他們都倒上。」

張鎮長和男生們喝了起來，男生也學趙前老師，人家喝一杯，他們喝一半。翟副鎮長長著一對土撥鼠眼睛，卻很有眼色，盯著張鎮長，他跟誰一喝完，他接茬兒再跟那個人喝。

年輕的席副鎮長坐在寶玲身邊，非要跟寶玲單獨乾一杯。

「我不會喝。」

「什麼叫不會喝?!」席副鎮長笑起來，「妳會喝水吧？妳會喝湯吧？」

「我不能喝酒，一喝酒就過敏，渾身起芝麻粒大的紅疹子。」寶玲把自己的手臂伸給席副鎮長看。

「長得真……」席副鎮長的目光好半天才從寶玲的胳膊回到她的臉上，「長得白也不能證明就不能喝酒。」

「我真的不行，你跟別人喝吧。」寶玲往周圍比畫了一下。

席副鎮長緊盯著她不放，「我先跟妳喝，跟妳喝完再跟別人喝。」

「……我真的不能喝。」

「妳就沾一沾嘴唇行嗎？」席副鎮長把酒杯端到了寶玲的嘴邊，「嘴唇上沾一些紅芝麻，算不上什麼大不了的事兒吧。」

聽見這話的人都笑起來了。

我們一笑，席副鎮長更來勁兒了，「就喝這一杯。」

「我真……」

席副鎮長突然站了起來，手上還端著寶玲的酒杯，唱了兩句蒙古歌，他個子矮，聲音卻很高亢。大家安靜下來，剛準備好欣賞他的歌聲，他停了下來，看著寶玲，「祝酒歌都唱了，妳還不喝?!」

「我替她喝，行不行？」坐在我們對面的鄧樂站起來，伸手接過了酒杯。

席副鎮長沒想到會殺出鄧樂這匹黑馬，手裡已經空了，手臂還舉了好幾秒鐘。

「你要喝，就得喝光。」

鄧樂看了一眼寶玲，他那一眼相當過分，就好像關小童不在他身邊坐著似的，就好像他跟關小童不是一對兒似的，就好像時光又回到我們剛入學報到，他第一次看見寶玲似的。

「喝光就喝光。」

鄧樂喝光了酒，張鎮長第一個發出喝采聲，「好！好小夥子！我也要跟你喝一杯。」

4

鄧樂喜歡寶玲，不是什麼祕密。他有一陣子經常給寶玲送零食。寶玲連宿舍門都不讓他進，不是跟他說有人在午睡就是說有人睡得早。鄧樂只能伸進半條胳膊，把東西遞給寶玲，然後離開。

我們把鄧樂形容成一條狗，其實挺沒良心的。鄧樂送的東西大部分都進了我們的胃。我們把寶玲比喻成一根肉骨頭，也挺沒良心的。寶玲也許不會想到，我們或多或少地都有些討厭她，我們有了男朋友，都不往宿舍裡帶。

我們搞不懂關小童是什麼時候喜歡上鄧樂的，她怎麼會喜歡上鄧樂的？鄧樂對寶玲的苦苦追求，她可是和我們一樣盡收眼底啊。他們兩個突然好上以後，我們有一陣子相當鬱悶。以前說了鄧樂那麼多壞話，那可都是當著關小童的面啊，如今她成了他女朋友，這不等於是往我們臉上狠啐了一口麼?!寶玲的解決方式倒很徹底，她和關小童彼此當對方是透明人，視而不見，聽而不聞。

我們望著關小童，她看上去挺鎮定的。用湯匙一口接一口地喝羊湯，好像被湯裡的美味迷住了。

張鎮長端著酒杯走過來跟鄧樂喝酒，關小童站起來，把自己的座位讓給了他。

「男子漢就要會喝酒，不喝酒算什麼男子漢?!」張鎮長看見鄧樂把酒乾了，咧開了嘴，笑得眼睛都變成一條縫了，問鄧樂姓什名誰。

「鄧樂?樂不就是高興嗎?酒就是能讓人最最高興的東西。」

「小鄧，」張鎮長跟鄧樂剛喝完，翟副鎮長緊跟著過來了，「我也敬你一杯。」

服務員給鄧樂倒上酒。

「鄧樂其實不能喝酒。」寶玲說。

「心疼了?」翟副鎮長笑嘻嘻瞥了寶玲一眼，衝鄧樂舉起杯子，「你小子豔福不淺啊。我先乾為敬啊。」

翟副鎮長把酒喝了。

鄧樂看了一眼寶玲，「沒事兒……」

他把酒也喝了。

「來，我也敬小鄧一杯。」席副鎮長朝服務員示意。

服務員又開了一瓶白酒，拿著酒瓶過來。

「不是已經喝過了嗎？」寶玲有些急了。

「剛才那杯是替妳喝的，妳忘了？」席副鎮長笑了，「這杯是我敬小鄧的。」

「我沒事兒，寶玲……」鄧樂衝寶玲笑笑。

席副鎮長的酒杯一空，他也把酒喝了。

「差不多就行了。都是小孩兒，哪能跟你們這些老酒缸比？」老闆娘走過來，扶著張鎮長的肩頭，「坐下就開始喝，都沒怎麼吃東西呢，把菜和湯熱熱，讓他們吃點兒飯吧。」

張鎮長看了看我們，「喝好了沒有？」

「喝好了喝好了喝好了。」我們齊聲答應。

張鎮長笑了。

服務員去熱湯，老闆娘把趙前老師拍醒。他睡了一個多小時，酒醒得差不多了。喝湯的時候能看出鄧樂不行了，他的手哆嗦著，舀湯時把湯匙掉進湯盆裡，湯水濺起老高，好幾個人同時朝後面躲去。

「對不起啊……」鄧樂看了看我們。

關小童拿著一只空碗站起來，盛了一碗湯，放到了趙前老師的面前，「你解解酒吧，趙老師。」

「謝謝。」

寶玲看關小童穩穩當當又坐下了，起身盛了一碗湯給鄧樂，「你沒事兒吧？」她問。

鄧樂搖搖頭，他的臉色煞白煞白的，坐得比所有其他男生都直。

回招待所時，關小童和趙前老師走在最前面。趙前老師偶爾回頭看看後面，問一句，「沒落下誰吧？」

我們也朝後看，然後回答，「沒有。」

和去時候比，我們的隊形拉長了好幾倍，有好幾個男生吐了。寶玲和鄧樂走在最後面，鄧樂走一陣，吐一陣，寶玲扶著他，給他拍後背。

5

鎮子很快就被我們弄熟了，我們知道在哪裡能買到一塊錢一個、又沙又甜的西瓜，知道哪個攤兒上的烤羊肉串最好吃，哪個地方能買到漂亮的蒙古刀。刀是彎的，像一個月牙，但沒開刃。鎮子裡的人也都知道我們是來體驗生活的。

「你們來體驗什麼生活？」他們問。

我們也不知道我們體驗什麼生活。剛上藝術學院時我們交各種各樣的費用，引起爭議的除了體驗生活費三百元外，還有影視觀摩費兩百元。但後來我們發現物有所值，我們連續看了日本影片聯展，法國電影週，台灣電影展映。我們還看過一台由日本演員演出的舞台劇，進劇場前每人發了一個語音轉換的耳機，這樣一來，演員們是日語對白，我們聽到的卻是漢語台詞了。

到莫莫格，是我們第一次下來體驗生活。我們被圈在一個用不上一個小時就能走完的小鎮裡，別說電影院了，錄像廳也就那麼三家，裡面黑咕隆咚的，有一股難聞的味兒。相比之下，兩家舞廳好得多了，能容納下三十幾個人同時跳舞。我們傍晚在舞廳跳舞，引來不少人看，老闆說，等到週六週日，煉油廠的很多人都會來這裡跳舞。

他說的那個煉油廠，我們已經在張鎮長的安排下參觀過了。煉油廠的氣勢很出乎我們的意料，很現代化。到處是高大的機械設施，廠區內的路能同時並行三輛重型貨車，小花圃隨處點綴著，雖然是種著普通的一串紅和萬壽菊，但因為沒有什麼汙染，花的顏色格外豔麗。廠區裡面很安靜，除了機器的轟鳴聲，就是風吹樹葉的聲音了。

6

第一天夜裡鄧樂是完全徹底地喝多了。半夜和他住一個房間的男生來敲我們的門，招待所隔音不好，他又太用力，敲門像擂鼓一樣。

他在門外喊關小童，說鄧樂吐得到處都是，他和另外三個男生都到別的房間去睡了，又不放心鄧樂一個人，讓關小童過去照顧照顧。

關小童躺在床上一動不動。不管外面怎麼敲門，怎麼叫她，就是一動不動。

隔壁的門打開了，寶玲的聲音傳了過來，「我去吧。」

接下來的一個小時裡，走廊裡斷斷續續地傳來寶玲輕盈的腳步聲，在鄧樂住的房間和水房之間來來回回地走動。她肯定是在替鄧樂收拾殘局。寶玲還能放下架子侍候男人，真讓我們大跌眼鏡。

第二天早晨，我們去食堂吃飯時，鄧樂和寶玲已經坐在一個靠窗的位置上了。鄧樂神采奕奕的，可能是跟寶玲坐在一起的緣故吧，他看上去比平時帥多了。兩個人邊說話邊吃東西，那畫面就像果凍布丁的廣告。

關小童倒是一副宿醉未醒的模樣兒，臉白得發青，眼睛下面有兩塊黑。我們誰也不敢朝她眼睛上看。

鄧樂看見關小童時，動作僵硬了一會兒，很快就把目光轉到寶玲臉上了。寶玲還是老樣子，當關小童是玻璃人。

「豆漿裡有股膻味兒。」關小童說著，用力地抽了抽鼻子。

我們不知道她什麼意思，是豆漿真的有味兒，還是在暗喻什麼。

「妳嚐出來了嗎？」關小童盯著我。

我喝了一口豆漿。沒什麼特別的。

「可能是磨碎的黃豆沒煮好。」

「你嚐出來了嗎？」她又問別人。

回答是各種各樣的，除了關小童，我們都把豆漿喝了。還吃了一根油條。

那幾天，寶玲和鄧樂除了上廁所和睡覺，幾乎變成了連體嬰兒。男生們很不服氣，跟寶玲開玩笑，「早知道會這樣，別說是酒了，毒藥我們也願意搶過來喝的。」

7

週六那天，鎮子裡的人一下子多了起來，很多年輕、陌生的面孔出現了。他們是煉油廠的工人。那也是我們在莫莫格待的最後一天。除了關小童，我們全都到集市上轉悠，想買點兒紀念品帶回去。

本來我們以為我們已經和這個鎮子混熟了，但煉油廠工人們一來，我們又變成異鄉人了。就像水消失在水裡，新草從舊草中間生發出來，他們在鎮子裡就像回到自己家裡，穿進穿出，硬著舌頭用蒙古語和人開玩笑，隨手從食品攤兒上抓東西吃。鎮上的人對待他們也像是出遠門兒的家人回來了，問這問那的，獻寶似地給他們看新到的物件兒。

我們走過去時，總會有片刻的停頓。眼神兒，還有語言。不等工人們發問，鎮子裡的人就會主動告訴他們，「他們是來體驗生活的。」

「體驗什麼生活？」話問得很大聲，搞不清是衝著鎮子裡的人，還是衝著我們。

沒有人回答他們。工人們盯著我們，鎮子裡的人也盯著我們。他們越盯得緊，我們越懶得回答。參觀煉油廠時，他們介紹說廠裡的工人都是中專畢業，中專畢業就了不起了？他們和鎮上的人混得親如一家又怎麼樣呢？雖然年輕工人發亮的、瞟來瞟去的眼光也滿足了我們的一些虛榮心，但我們更強烈地感受到了一種排斥感，好像我們來到了不該來的地方，活該要被人審視和拷問。我們還覺得自己受到了欺騙，鎮裡的人原來並不喜歡我們。

晚飯我們是在鎮招待所裡吃的。張鎮長把趙前老師請到家裡去了，讓他給孩子輔導輔導作文。鄧樂和寶玲出去前，說不回來吃飯了。

「人家現在是只羨鴛鴦不羨仙，有情飲水飽。」

有人踢了這個嘴欠的傢伙一腳，疼得他哇哇地叫。

關小童這幾天瘦得厲害，就像一朵花兒在飛快地枯萎。我們出去玩兒的時候，她自己待在房間裡織圍巾，織好的部分和暫時未用上的毛線堆滿了半張床，她睡覺時只能側著身子。如果莫莫格是個會喘氣兒的傢伙，她用那條吉尼斯圍巾把鎮子勒死都夠用了。

吃完晚飯我們回房間，幾個男生也跟過來，打撲克之前我們先抽大小，輸家負責去外面買啤酒。關小童不跟我們玩兒，她坐在床上接著織她的圍巾。

十分鐘以後，買啤酒的人和寶玲、鄧樂一起回來了，幾個人跑得上氣兒不接下氣兒，寶玲臉色蒼白，鄧樂則是發紅。

「搬桌子，先把大門頂上。」

8

寶玲和鄧樂是在鎮子上吃的飯，吃完飯他們和往常一樣去舞廳，以為能在那裡遇到我們。進去之後，發現舞廳裡人滿為患，裡面煙霧繚繞，破木頭地板被踩得嘭嘭響。寶玲一進去，立刻成了最惹眼的女孩子，有幾個小夥子過來請她跳舞，她說不會跳，把他們都拒絕了。如果他們這時候明智點兒，離開那個是非之地，也就沒事兒了。她也確實跟鄧樂說要回招待所。

鄧樂卻想跳舞，說明天就要走了，跳支舞，也算跟莫莫格道個別。他們就跳了一支舞，這一跳，跳出麻煩來了。剛才被拒絕的傢伙過來找茬兒，問寶玲，「妳不是不會跳嗎？」

「你管我會不會跳？」寶玲也不甘示弱。

「妳跟我說妳不會跳，但實際上妳會跳。妳騙了我。」那個人不依不饒，「妳不願意跟我跳，可以明說，妳為什麼要騙我呢？」

「我不願意跟你跳。」寶玲說。

「現在說這話已經晚了。」

四周看熱鬧的人都圍過來，寶玲和鄧樂費了好大的勁兒才挪到舞廳門口。

那個人，還有他的一些哥們兒，不讓他們走，非讓他們說說清楚。寶玲不想和他們廢話，硬往外走，帶頭找茬兒的那個男的拉了寶玲一把，碰到了不該碰的地方，寶玲急了，順手抄起門口放著的一個拖布，用拖布把狠狠地戳了那個傢伙一下，拉著鄧樂轉身就跑。他們在離招待所不遠的地方遇到買啤酒的同學，幾個人一起跑了回來。

寶玲的話音剛落，雜沓的聲音沿著鎮子的三條道路朝招待所席捲過來，那些腳步聲超越了發出聲音的人，在招待所走廊裡面轟轟地迴響著。

「他們追來了。」

我們猜外面至少有二十個人，我們也有二十個人——大家全聚到我們房間來了——趙前老師不在，要是他在就好了。我們相信他會像第一天喝酒那樣挺身而出的。有幾個男生把買著玩兒的蒙古刀拿出來了，刀沒開刃，但刀就是刀。刀一拿出來，氣氛立刻變得不一樣了。

有人繞到我們房間外面，用力地敲窗子。

「出來啊，你們，」他隔著窗子衝寶玲和鄧樂比畫，「把事情說說清楚，否則，你們一個也別想得好兒。」

我們誰也不說話。

「限你們十分鐘。」窗子被啪啪地拍了幾下，「十分鐘，你們要是不出來，我們就進去了。」

他們離開了。外面一下子安靜下來。我們這才發現房間裡也很安靜，連街上烤羊肉串兒的吆喝聲都能依稀聽見，更別提關小童織圍巾的聲音了。

毛線纏繞在針上，針是鋼針，兩根針碰一起時，發出輕聲的脆響。

也不知道沉默了多久，寶玲開口說，「鄧樂，我們出去。」

大家全都抬起頭來看著寶玲。

「他們不是想說清楚麼，我們就去跟他們說清楚。我就不信，他們敢拿我們怎麼樣。再怎麼說，我們也是鎮長的客人。」

「不行。他們肯定是喝了酒，情緒又這麼激動，你們現在出去會很危險的。」

「他們確實喝了酒。」鄧樂點頭證實。

「他們喝了酒，如果我們不出去，那他們肯定會進來的。」寶玲只盯著鄧樂，不朝別人看，「那樣的話，會連累別人的。」

「他們不會進來的……」鄧樂躲開寶玲的目光，「我們是鎮長的客人，他們只是嚇唬嚇唬我們。」

外面「咣」地一聲，緊接著「嘩啦」一聲，一塊玻璃被打碎了。
「鄧樂……」寶玲叫了一聲。
「鄧樂你不要去。」關小童突然開口說道。
大家全都扭頭去看著她，她的針線活兒放下了，她和寶玲一樣，兩眼緊盯著鄧樂，「人家又不是想跟你跳舞，你去幹什麼？」
關小童從床上跳下來，把鄧樂拉到床上坐下，把圍巾往他的脖子左一圈兒右一圈兒地繞，「我特意給你織的……」
第二塊石頭扔了進來，又一塊玻璃「嘩啦」變成碎片。
寶玲轉身出去了。
我們在房間裡，聽見有人把堵在大門後面的桌子推開，桌子腿和水泥地磨擦發出難聽的聲音。
寶玲的聲音從招待所門口傳了過來：「不是要把事情說清楚麼？說吧。」
「在哪兒說啊？」
「你說在哪兒說？」
「……還是回舞廳說吧，不回舞廳只怕說不清楚。」

「那就回舞廳吧。」

外面響起腳步聲。

「我操……」有兩個男生跑了出去，很快地，吵鬧聲和踢打聲傳了過來，又有幾個男生跑了出去，帶著沒開刃的蒙古刀。我們從窗口看不到發生的事情，也一個接一個地跑出去了，只有關小童和鄧樂還留在房間裡。我們跑到門口，先出去的男生被隨後出去的男生扶了回來，臉上青一塊紫一塊的。

「寶玲呢？」

9

我們滿鎮亂竄，花了一個多小時才找到張鎮長和趙前老師。張鎮長又找到派出所的人，我們趕到舞廳時，跳舞的人已經走得差不多了，服務員正打掃衛生呢。

舞廳老闆看見張鎮長和派出所所長帶著我們進來，趕緊迎過來，他說那些人離開以後壓根兒就沒回來過。

派出所所長摑了舞廳老闆一耳光，「說實話。」

「說的是實話啊。」舞廳老闆捂著臉嘟囔。有幾個女生哭了。張鎮長臉色難看，把舞廳老闆臭罵了一頓，衝派出所所長揮舞手臂罵罵咧咧地吼，讓他帶人往煉油廠追。

趙前老師的臉繃得緊緊的，讓男生陪女同學先回招待所，囑咐我們，誰也不許亂走，哪兒也別去。他跟著張鎮長他們一起開車四處找找。

我們回到招待所，聚集在寶玲的房間裡，滿腦子呈現的都是電影裡的鏡頭。隔壁房間亮著燈，可沒有誰提起關小童和鄧樂。也沒有人想討論今天晚上發生的事情。大家沉默著。誰也不看誰。會抽菸的男生拿出菸來抽，後來不會抽的也都抽上了。再後來，女生也每人點上菸抽了起來。幾盒菸很快就抽沒了，大家湊了錢，又買了一條菸回來。

趙前老師回來了，他的臉上一點兒表情也沒有，進門後順手拿起菸來點上了一根。幾個女生又啪嗒啪嗒地掉起眼淚來。

我們不是睡著了，我們不可能在那種情境下睡著。是房間裡的煙太多了，我們大腦缺氧，才變得迷迷糊糊的，要不然，我們肯定會聽到點兒聲音的。

寶玲回房間裡來過，她還拿走了一盒菸一盒火柴。

僧舞*

不知道雨是什麼時候停的。知足禪師入定時，雨細密如絲，在天地間梭織，山水、樹林、庵堂，都變成了布匹上的圖飾。他無聲念誦經文，感覺自己在一點點縮小，直至成為一粒繭，而他的靈魂是這繭殼中的一顆水滴，水滴的深處和寬闊都無限，梭織另一片雲天——

樹木的馨香和草地的鮮嫩氣息，與夜色和濕氣融化在一處，漿汁般令人浸潤其中，驀地，一團清涼之氣衝破了沉寂，宛若花朵綻放瞬間，香氣驟然爆發，隨即，受了驚嚇般滯住，然後，才絲絲縷縷地洇散。

——知足禪師睜開眼睛，發現自己被注視著。

女人跪坐在門口，淋得透濕，夏布衣裙皺巴在身上，體態山山水水，輪廓分明，頭髮披散開來，髮梢處還有水滴綴著，黑絲中揚起的臉龐，青白如苔紙，她咬緊牙齒不讓自己發出打冷顫的聲音。

知足禪師朝屋頂看了看，她不是從天上掉下來的，但她是怎麼在這樣一個時刻進了寺院的大門，又穿過幾進院落，來到這裡的呢？

「阿彌陀佛——」知足禪師說。

女人張了張嘴，嘴唇顫抖得說不出話來，眼睛幽幽黑，彷彿整個夜晚、以及所有的寒冷都被她吸進了雙眸。

知足禪師走下竹榻，朝女人伸出手——

離這裡最近的禪房也要走上一千步。儘管這個女人比羽毛重不了多少，但知足禪師並不認為把這個女人抱到那裡去是件易事，也不認為這是個好主意。她蜷在他懷裡，衣衫濕寒，冰肌玉骨，他連打了幾個冷顫。她的眼睛微閉著，覆在密而長的睫毛下面，讓他想起林間的野狐。

知足禪師把女人抱上竹榻，瓦盆裡的炭已經燒到灰白色，裡面的火光細弱閃爍，宛若夾在書頁裡面的紅綢書籤。他用燒火棍撥旺殘火，從木桶裡面挑了幾大塊炭加進去，順手把裝了泉水的鐵壺坐到瓦盆上面。

知足禪師拿出一套僧服放在女人身邊，拍了拍，轉身走出禪房。

屋外氣溫冷涼，如同置身於湖水中間，散發著淡淡的腥氣，平時撲面而來的花香，此時不知道憋在哪些花苞裡面，瓦縫裡殘存的雨水自簷角「滴答」一聲，又「滴答」一聲。門外擺著女人的鞋，濕透了，卻沒有沾上泥漿。

知足禪師仰頭望天，滿天烏雲全然沒了影蹤，夜空於深黑中透出幽藍，月如銀盤，華光內斂，隱約著另外一個清淨世界。

「大師——」室內輕喚。

知足禪師應了一聲，不急著轉身，仰頭又看了會兒月亮，才緩緩拉開門，進到房內。

女人換上了他的僧服，把他的袈裟也披上了。那件袈裟，茜色、用金線以烏足縫手繡、連綴而成，質地上乘，做工考究。起初披上身時，他彷彿陷落於一團錦繡華彩中，如踏祥雲，腿腳都軟了三分；最近兩次才跟袈裟融為一體，只覺得法相尊嚴，氣度不凡。

知足禪師上了竹榻，在蒲團上坐穩。

「明月拜見大師。」女人濕髮像兩塊黑緞帶，垂在臉頰兩邊，她兩手平展疊加，高高舉過頭頂，對他行跪拜禮，當她身體低下去時，頭頂上的髮際線清晰可見。

「阿彌陀佛！」知足禪師單手回禮，「——女施主緣何深夜到此？」

「我有心結，」女人低眉垂眼，「煩請大師開釋。」

「這個時辰——」知足禪師看一眼衣架，女人的夏布衣裙濕漉漉地搭在上面，他轉向她，微微點頭，「女施主請講。」

女人沉默片刻，抬眼望著知足禪師，她的眼眸被袈裟映襯，在燭光中閃爍，貓眼一般，「請問大師，我該如何看待自己的肉身？」

「人身難得，」知足禪師說，「理當自重。」

「雖然自重，但有時，靈魂似乎能自行從肉身中飛出，蝴蝶般落在旁側，觀看肉身的喜怒愛恨，凡此種種。」

「凡此種種，皆是空相，」知足禪師說，「修行，能明心見性。明心見性，就不會為諸相苦惱了。」

「凡婦哪有大師的德行和慧眼？」女人輕聲喟嘆，「肉身於我，彷彿戲匣，每次打開，多是痴纏與縱情。世間男子迷戀我，而我亦於其中生出諸多喜悅——」

「夢裡不知身是客，」知足禪師說，「我們來到世間，行色匆匆，悲苦無限，不要被亂花迷了眼睛。」

「花開有時，轉眼凋零，」女人說，「聲色亦如是。既然行色匆匆，悲苦無限，那麼，青春正好，更沒有辜負的理由啊。」

「聲色是幻象，不抓緊時間修行，來世難免要輪迴受苦。」

「可我並未覺得受苦啊？恰恰相反，肉身的歡愉令我銷魂。」女人低頭看看自己，一截胳膊從僧衣中伸出來，宛若新藕，她輕輕一擺，空氣中蕩起了漣漪，「我對我的肉身，充滿感激之情，眼耳鼻舌身意，色聲香味觸法，個中微妙，令我喜不自禁。連惆悵和失落都是值得細細玩味的。」

她把胳膊又收回去，僧衣下面卻不再是平靜的，彷彿藏了蓮花。

知足禪師輕咳了一聲，「——迷路的人，並不是腳下無路，而是找不到正確的路。」

「所以，明月冒昧前來，懇請大師指點迷津——」女人朝知足禪師挪近了兩尺，直視他的眼睛，「倘若人生如夢，那肉身算是什麼？載夢的器物？」

知足禪師清修已經很久了，他早已淡忘了和女人相關的某些事情，比如，女人就像林間的動物，距離過近，難免讓人心慌意亂；女人的氣息披覆著羽毛、長著爪子，越是被絢麗羽毛迷惑，越容易被爪子抓傷；大多數時間，女人像獵物，注定要被男人捕獲、馴服，但偶爾，她們也會變成獵人——

「——肉身用來思考、修行、覺悟。」

「身似菩提樹？」

知足禪師頓了頓，「女施主學問精深。」

「大師取笑了，」女人兩手交疊在支起來的那個膝蓋上，「身似菩提樹，潛心修行，修到菩提本非樹，是不是就算覺悟了？」

「——也可以這麼講。」

「這種修行的過程，跟愛情的路徑剛好相反，」女人展顏一笑，笑容帶著香味兒似的，瀰漫在空氣中，「男人們迷戀女人，起初一頭扎進溫柔鄉裡，忘了自己是誰，但隨著時間的變化，男人們慢慢地又知道自己是誰了，這也到了他們背起行囊離開的時候了，對於女人，男人不是客又是什麼？」

瓦盆裡的炭火燒起來了，房間裡面的寒氣不知不覺已被驅盡，鐵壺裡面的水「咕嘟」、「咕嘟」地發出聲響。

「男人是客，女人也是客，」女人輕嘆一聲，「肉身無疑於客棧。」

知足禪師剛要起身，女人說，「請讓我來吧。」

女人脫掉袈裟，卻沒把它立即疊起來，而是托於雙臂間細細打量，「多美的衣裳！」

「光明在內。」

她莞爾一笑，手腕翻轉，雲朵般的袈裟被她三折兩折，疊得方方正正，像本書似的擺放在架子上面，她扭轉身，把小茶桌擺到知足禪師的身前，茶桌茶具都是舊物，木頭烏亮，瓷釉溫潤如玉。

女人拎著鐵壺，沖洗茶具，小茶桌上面一時間行雲流水，茶葉彷彿從她的指尖上剛生出來，被她順手移栽進杯中，嫩芽初啼，清香四溢。

「大師愛過女人嗎？」女人喝口茶，問道，「我是說您入寺修行以前？」

「愛是慈悲——」

「我指的是愛慕，」女人打斷了知足禪師的話頭，「男女兩情相悅，肌膚相親——」

知足禪師看著她，她對自己的無禮並不以為然。

「——俱是鏡花水月。」

「也是緣定三生，不是說，百年修得同船渡，千年修得共枕眠？」

「萬事都有因果。」

「今夜我與大師促膝談心，」女人盯著知足禪師的眼睛，鐵壺提在她的手中，「又是多少年前修來的因果？」

「——阿彌陀佛！」

「當年只怕我是一粒砂子，」女人給知足禪師的茶杯續上茶水，「落入到大師的身體裡，大師那會兒還是個蚌，對我這個不速之客無可奈何，收留我，以血肉之軀滋養我，把我變成一顆珍珠——」

還真是的。知足禪師的胸口處，有藥丸大小的痛楚，時不時地，隱隱地、深深地，疼。

門扇都是關閉的，但知足禪師知道，夜色變得濃烈深沉了。天上的那輪明月，想必也更皎潔。

「大師還沒回答我的問題呢。」女人給自己的茶杯也續上水，「我當如何看待自己的肉身？」

「人身難得，理當自重。」

「請恕我不敬，」女人眼眸幽深，燭光映在其間，「大師只會這兩句陳詞濫調嗎？」

「不然呢？」

「我的肉身早在我的思想成熟前，就知道這個道理。肉身是多麼奇妙珍貴啊，皮肉血脈，筋骨肢體，春華秋實——」女人的手伸到了知足禪師的面前，瞬間變出一朵花來，細看，那不過是她的手指；而手指，轉眼又變成了一只柑橘。

「——夏雨冬雪，喜怒愛恨。窗是推出去，門要拉開來——」她的動作緩緩地配合著語言，活靈活現，「我花了很多時間學習像蝴蝶那樣落於某處，我還花了更長時間研究白鶴如何在水中佇立、起舞，需要的話，我可以像樹一樣，腳底生根、枝條搖曳——肉身不只是裹著血肉骨頭的皮囊，不只是載夢的器物，肉身也不僅僅用來受苦受難，修行覺悟，肉身是大千世界裡的一個奇蹟，肉身本身也是個大千世界。」

知足禪師沉默良久，「女施主如此通透，又何須來此求解？」

「我以為大師會有不俗的見地，幫我脫離苦海。」

「妳似乎並無苦惱。」

「我的苦惱在於，我所愛的東西，都太過短暫，花朵凋零，果實腐爛，紅顏不再，愛情如一江春水無法挽留——」

「源自泥土，也終將歸於泥土，妳肉眼看不見的，並非就是真正的消失。因果深埋，在某個時間，種子發芽，將再次回到世間。」

「肉身或許可以回來，那我的舞蹈呢？」

「舞蹈？」

「大師看不出，我是個舞者嗎？」

知足禪師放下茶杯，「本來無一物。」

「看不見的，就是『本來無一物』?!」女人迅疾反問，「那極樂世界何嘗不是『本來無一物』？不都是空嗎？」

「是空，但，空中妙有。」

「這個『有』，非大師這類的人物不能得見，對不對？」

「——阿彌陀佛！」

「——阿彌陀佛，」女人哼了一聲，「是大師的盔甲。萬事萬物，一句『阿彌陀佛』，便盡數消解，這也太容易了吧？依我看，大師內心裡面，未必不是紅塵萬丈。」

「——那正是我在這裡修行的原因，」知足禪師說，「努力把內心裡的紅塵連根拔去。誠如女施主所言，這不是一句『阿彌陀佛』便化於無形的，相反，修行過程如同蚊叮蟻噬，點點滴滴，進展緩慢，有時候，免不了還要倒退。」

女人沉默。

「所以，我不是什麼大師，我跟妳一樣，有著種種困惑、懷疑。」

「大師如此坦誠懇切——」女人嘆了口氣，微笑像兩個菱角嵌在她嘴角邊，她的臉龐在燭火和炭火光中，暖如夕照，「——倘若我們是在另外的地方相遇，我會愛上您的。」

炭火正熾，燭光輕輕抖動，房間裡越發燥熱，女人身後架子上面，濕衣霧氣上飄，絲絲娲娲，彷彿千手觀音。

知足禪師一時震驚、無言以對。

「阿彌陀佛！」女人雙手合十，「冒犯了大師，萬望見諒。」

「女施主慧根深種，潛心修行，必有所成。」

「倘若我皈依，大師肯指引我嗎？」

「以女施主的資質，」知足禪師說，「放下萬緣，觀照內心，即是覺悟之道。」

「大師這樣三言兩語，指點迷津，對於明月而言，無疑於甘霖雨露。」女人伏下身子，跪拜在地，髮絲拂於知足禪師的膝頭，「我有心皈依，懇請大師垂憐。」

「女施主請起——」

「大師答應了，我才起來。」

「修行在心，不在乎形式，」知足禪師說，「妳這麼執著，已經遠離修行正道了。」

女人沉默良久，直起腰身，抬起頭，神情戚然，淚光浮現眼眸，「——大師所言極是，到底是凡夫俗子，不知不覺，貪念頓生，執迷不悟了。」

「修行，覺悟，說起來簡單，做起來長路漫漫，」知足禪師輕嘆，「塵世宛若蛛網，千絲萬縷，把我們黏連，所謂解脫，即使擁有把自己肋骨根根折斷的意志和勇氣，也未必能證得最後的圓滿。」

「如此煎熬，大師仍舊無怨無悔？」

「妳是舞者，舞蹈時，想必也有諸多不為人知的痛楚，妳不是也樂在其中？」

「所以說，」女人輕輕擊掌，笑容宛若曇花在暗夜中，悠然綻放，「我與大師，是殊途同歸。」

「我為大師跳一曲舞，可以嗎？」女人問，「我有很多話想對大師講，但我的身體比任何別的，更適宜表達我此時的心情。」

清修室只能擺下兩張安東龍紋草蓆，又有些起居必需之物。

「我曾經在小飯桌上跳過舞，在磨盤上也跳過，甚至男人的胳膊上面——」女人讀出知足禪師的思想，莞爾一笑，「這裡足夠大了。」

「事實上，」知足禪師說，「沉默即是萬語千言——」

「您不是講，『本來無一物』？」女人說，「我想讓您看看『本來』的樣子，也想讓您看看空中的『妙有』。」

兩人對視了一會兒，知足禪師把茶桌挪到門邊，自己也後退到牆邊。

女人轉頭看了看瓦盆，她的身體穩穩地坐著，脖頸天鵝般扭轉，整個人很奇妙地被拉長了，然後，又彈性十足地回歸原位。她雙手撩起頭髮，在腦後攏至一處，攥緊，一挽，伸手從知足禪師手中拿過菩提子串珠，盤束住腦後的髮髻。

她把袈裟從架子上面拿下來，慢慢地，展開一張畫紙那樣，把袈裟鋪開，而當她起身把袈裟蟬翼般，從頭頂披在身體上時，竹榻上面，依舊鋪了什麼似的，女人的腿抬起來，腳踝輕擺，宛若筆頭，一筆一畫地書寫，字跡分明，又了無痕跡，她似乎寫了些非常重要的東西，但知足禪師一時無法領悟——

她慢慢地退後，緩緩坐下，雙膝盤成蓮花寶座，雙手合十。

她是一句讖語！

知足禪師望著她。無法挪開自己的目光，就如同他無法拂袖而去，把她獨自留在這裡。雖然，他知道他應該那樣兒。

袈裟擋在了知足禪師的面前，米漿漿過的細夏布，挺立如屏風，在燭影中，她的手臂枝條般伸展、生長著，宛如春天新葉初萌，萬物生發；她的腿，卻是屬於夏季森林和草地的，修長，優美，隨時要躍動、騰飛，踢踏起野花的芬芳；她的僧衣果皮般從身體剝落，胸乳、腰肢、軀幹，如此飽滿，漿汁充盈，就連身體的味道——被炭火烘烤出來的暖香，也屬於秋季暖洋洋的午後；她把袈裟重披上身，身體像根新燈芯，在燭光中隱隱約約，而她的臉龐，白淨，皎潔，宛若夜空中懸掛著的銀盤——

明月。知足大師想起來，她的名字。

他不知道她是什麼時候，如何把木魚拿到手上的，木魚聲聲，聲聲敲在了他的心坎上。敲得這個夜晚波瀾起伏，暗香湧動，淹沒了幾十年清修的寧靜，他的身體內部風暴翻捲，把很多東西——沉睡多年，塵封多年——吹颳成碎片，他頭顱裡面的思考和經文，彷彿剛剛的雨水，從她的濕衣中翩翩飛散掉——

她的身體就在他眼前，既真實，又夢幻，有多麼真實就有多麼夢幻，女人的雙眸，活生生兩點燭火在閃爍，袈裟在她的肌膚上面燃燒，他想把她推遠，還想把袈裟從她的身體上剝下來，他的手一貼到她身體上，就著了魔道，再也不屬於他了。

她的手臂纏到他頸項，肌膚貼向他，「肉身，難道不應該被親近、被享用、被追憶嗎？」

「阿彌陀佛——」徘徊在知足禪師的唇邊，被顫動不休的牙齒碾切成碎末，她的嘴唇在黑暗中找尋過來，把他肺腑間最深切的嘆息吸走了。

「大師，」她在他懷中呢喃，「人身難得，理當自愛。」

他把她擁緊在懷中，漿果般地想把她擠碎，菩提子顆顆堅硬，硌疼了他。他的身體裡面，從腦頂到足底，有一束光亮著——

十五歲的小沙彌第一次出寺院化緣，他在松都的街道上，看見十幾個衣飾華麗的女人，載歌載舞，歡動一城，男人們夾雜在女人中間，他們的笑容散發著酒氣，其中幾個男人抬著的擔架上面，有個女人全身素白，躺在上面。

「明月一去，」有人高唱，「松都從此沒了魂魄！」

烏鴉不斷地飛來，棲落於樹上，幾十、幾百，密密麻麻地擠在樹枝上，牠們沉默而耐心，等著月華如洗，盛宴開筵的時刻。

清晨她醒來的時候，知足禪師坐在晨光中間，雙目微閉。室內秩序井然。袈裟疊得稜角分明，擱在架上，跟佛經並排。茶桌茶具、炭盆衣架，彷彿從未被染指過。

「醒了？」知足禪師睜開眼睛。

她發現，他什麼都知道。

她就像一滴墨汁，落入他的清水缽中，她確實做到了跟他渾然一體，松都有一頭黃牛，現在歸她所有了。

「我來回答妳的問題。」他說，「妳當如何對待自己的肉身？人身難得，理當自重。」

「——」

「第二個回答是，」知足禪師說，「妳的舞蹈，即是修行。」

「——」

「現在，女施主請回吧。」

她沒動。

「松都明月，」他一字一字地念。「禪寺晨鐘。」

他的平靜讓她有些慌亂。

「大師——」

「脫掉、扔掉、忘掉。」

她跨出門，他在屋內昏暗的光線中間，雙手合十，雙目微闔，宛若泥塑木雕，她把拉門拉上時，覺得自己把他永遠地留在黑暗中了。

天色將明未明，晨霧漫卷，天地混沌。

十六年後，她在夢境中重回禪寺，霧氣如煙，月亮掛在天上，隱約是知足禪師的臉龐，他催促她離開寺院，「像蝴蝶那樣飛走吧。」

她胸口處一陣翻滾，坐起身時，血吐在銀灰色夏布裙子上面，像幾隻血色蝴蝶，翩然欲飛。

床榻周圍的姐妹們驚叫起來。

「乍乍唬唬的——」她瞪了她們一眼，笑了。

高燒在她的身體裡面清理、洗劫，她變得越來越輕，比雲朵還要輕。

往事如煙。

「我們都是世間的過客，到了要跟你們告別的時候了，之前講過的事情，妳們沒忘記吧？」

妓生們互相看看，點點頭。

「說了不做，」她的目光從她們的臉孔上一一看過去，「死後會萬劫不復的。」

「姐姐——」幾個人同時叫起來。

第二天下午，明月白衣白裙在松木板上，被幾十個濃妝豔抹，衣裙豔麗的妓生抬著，載歌載舞，送到河邊。全松都的人都出來看熱鬧。

明月神情鮮活，宛若新生。

「死也美得讓人心疼啊。」男人們說。

不時地有男人加入進來，從酒罈裡面舀酒喝，跟妓生們一起唱歌跳舞，後來，連一些女人也喝起來，跳起來了。

「明月一去，」有人高唱，「松都從此沒了魂魄！」

烏鴉不斷地飛來，棲落於樹上，幾十、幾百，數也數不完，牠們沉默而耐心，等待著月華如洗，盛宴開筵的時刻。

明月的屍骨散落在河邊，幾個月後，有個十五歲的小沙彌化緣回寺院的路上，被地上的殘骨吸引，頓住了腳步。

「她不讓人埋她。」小孩子們看到沙彌脫掉了自己的僧衣，把四處收攏來的屍骨放在上面，提醒他。「活著時，讓別人心碎的人，死後就是這個下場。」

小沙彌收集了殘骨，把僧衣裹緊，離開時，他扭頭衝孩子們笑笑。

「阿彌陀佛！」

＊〈僧舞〉是朝鮮妓房舞蹈最具代表性的作品，被學者評價為「朝鮮民族舞蹈的精髓」。據傳，朝鮮時期松都名妓黃真伊著僧服舞蹈，誘惑修道僧知足禪師，使其破戒，此為〈僧舞〉的來源。

後記——寫作二三事

我讀的第一本武俠小說是《玉嬌龍》，跟金庸、古龍比起來，說王度廬籍籍無名應該不為過，這部小說後來被李安拍成了電影《臥虎藏龍》，名聲大噪，但知道王度廬的人，仍舊寥寥無幾。除了武俠，三毛，瓊瑤，亦舒，張愛玲，也都是我初中時就開始閱讀其作品的作家，張愛玲的小說，最早讀、也是印象最深的，是《沉香屑——第一爐香》，那時候我不知道張愛玲何許人也，更別提她的經歷背景了。但顯然，張愛玲和另外那些女作家是不同的，她的書合起後，氣息仍舊繞梁，某些語句，老鐲子，或一串老珠子，有股絢麗、腐朽的華彩，以及無法言明的尊貴和蒼涼，陰氣很重。而我最先閱讀的歐洲小說，已經忘了書名了，只記得小說裡面美麗少女白魯尼卡，灰姑娘似的來到某個中學教師家，先是中年教師愛上她，然後是他的兒子。那個帥小夥洗臉時，一半一半洗，留出一隻眼睛從鏡子裡打量站在他身後的少女。另外一些書我倒是記住了名字，比如《十字軍東征》、《約翰·克里朵夫》，但也只是記住了書的名字。值得一提的還有《教父》，它在一九八五年還屬於禁書類。書中的暴力如此濃烈，帶著陽光和海洋的氣息，彷彿一場拔地而起、捲土而來的狂歡。多年以後我看電影時，反而麻木不仁，儘管艾爾．帕西諾是我最喜歡的演員。上個世紀的八〇年代和九〇年代，文學期刊雨後春筍般，從文革的舊殼裡面拱出新綠，《收穫》、《十月》、《當代》、《花城》、《作家》，一期一期地追著讀，那些發生的事情並不算遙遠，卻在文字裡恍若隔世。

我喜歡讀小說，沒有理由也無需理由，閱讀本身帶來的愉悅讓我的少年時代安靜而充實。

太多的課外閱讀影響了我的學習成績，後來我報考了藝術學院，專業是戲劇文學。因為之前的閱讀，我順利地通過了文學藝術加試，作為回報，高考時學院免除考生們的數學成績。上了大學，讀書、看戲、看電影，變成了正經事兒。在四年間，我看了近千部電影——中國、美國、歐洲、香港，從默片、黑白到彩色高清，娛樂片、警匪片、文藝片、動畫片，盜版錄影店（後來是碟片店），最先令我們實現了全球化——與此同時，學校圖書館裡為我打開了另外一個寶庫，但現代文學中的戲劇作品，實在乏善可陳。倒是莎士比亞、奧尼爾、皮蘭．德婁、薩特、加繆，他們的戲劇作品可圈可點。文學期刊上面刊發的作品活力四射，王朔剛剛結束他創作的黃金時代，余華正當其時，幾年內推出了他最好的三個長篇，蘇童、葉兆言、王安憶、方方、池莉也都處於創作的黃金期，文壇上金光閃閃，文學走在了金光大道上。

大學畢業時，我面臨兩個選擇：留校當老師，或者去文學雜誌做編輯。我選擇了後者。儘管那時候，文學已經開始式微，大家的注意力越來越多地集中在了錢上，經濟搭台，文化變成了唱戲的，但對我而言，當編輯，意味著一張門票，我得以進入文學派對，有機會撩開文字面紗，得以窺見作家們的真面了。

有那麼兩年，我作為文學編輯出門組稿，在我們這個三流文學雜誌的平台上面，泰斗級資深的老作家、紅得發紫的中年作家，以及剛剛引起文壇注意的新秀們，無不散發出星辰般的光輝。他們的神情裡面，有某種密碼，似乎，他們跟世界的關係是特別的，私密的，默契的，那些靈魂通道僅為他們所有，作家們因此而既洞息世事、又超越了世俗，有了高遠的悲欣交集，有了傲慢睥睨平凡的資格；還有另外一些作家，大多數時候，他們以沉默為牆，把自己孤立起來。這種孤立因為故意，而有了強烈的象徵意義。

作家在高處。作者們卻如雜草，遍及生活的各種夾縫中。經常有作者來編輯部拜訪，有個女孩子，跟母親一起痴迷寫作，母女倆生活困窘，幾乎到了食不裹腹的程度，仍舊愛文學超過一切，我只能拿〈傷逝〉裡的話勸她，「人必生存著，愛才有所附麗」；還有個將軍，來編輯部時，後面跟了好幾個隨從，我們編輯部破舊的木地板踩上去咯吱咯吱響，沙發一坐一個坑，將軍原本以為文學是紅了櫻桃，綠了芭蕉，沒想到是這麼樣的塵滿面，鬢如霜；還有個大學教師，跟我算是認識的朋友，他寫作的速度超過我看稿的速度，我這邊兩個小說未及退回，他的兩篇新作已經駕臨，這種狀況持續了差不多半年，一年半後，他因病過世，他寫了幾百萬字的小說，卻沒有一篇有留傳價值的；有個年紀一大把的退休語文老師，帶來四本寫得滿滿的稿紙，手寫稿，連個影本都沒有，他說那是他畢生心血。那確實是他畢生心血，但也僅僅是他的，退稿時我婉轉地說，這稿子太長了，不是我們這樣的小型文學雜誌能發表的，勸他去出版社看看。他沉吟良久，問我：那個在樹林裡，某某和某某坐在一棵放倒的樹上談戀愛的情節，難道不精彩？那或許是他一生中的刻骨銘心，但放在文學的背景下面，真的無甚光彩可言。我是年輕編輯，對文學的見解和認識都粗淺得很，我退過某省著名作家的小說，他寫信給我們主編，附錄了我的退稿信，主編喊我去訓話，我盯著自己寫的信發呆，因為沒什麼可說的，紙面白得無邊無際，我的字如顆顆子彈，黑黝黝一粒一粒地發射在上頭。那確實是篇爛小說，我堅持我的看法，我很奇怪都這麼著名了的作家，怎麼還會寫出這麼爛的小說？

有一天我自己開始寫小說，沒有任何徵兆地開始寫作；也或許是新買了電腦，那個空白的屏幕讓人產生了傾訴欲？我嘩啦嘩啦地寫，我不怕寫出爛小說，這個世界寫爛小說的人太多了，不差多我一個。

我是個有運氣的人。一九九六年開始，我在《作家》、《收穫》、《花城》、《大家》、《鍾山》、《山花》等等雜誌上面，開始發表作品，我沒有經歷過退稿之痛，但卻是以虔敬的心情去叩響一個又一個文學雜誌的大門，對他們的接納心存感激。每一篇小說寫完，我都覺得這是自己的最後一篇，我再也想不出新故事來了，我陷落在惶惑驚恐中。但那顯然也是我最激清澎湃的寫作時段，曾經有幾個短篇小說，是我一天之內完成的。我把自己扔進了文學荒野之中，一旦嗅到芬芳，我的四個蹄子會不顧一切撒腿狂奔。

一九九八年時，《作家》雜誌組稿，要出一期女作家專號，我寫了〈月光啊月光〉，與其他幾位女作家，衛慧、棉棉、戴來、魏微、朱文穎、周潔茹一起亮相，那期雜誌成了標誌，成了旗幟，我們的照片被印在宣傳海報上面，也印在雜誌中間，冷漠的眼神兒，叛逆的姿態，高調宣告了「七〇」後作家的登場。

這是我始料未及的，「七〇後」、「美女作家」、「身體寫作」，各種概括和命名，如亂箭齊發，我們被不停地合併同類項，同時又不停地被間離開來，我們像煙花，驟然綻放在文壇，華彩絢麗，引人矚目，作為新現象新人物，被提及，被質疑，被批評，被拭目以待。

在十幾年內，「七〇後」發生了很大的變化，最早登場的一些作家，也成了最早放棄寫作的作家，與此同時，越來越多的作家加入這個行列，十年之內出生的作家，都被不由分說地攏至在這個命名之下，這些後來者，更加生機勃勃，更有野心和理想，他們不斷地拓寬著這個命名之下的寫作領域和視野。

對文學而言，所有的新奇、華麗、熱鬧，兼有聰明、時髦、情調，都是靠不住的，應該警惕的。寫作就是寫作，寂寞追著寂寞，補丁摞著補丁，寫作的黑洞一直一直在內心打井，沒有盡頭，沒有光明，它只能存在於私密狹小的空間，而讀者們，總是以為那些拿出來的東西是寫作，那些華彩，那些深刻，那些煙花。寫作不是，寫作是煙花爆發前，蜷縮在紙筒裡面的那撮火藥末。

一九九八年以後，閱讀和寫作，變成了我日常生活的一部分。閱讀變成了多米諾骨牌，一張接一張，永遠也翻不完；而寫作，不再是飛蛾撲火，急吼吼的，一天頂一萬天；倒變成了游魚，一天復一天，細水長流。熱情、激情，是需要的，但添加方式不是味精似的大把撒進去，而是文火慢燉，燉出鮮香可口，瀝出清湯。那碗清湯是樸素、乾淨，天真的。

我既是編輯，又是作家。整個文學世界，跟飛速上揚的經濟生活比起來，它的下坡路也越來越鮮明。那些一直保持著高產和高度的重量級作家，寫作速度慢了下來，一些勢頭很好的中青年作家開始分流：一部分下了海，一部分變成了影視劇作家，還有一些作家雖然在堅守，但同時都有另外一份工作，分解了大量的時間和精力。與此同時，卻很少有新鮮血液願意融入枯燥無趣的文學創作世界，文學沒有利好，稿費三十年不變，作家個稅的起徵點卻低到八百塊錢。文學的大河在歷經文革之後，浩浩湯湯，在上世紀九〇年代末進入了迴流轉折，文學期刊陷入第一輪倒閉大潮中。我們雜誌也未能倖免，被一家以贏利為目的文摘刊物取而代之。覆巢之下，原來的同仁們不得不重新擇業，有為這個期刊工作了三十多年的，也有二十多年的，就連我，也一晃當了十年的編輯，見證了這盆文學炭火熄滅的全過程。

主觀也好，客觀也罷，在文學這條路上，我成了專業作家，成了一條道跑到黑的人。雖然我也旁逸斜出，寫過電影和舞台劇，但始終堅持做下來的，其實就是寫小說這一件事。這一件事情也做得不鹹不淡，沒什麼起色，更談不上光彩。我變成了越來越小眾的作家，沒有鮮明的時代特徵，寫作速度比烏龜爬還慢，數量少到一年一兩個短篇，但就像雷蒙德．卡佛說的，「一個人盡最大能力寫出來的作品，以及因寫它而得到的滿足感，是我們唯一能帶進棺材裡的東西。」我想我的骨灰盒裡也放不下太多，所以，寫得少也不是什麼問題。

十八年過去了，我還在文學這條道兒上跑著，隨著越來越多的作家的離開，我變成了馬拉松選手。我不再是個另類的作家，不知道從什麼時候起，我跟文學變成了老朋友，不只是握手言和、言歡，還很有些要執子之手，與之偕老的意思。

理查．福特有個名叫〈共產黨〉的短篇小說。這篇小說跟政治毫無關係。小說裡面的葛蘭是共產黨員，但他喜歡談論的話題是打獵。三十二歲的愛琳是個美貌的寡婦，帶著十六歲的兒子萊斯生活。葛蘭和愛琳是在酒吧認識的，他們的情人關係不好不壞，不那麼認真也不那麼不認真，葛蘭突然間消失了。愛琳日子照過，但免不了也要低落沮喪。三個月後，葛蘭突然出現，想跟愛琳和好，他的誘餌是帶著萊斯去偷獵雪鵝。這是個大日子。對少年萊斯來說。幾乎是他一生中最大的日子。上過越南戰場的葛蘭帶著萊斯去打雪鵝，成千上萬隻雪鵝，「像一條鋪在水面上的白色繃帶，又寬又長，連綿不斷，一塊由雪鵝構成的白色海綿」，獵殺過程被描寫得波瀾壯闊，萊斯打中了兩隻雪鵝，葛蘭打了四隻。可是，出了一個小岔頭兒——葛蘭打傷了一隻雪鵝，他對牠置之不理，任憑牠在湖裡自生自滅。愛琳覺得這是件大事兒，那隻受傷的、被遺棄的雪鵝，意味著憐憫、同情、救贖，乃至詩意，接近絕望的希望。她不能對那隻雪鵝不聞不問，她不想「讓萊斯覺得他是被一群瘋子養大的」。她逼迫葛蘭打死了那隻雪鵝。理查·福特，他的小說人物，大多陷落在黑暗中，卑微、貧困、沮喪、絕望，很多時候，他們不知道該拿生活怎麼辦——理查·福特總是眼看著他的小說人物在現實世界中雞蛋碰石頭，輸得唏哩嘩啦——萊斯最終沒有什麼好未來，他十七歲就步葛蘭的後塵靠出苦力維生，但是，萊斯在後來的生活中，總是想起愛琳那句話「他不是被一群瘋子養大的」。

囉嗦了這麼多，我到底想說什麼？我想說，在任何時代，總有那麼一些愛講故事的人，在戰爭、瘟疫、榮華富貴的邊緣，這些講故事的人，不慍不喜，不急不慢，不合時宜。當戰爭、瘟疫的野火過去，春風吹又生的時候，當榮華富貴紅到十分便化灰的時候，這些故事自有記錄，自有流傳。

好小說是那樣一些文字，它記錄著生命中的神奇時刻，生如夏花，殆如秋葉，它們的美是因為這些神奇時刻賦予它們釉彩和包漿，心靈世界和詩意的存在，不是重要，而是非常重要。有文學在，哪怕是最壞的生活，也並不全然都是廢墟，而即使變成廢墟的那部分，也還存有悲憫和美麗。就像雪鵝翅膀尖那點黑色，就那麼一小點兒，但有和沒有，意義截然不同。

在這個瘋狂的時代，文學於我，於某些人，是一顆藥丸，給我們的靈魂釋放出通道，讓它們靜默佇立，或者展翅高飛。

關於寫作，關於小說，已經說得太多，好吧，我們拿起獵槍，把那隻半死不活的雪鵝幹掉，把我們創作中的猶豫不決、虛榮、功利統統槍斃掉吧，夥計們！

金仁順創作年表（按發表日期排列）

作品名稱	刊物（或出版社）
〈愛情試紙〉（短篇）	《作家》1996年第12期
〈冬天〉（短篇）	《花城》1997年第3期
〈外遇〉（短篇）	《作家》1997年第5期
〈秘密〉（短篇）	《作家》1997年第5期
〈五月六日〉（短篇）	《收穫》1997年第6期
〈好日子〉（短篇）	《作家》1998年第1期
〈名叫馬和〉（短篇）	《灕江》1998年第1期
〈月光啊月光〉（中篇）	《作家》1998年第7期；收錄2002年《巡行在夢中的城市》（北京出版社）
《愛情冷氣流》	珠海出版社1999年1月出版
〈玻璃咖啡館〉（短篇）	《鍾山》1999年第1期
〈伎〉（短篇）	《鍾山》1999年第2期；1999年被選入《20世紀中國短篇小說選集》；《中國文學》2000年第1期選載
〈冷氣流〉（短篇）	《大家》1999年第2期
〈一篇來稿和四封來信〉（短篇）	《作家》1999年第4期
〈謎語〉（短篇）	《時代文學》1999年第2期

〈鮮花盛放〉（短篇）	《山花》1999年第4期
〈恰同學少年〉（中篇）	《小說界》1999年第5期
〈高麗往事〉（短篇）	《長江文藝》1999年第12期；《小說月報》2000年第2期選載；《小說選刊》2000年第3期選載；《中國文學》2000年第3期選載；日本《中國現代小小說》第31號選載、翻譯
〈愛情進行曲〉（短篇）	《文友》2000年第1期；《讀者俱樂部》2000年第5期選載
〈酒醉的探戈〉（短篇）	《當代小說》2000年第1期；《廣州文藝》2006年第11期；被選入《2006短篇小說新選》（文化藝術出版社專家年選）
〈一九九五年〉（短篇）	《時代文學》2000年第3期
〈盤瑟俚〉（短篇）	《作家》2000年第7期；《短篇小說選刊》2000年第8期選載
〈啊朋友，再見〉（短篇）	《長城》2000年第4期；《男友》2001年第8期
〈小城故事〉（短篇）	《文學世界》2000年第6期
〈電影院〉（短篇）	《上海文學》2000年第12期
《彷彿一場白日夢》（散文集）	安徽文藝出版社2001年出版
〈去遠方〉（短篇）	《大家》2001年第2期
〈引子〉（短篇）	《長城》2001年第3期；《小說月報》2001年第8期選載
〈蛇〉（短篇）	《天涯》2001年第4期
〈芬芳〉（中篇）	《作家》2001年第9期；被選入《2001年年度短篇小說選》（人民文學出版社）
〈你還愛我嗎〉（短篇）	《時代文學》2001年第5期
〈鋌而走個險〉（短篇）	《鍾山》2001年第6期；《短篇小說選刊》2001年第12期選載

〈水邊的阿狄麗雅〉（短篇）
《作家》2002年第2期；《小說選刊》2002年第4期選載；被選入《2002短篇小說》（人民文學出版社）；《2002中國年度最佳短篇小說》（中國作協．灕江出版社）；《中國文學最新排行榜》（文化藝術出版社）；日本《中國現代小說》第30號選載、翻譯

〈我們去打仗〉（中篇）
2002年《布老虎中篇小說》

〈人說海邊好風光〉（短篇）
《作家》2002年第10期；《21世紀中國文學大系2002年短篇小說》（春風文藝出版社）；《2002年中國短篇小說經典》（山東文藝出版社）；《中國文學最佳排行榜》（中國文學研究會．藍天出版社）；《2002中國最佳短篇小說》（遼寧人民出版社）

《綠茶》（電影）
2002年

〈拉德茨基進行曲〉（短篇）
《作家》2003年第2期；《短篇小說選刊》2003年第4期；被選入《2003年中國最佳短篇小說》（遼寧人民出版社）

〈城春草木深〉（中篇）
《長城》2003年第3期；被選入《2003年中篇小說》（人民文學出版社）

〈莫莫格〉（短篇）
《人民文學》2003年第10期；《2003年中國短篇小說經典》（山東文藝出版社）

《他人》（舞台劇）
2003年

〈愛情詩〉（短篇）
《收穫》2004年第1期；《小說月報》2004年第3期；《短篇小說選刊》2004年第4期；被選入《2004年中國短篇小說年選》（文化藝術出版社專家年選）；被選入《2004中國最佳短篇小說》（遼寧人民出版社）

〈未曾謀面的愛情〉（短篇）
《作家》2004年第2期；《小說精選》2004年第4期；《短篇小說選刊》2004年第4期

〈亂紅飛過鞦韆〉（短篇）	《鴨綠江》2004年第2期
〈霰雪〉（短篇）	《人民文學》2004年第10期
〈桃花〉（中篇）	《作家》2005年第11期；《北京文學—中篇小說月報》2005年第12期；《小說月報》2006年第2期；被選入《2005年短篇小說新選》（文化藝術出版社專家年選）
〈彷彿依稀〉（中篇）	《作家》2006年第11期；《中篇小說選刊》2007年第1期；《小說月報07增刊》；被選入《2006中篇小說》（人民文學出版社21世紀年度小說選）；《2006年中國最佳中篇小說》（遼寧人民出版社）
《媽媽的醬湯館》（影視作品集）	與王乙涵合著．作家出版社2007年1月出版
〈彼此〉（短篇）	《收穫》2007年第2期；《小說選刊》2007年第5期；《小說月報》2007年第5期
〈雲雀〉（短篇）	《花城》2007年第5期；《小說月報》2007年第11期
〈桔梗謠〉（短篇）	《作家》2007年第10期；《小說月報》2007年第12期
〈春香〉（長篇）	《收穫》2008年第3期
《時尚先生》（電影）	2008年
〈松樹鎮〉	《小說月報》2008年第5期；《小說選刊》2008年第5期
〈鞦韆椅〉（短篇）	《作家》2008年第7期
《春香》（長篇小說）	中國婦女出版社2009年1月出版
〈三岔河〉（短篇）	《作家》2009年第1期
《彼此》（中短篇小說集）	山東文藝出版社2009年4月出版
〈在敦煌〉（短篇）	《上海文學》2009年第10期；《小說月報》2009年第12期

〈梧桐〉（短篇）　《民族文學》２０１０年第１期；《小說月報》２０１０年第３期

《玻璃咖啡館》（短篇小說集）　北方聯合出版傳媒股份有限公司．春風文藝出版社２０１０年５月出版

〈神會〉（短篇）　《小說界》２０１０年第６期

《愛情走過夏日的街》（電視劇劇本）　新世界出版社２０１０年１０月出版

《桃花》（中篇小說集）　二十一世紀出版社２０１２年４月出版

《時光的化骨綿掌》（隨筆集）　浙江文藝出版社２０１２年６月出版

《松樹鎮》（中短篇小說集）　新星出版社２０１２年９月出版

〈僧舞〉（短篇）　《作家》２０１３年第１期

〈噴泉〉（短篇）　《民族文學》２０１３年第３期；《小說月報》２０１３年第５期

《僧舞》（中短篇小說集）　中國對外翻譯出版有限公司２０１３年８月出版

《基隆》（電影）　２０１３年

《遊戲》（舞台劇）　２０１４年

《雲雀》（中短篇小說集）　中國言實出版社２０１４年１月出版

〈猿聲〉（短篇）　《長江文藝》２０１４年第１０期

《綠茶》（中篇小說集．韓文版）　GEULNURIM°PUBLISHING°CO

國家圖書館出版品預行編目資料

愛情詩 / 金仁順作. -- 初版. -- 臺北市：
人間, 2014.12
351 面；14.8×21 公分
ISBN 978-986-6777-80-6（平裝）

857.63　　103022434

愛情詩

作者　金仁順
責任編輯　蔡鈺淩
校對　高怡蘋、林淑瑩、蔡鈺淩
封面設計　仲雅筠
內文版型設計　黃瑪琍
發行人　呂正惠
社長　林怡君
出版　人間出版社
台北市長泰街五十九巷七號
電話　（02）23370566
傳真　（02）23377447
郵政劃撥　11746473・人間出版社
電郵　renjianpublic@gmail.com
定價　三四〇元
初版一刷　二〇一四年十二月
ISBN　978-986-6777-80-6
排版　龍虎電腦排版股份有限公司
印刷　中原造像股份有限公司
總經銷　聯合發行股份有限公司
新北市新店區寶橋路二三五巷六弄
六號二樓
電話　（02）29178022
傳真　（02）29156275
缺頁或破損，請寄回人間出版社更換